实用验方

集锦

主　审　侯振民

主　编　贾六金

副主编　张　焱　袁　叶　范梅红　赵　键

编　委（以姓氏笔画为序）

王世荣　王逸华　师会娟　刘小渭　张　焱

范梅红　赵　键　赵有德　侯振民　秦艳虹

袁　叶　贾六金　贾晓鸿　黄　华　曹　霞

人民卫生出版社

·北　京·

图书在版编目（CIP）数据

实用验方集锦 / 贾六金主编 . —北京：人民卫生
出版社，2022.11

ISBN 978-7-117-34109-7

I.①实⋯　II.①贾⋯　III.①验方—汇编　IV.
①R289.5

中国版本图书馆 CIP 数据核字（2022）第 227794 号

人卫智网	www.ipmph.com	医学教育、学术、考试、健康，
		购书智慧智能综合服务平台
人卫官网	www.pmph.com	人卫官方资讯发布平台

实用验方集锦
Shiyong Yanfang Jijin

主　　编：贾六金
出版发行：人民卫生出版社（中继线 010-59780011）
地　　址：北京市朝阳区潘家园南里 19 号
邮　　编：100021
E - mail：pmph @ pmph.com
购书热线：010-59787592　010-59787584　010-65264830
印　　刷：北京汇林印务有限公司
经　　销：新华书店
开　　本：710 × 1000　1/16　印张：13　插页：2
字　　数：213 千字
版　　次：2022 年 11 月第 1 版
印　　次：2022 年 12 月第 1 次印刷
标准书号：ISBN 978-7-117-34109-7
定　　价：55.00 元
打击盗版举报电话：010-59787491　E-mail：WQ @ pmph.com
质量问题联系电话：010-59787234　E-mail：zhiliang @ pmph.com
数字融合服务电话：4001118166　E-mail：zengzhi @ pmph.com

主编简介

贾六金，教授、主任医师，博士研究生导师，系首届全国名中医、全国老中医药专家学术经验继承工作指导老师、"三晋英才"高端领军人才，国家中医药管理局重点学科中医儿科学术带头人。躬耕临床六十余载，学验丰富，圆机活法，与时俱进，医德高尚，素有"山西小儿王"之美誉。他先后担任山西省绛县人民医院院长，山西中医药大学附属医院大内科主任、儿科主任，作为山西中医药大学附属医院儿科的创始人，为山西省乃至全国中医儿科事业的发展做出了重要贡献。

贾六金教授在中西医有机结合、优势互补的基础上，通全科，精儿科，尤擅诊治小儿肺系、脾胃系病证及疑难杂症。提出小儿"病多四因，疾有八治"；纵横识病，动态辨证；四诊合参，重视望诊；脏腑证治，突出肺脾；擅用和清，重视组合，多用复方组药。临证效如桴鼓，屡起沉疴。

主审简介

侯振民，山西省中医院主任医师、教授，硕士研究生导师，第三批、第四批全国老中医药专家学术经验继承工作指导老师，第一届、第三届全国优秀中医临床人才研修项目指导老师。曾任山西省中医院干部老年病科主任、名老专家诊疗中心主任，山西省优秀中医临床人才研修班教学委员会副主任。从事中医临床科研教学工作 60 余年，专门从事老年内科疑难病症的研究和治疗工作 30 余年，获山西省优秀科技工作者、首批山西省名老中医等光荣称号。

前言

　　本书是在全国名中医贾六金先生支持下,在《古今特效单验方》一书基础上修订而成,《古今特效单验方》由山西科学技术出版社于1992年出版,全书分为内科、外科、伤科、妇科、儿科、眼科、耳鼻喉口齿科七个科目,共收入单验方460余首。该书以效、简、便、廉为特色,深受读者好评,因此获得了山西省医药卫生科技著作三等奖。

　　本书对《古今特效单验方》进行了全面的修改和补充,仍为七个科目,共收入单验方1 000余首。值得一提的是,本书还筛选收录了贾六金教授从医60余年的部分临床验方,同时还增加了全国的国医大师和著名学者近来发表的经验良方,使该书内容上更加充实,临床上更加实用。书中收录的方剂可供读者参考,请在医生指导下使用。

　　在本书编写过程中,团队成员付出了很多努力,但仍恐存在疏漏之处,欢迎同道学者批评指正。

侯振民

2018 年 2 月 9 日

目 录

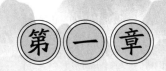

内科病症

一、感冒

感冒是由外邪侵入人体而出现以发热、恶寒、鼻塞、头痛、脉浮为主要症状的外感病。西医学中上呼吸道感染、流行性感冒属于本病的范畴。一般分为风寒、风热、风湿、暑湿四型。

1. 羌蒡蒲薄汤(《中医方剂临床手册》[①])

[组成]羌活 9g,牛蒡子 9g,蒲公英 30g,薄荷 6g[(后下)]。

[功用]辛凉解毒。

[适应证]适用于外感发热,上焦热毒偏盛的感冒。发热,微恶风寒,无汗或有汗不畅,头痛口渴,咽喉红肿,舌尖红,苔薄白或薄黄,脉浮数。

[用法]每日 1 剂,水煎服,日服 2 次。

2. 荆防败毒散(《摄生众妙方》[②])

[组成]荆芥 6g,防风 6g,羌活 6g,独活 6g,川芎 6g,枳壳 6g,柴胡 6g,前胡 6g,桔梗 6g,茯苓 6g,甘草 3g。

[功用]散寒解表。

[适应证]恶寒发热,无汗不渴,鼻塞声重,咳嗽有痰,痰液清稀,身体酸困,舌苔薄白,脉浮数。

[用法]每日 1 剂,水煎 500ml,分 2 次温服。

3. 苏羌达表汤(《当代名医证治汇粹》[③])

[组成]苏叶 6g,防风 6g,杏仁

---

① 上海中医学院中药系教研组.中医方剂临床手册[M].上海:上海科学技术出版社,1982.

② 张时彻.摄生众妙方[M].北京:中医古籍出版社,1994.

③ 宋祖敬.当代名医证治汇粹[M].石家庄:河北科学技术出版社,1990.

9g、羌活 4g、白芷 3g、橘红 3g、茯苓 3g、生姜 2g。

［功用］辛温解表，宣肺祛湿。

［适应证］风寒夹湿感冒。头痛沉重，恶寒发热，鼻塞流涕，胸闷咳嗽，痰多稀白，周身关节酸痛，疲乏无力，口不渴，舌苔滑润，脉浮缓软或沉濡力弱。

［用法］水煎服，每日 1 剂，分 2 次温服。

4. 雷氏宣疏表湿方（《当代名医证治汇粹》）

［组成］苍术 3g、防风 6g、秦艽 6g、藿香 3g、陈皮 5g、砂仁 2g、生甘草 2g、生姜 3 片。

［功用］轻疏皮毛，宣肺化湿。

［适应证］湿冒上焦。头目不清，沉重如裹，周身不舒，微微恶风，舌苔薄腻，脉濡缓或力弱。

［用法］水煎服，每日 1 剂，分 2 次温服。

5. 清解表热方（《印会河抓主症经验方解读》[①]）

［组成］桑白皮 9g、桑叶 9g、菊花 9g、黄芩 12g、山豆根 10g、鱼腥草 30g、枇杷叶 9g、芦根 30g、生石膏 30g[(先煎)]。

［功用］清解表热。

［适应证］发热恶寒，热重寒轻，头胀痛，口渴思饮，鼻塞流涕，咳嗽，咽痛，舌边尖红赤，苔白或微黄，脉浮数。

［用法］水煎服，每日 3~4 次服用。

［辨证加减］咽痛甚者加桔梗 9g、牛蒡子 9g；咳嗽甚者加杏仁 9g；无汗恶寒甚者加荆芥 9g、薄荷 3g[(后下)]；身痛明显者加羌活 9g、紫苏叶 9g。

6. 小柴胡汤加减方（《印会河抓主症经验方解读》）

［组成］柴胡 10g、黄芩 15g、半夏 10g、生石膏 30g[(先煎)]、鱼腥草 30g、山豆根 10g、生姜 10g。

［功用］寒热双解。

［适应证］寒热往来，寒后热作，热后汗出，频频嬗递，周而复始。甚者咽喉干痛，口苦胁痛，呕吐苦液或胸胁苦满，咽干目眩，耳鸣耳聋，苔白脉弦。可用于西医学的上呼吸道感染。

［用法］水煎服，每日 1 剂，分 2 次温服。

［辨证加减］便实加大黄 9g[(后下)]；呕甚加竹茹 9g。

7. 三仁汤合升降散加减（《国医大师验案良方》[②]）

［组成］杏仁 12g、滑石 15g、通草 6g、白豆蔻 5g[(打碎,后下)]、竹叶 10g、厚朴 6g、生薏苡仁 20g、法半夏 10g、蝉蜕 6g、苍术 6g、青蒿 10g[(后下)]、黄芩 10g。

［功用］宣透清化，清热化湿，透邪外达。

① 侯振民，王世民. 印会河抓主症经验方解读［M］. 北京：中国中医药出版社，2012.

② 杨建宇，王发渭. 国医大师验案良方［M］. 北京：学苑出版社，2014.

［适应证］感冒症见发热,微恶寒,身体疼痛,乏力,口干饮水不多,或伴胸闷脘痞,无汗或汗出不畅,或呕恶纳呆,大便溏泄,舌淡红,苔薄白腻,脉浮略数。

［用法］水煎服,每日1剂,分2次温服。

8. 表里和解丹(《国医大师验案良方》)

［组成］僵蚕45g,蝉蜕30g,甘草30g,大黄15g,皂角15g,广姜黄15g,乌梅炭15g,滑石18g。

［功用］疏表泄热解毒。

［适应证］急性热病初起不论成人、小儿,除正气亏虚或脾虚便溏,或发热极轻而恶寒较甚者外,均可服用。

［用法］研极细末,以鲜藿香汁3g、鲜薄荷汁3g、鲜萝卜汁24g,成丸如绿豆大。

9. 防甲型流感病毒(H1N1)流感方(《国医大师验案良方》)

［组成］生甘草6g,金银花15g,玄参10g,陈皮6g,大枣20g。

［功用］清热解毒利咽。

［适应证］成人预防甲型H1N1流感。

［用法］每日1剂,清水煎,每剂水煎300~400ml,每次服用150~200ml,早晚各一次。可预防性服用3~5天。

10. 芪归桂枝汤(《70名中医临证特效法》[①])

［组成］黄芪15g,当归6g,桂枝10g,白芍10g,炙甘草5g,生姜3片,大枣4枚。

［功用］补气养血,调和营卫。

［适应证］经期感冒。周身酸楚,神倦乏力,头痛、鼻塞、流涕;或发热、汗出、恶风;或咳嗽、喷嚏。舌苔薄白或白腻,脉沉细滑无力或浮缓而弱。

［用法］水煎服,每日1剂,分2次温服。

11. 葱姜汤(《本草纲目》)

［组成］葱白6g,生姜9g,红糖15g。

［功用］辛温解表。

［适应证］风寒感冒。恶寒,发热,头痛,身痛,无汗,鼻塞,流涕,苔薄白,脉浮紧。

［用法］水煎温服,每日1剂,分2~3次。取汗即止。咽喉红肿者禁用。

12. 羌活胜湿汤(《内外伤辨惑论》)

［组成］羌活3g,独活3g,藁本1.5g,防风1.5g,川芎1.5g,炙甘草1.5g,蔓荆子3g。

［功用］解表胜湿。

［适应证］风湿在表的感冒。头痛身重,腰脊重痛,不能转侧,恶寒微热,舌苔白脉滑。

［用法］水煎,每日1剂,分2次服。

---

① 胡翰文.70名中医临证特效法[M].太原:山西科学技术出版社,2016.

13. 香薷饮（《太平惠民和剂局方》）

［组成］香薷 6g，厚朴 4g，炒扁豆 12g。

［功用］解表清暑，化湿和中。

［适应证］夏令之时，感受暑湿之邪之感冒。症见身热，汗少，肢体酸重，头昏重，心烦，口渴，胸闷，便溏，口中黏腻，舌苔薄黄腻，脉濡数。

［用法］水煎，每日 1 剂，分 2 次服。

14. 特效感冒灵（《首批国家级名老中医效验秘方精选》[①]）

［组成］苏叶 10g，薄荷 10g，藿香 10g，防风 10g，荆芥 10g，金银花 12g，苍术 10g，黄芪 10g，甘草 3g。

［功用］解邪固表。

［适应证］感冒时邪。鼻流清涕，咽痛，咳嗽或伴见恶心、大便稀，或有发热恶寒，舌苔白薄或微黄腻，脉多浮缓。

［用法］上药为一剂，煎两次，第一次用清水约 200ml，浸药半小时，煎取 100ml 左右。第二次用水约 120ml，煎取 80ml 左右，去渣。两次药汁混合后，分 2 次，早、晚温服。小儿用量酌减。

二、咳嗽

咳嗽是指肺气上逆作声，咳吐痰涎而言。西医学的急、慢性支气管炎，支气管扩张等病，常以咳嗽为主要症状。一般分为风寒、风热、痰湿、肺热、肺虚五种类型。

1. 宁肺止咳汤（成肇仁验方[②]）

［组成］苏叶 10g，苏子 10g，杏仁 10g，半夏 10g，茯苓 10g，陈皮 10g，白芥子 6g，炒莱菔子 30g，紫菀 10g，白前 10g，厚朴 10g，桔梗 6g，炙甘草 6g。

［功用］宣肺化痰，宁肺止咳。

［适应证］咳嗽咳痰诸症。

［用法］每日 1 剂，连服 7~14 天。

2. 干咳治疗方（《古今特效单验方》[③]）

［组成］茯苓 15g，生牡蛎 15g[先煎]，陈皮 15g，杏仁 15g，半夏 10g，薏苡仁 15g，甘草 6g，冰糖 50g。

［功用］润肺止咳。

［适应证］干咳无痰或痰少而黏，伴咽干，喉痒，口渴，舌红少津，苔薄白或薄黄，脉浮数。

［用法］水煎，日 1 剂，睡前服。

3. 枇杷二冬汤（《李今庸临床经验辑要》[④]）

［组成］炙枇杷叶 10g，天冬 10g，麦冬 10g，款冬花 10g，紫菀 10g，核桃肉 10g，炙甘草 10g，桔梗 10g，沙参

① 张丰强，郑英. 首批国家级名老中医效验秘方精选［M］. 北京：国际文化出版公司，1996.

② 成肇仁. 宁肺止咳汤［N］. 中国中医药报，2017-10-23（4）.

③ 侯振民. 古今特效单验方［M］. 太原：山西科学技术出版社，1992.

④ 李今庸. 李今庸临床经验辑要［M］. 北京：中国医药科技出版社，1998.

10g,桑叶 8g。

[功用]润肺止咳。

[适应证]燥咳不已,频频干咳而无痰,喉咙痒,口咽干燥。

[用法]上 10 味,以水适量煎药,汤成去渣取汁分温 2 服,1 日服 1 剂。

4. 胶蛤汤(《千家名老中医妙方秘典》[①])

[组成]生地黄 15g,阿胶珠10g[(烊化)],玄参 10g,川贝 5g,海蛤壳12g,紫菀 10g,款冬花 10g,当归 10g,白芍 10g,丹参 12g,牡丹皮 10g,炙甘草 6g,蜂蜜 1 匙[(冲服)]。

[功用]润肺止血。

[适应证]阴虚肺热,咳嗽少痰,咯血较多,颧红,手足心热等症状。

[用法]每日 1 剂,水煎 2 次,每日服 2 次,早、晚饭后 1 小时服。

5. 清肺定咳汤(《国医大师验案良方》)

[组成]金荞麦 20g,鱼腥草15g[(后下)],白花蛇舌草 20g,天浆壳12g,化橘红 6g,苍耳子 10g,枇杷叶10g[(去毛包)],生甘草 5g。

[功用]清肺泄热,化痰止咳。

[适应证]痰热蕴肺,咳嗽顽固,久咳不愈,痰黄质黏稠等症。

[用法]水煎服,每日 1 剂,分 2次温服。

[辨证加减]高热咽喉肿痛,腮肿目赤加蝉蜕、僵蚕;恶寒者加炙麻黄;高热便秘者加牛蒡子或生大黄;咳喘甚者加葶苈子、桑白皮。

6. 五紫补肾纳气汤(《桐君医脉验案:桐庐老中医学术经验选集》[②])

[组成]紫河车 6g,紫石英 30g,紫苏子 10g,紫金牛 15g,紫菀 15g。

[功用]敛肺止咳,补肾纳气。

[适应证]久咳气急,短气不足以息,动则加剧的肺肾两虚的咳喘病。

[用法]每日 1 剂,水煎温服。

7. 宣肺止嗽汤(《国医大师验案良方》)

[组成]炙麻黄 5g,瓜蒌 5g,杏仁 10g,制半夏 10g,前胡 10g,大贝母10g,佛耳草 12g,生甘草 3g。

[功用]宣肺止咳。

[适应证]外感咳嗽,症见咳嗽频频,咽痒则咳,或阵发呛咳,气急,或咳声不扬,甚至咳延数周逾月,咳吐泡沫黏痰,色白或淡黄,量少或多,咽部可有急性或慢性充血,舌质淡红,苔薄白,脉浮滑。

[用法]水煎服,每日 1 剂,分 2次温服。

[辨证加减]风邪在表加苏叶10g、桑叶 10g;寒痰伏肺加细辛 3g;痰湿上扰加茯苓 10g、橘皮 6g;肺热

① 刘学勤.千家名老中医妙方秘典[M].北京:中国中医药出版社,1994.

② 刘柏洪.桐君医脉验案:桐庐老中医学术经验选集[M].北京:中国中医药出版社,2019.

内蕴加石膏 15g^(先煎)、知母 10g；痰热内蕴加桑白皮 12g、冬瓜子 10g；阴津耗伤加南沙参 10g、天花粉 10g。

8. 润降止咳方（《国医大师验案良方》）

［组成］南沙参 15g，麦冬 22g，桃仁 12g，杏仁 12g，炒苏子 9g，炙百部 9g，黛蛤散 9g^(包煎)，白茅根 15g，芦根 15g，炙甘草 6g。

［功用］润肺降气止咳。

［适应证］感时邪咳嗽，迁延不愈，干咳少痰，或咳逆痰滞，以咳为主，或呛咳面赤，甚或胶痰闭阻气道致喘憋，阵发性加剧，痰白黏量少，舌淡红，苔薄而不厚腻，脉弦，或细，或寸脉小滑，或小数。

［用法］水煎服，每日 1 剂，分 2 次温服。

9. 三拗汤（《太平惠民和剂局方》）

［组成］麻黄 3g，杏仁 6g，炙甘草 3g。

［功用］宣肺散寒。

［适应证］外感风寒之咳嗽。风寒袭肺，咳嗽声重，气急鼻塞，咳痰稀薄色白，伴头痛，恶寒无汗，脉浮紧，舌苔薄白。

［用法］水煎，每日 1 剂，分 2 次服。

10. 三子养亲汤（《韩氏医通》）

［组成］紫苏子 9g，白芥子 6g，莱菔子 9g。

［功用］降气化痰。

［适应证］痰湿蕴肺。咳嗽声重，痰黏腻，胸闷脘痞，食少体倦，脉濡滑，舌苔白腻。

［用法］水煎，每日 1 剂，分 2 次服。

11. 泻白散（《小儿药证直诀》）

［组成］桑白皮 9g，地骨皮 9g，甘草 3g，粳米 9g。

［功用］清泻肺热，化痰平喘。

［适应证］肺热津亏咳嗽。咳引胸痛，痰黏难咳，量少，咽喉干燥，面红，舌苔薄黄少津，脉弦数。

［用法］水煎，每日 1 剂，分 2 次服。

12. 参蛤散（《济生方》）

［组成］人参 30g，蛤蚧 1 对。

［功用］补肺益肾。

［适应证］肺肾虚咳。咳嗽日久不愈，形体消瘦，神疲乏力，食欲不振，咽干口燥，手足心热，咳而兼喘，舌质红脉细数。

［用法］共研细末，每服 6g。

13. 五天润肺止嗽汤（《桐君医脉验案：桐庐老中医学术经验选集》）

［组成］天冬 15g，天花粉 15g，天竺子 10g，天竺黄 10g，天浆壳 10g。

［功用］润肺化痰，止咳平喘。

［适应证］咳嗽日久，燥咳无痰，或痰黏难出，甚或痰中带血，肠燥难行，气急而喘。

［用法］每日 1 剂，水煎温服。

14. 止嗽散（《医学心悟》）

［组成］桔梗 15g，荆芥 10g，紫菀 15g，百部 12g，白前 12g，甘草 6g，陈皮 15g。

［功用］止嗽化痰，宣肺解表。

［适应证］治诸般咳嗽。

［用法］水煎服，日1剂。

15. 清气化痰丸（《医方考》）

［组成］胆南星15g，瓜蒌仁30g，杏仁30g，枳实30g，陈皮30g，黄芩30g，茯苓30g，制半夏45g。

［功用］清热化痰，理气止咳。

［适应证］痰热咳嗽。症见痰稠色黄，咳之不爽，胸膈痞闷，甚则气急呕恶，舌质红苔黄腻，脉滑数。

［用法］姜汁为丸，每服6g，温开水送下。

16. 咳喘祛邪固本方（周信有验方[①]）

［组成］党参9g，黄芪20g[(蜜制)]，五味子15g[(醋制)]，淫羊藿20g[(羊脂油炙)]，补骨脂20g[(盐制)]，半夏9g，茯苓9g，麸炒杏仁9g，蜜桑白皮9g，蜜紫菀9g，蜜款冬花9g，白前9g，广地龙9g，炙甘草9g。

［功用］调补脾肾，祛痰止咳，利肺平喘。

［适应证］慢性支气管炎迁延期及缓解期，症见久病咳喘，迁延不愈，咳嗽，咳痰，呼吸气促，时轻时重。

［用法］水煎服，每日1服，早、中、晚餐后分服。

三、哮喘

哮喘又名"喘鸣""喘喝""上气"。中医认为系素有痰饮又复感外邪或劳累过度而诱发。主因为痰气交阻，闭阻气道，肺失宣降。本病一年四季均可发生，秋冬季节尤易发生。

1. 射干麻黄汤加减（《古今特效单验方》）

［组成］麻黄6g，射干12g，细辛3g，紫菀12g，款冬花12g，半夏12g，黄芩12g，白果12g，大枣12g，生姜9g。

［功用］温肺祛痰。

［适应证］呼吸困难，喉中哮声阵阵，痰白黏或稀薄多沫，不能躺卧，面色青白或晦黯，口不渴或渴喜热饮；或伴发热畏寒，无汗头痛，咳嗽喉痒，鼻流清涕，舌淡白，脉浮紧。

［用法］每日1剂，水煎服，分2次温服。

2. 麻杏石甘汤加味方（《印会河抓主症经验方解读》）

［组成］麻黄9g，杏仁9g，生甘草6g，生石膏30g[(先煎)]，桑白皮12g，葶苈子9g。

［功用］清降肺热。

［适应证］主治肺热咳喘伴有喉间痰声，有痰不易咳出；哮喘不能平卧者；高热微寒，胸满口渴，苔薄白或黄，脉浮数，甚者呼吸有声。可用于西医学的支气管哮喘、急性肺炎、麻疹并发肺炎、大叶性肺炎。

［用法］水煎服，1日2次分服。

---

① 周信有. 咳喘祛邪固本方［N］. 中国中医药报，2017-09-08（4）.

［辨证加减］高热加黄芩9g、连翘9g，以清肺卫之热；如麻疹合并肺炎，疹色黯红者加紫草12g、赤芍9g，以活血清营；疹未透发加桔梗9g、薄荷4.5g^(后下)、荆芥9g、牛蒡子9g，以散风透疹；有上呼吸道感染症状及肺炎，有恶寒表证未罢者，可于本方内加鱼腥草30g、山豆根10g、大青叶15g，以加强清热解毒作用。

3. 小青龙汤加味方（《印会河抓主症经验方解读》）

［组成］麻黄9g，桂枝9g，半夏9g，细辛6g，五味子9g。

［功用］温散水饮。

［适应证］主治咳喘突发，畏寒背冷，或咳喘年久，痰稀量多，吐出甚爽，倚息不能平卧，心悸气短，胸闷干呕，头面及四肢有轻度水肿，舌淡苔白，脉弦。用于西医学的支气管炎、支气管哮喘、肺炎、肺气肿、肺源性心脏病属水饮内停者。

［用法］水煎服，日2次。

［辨证加减］胸闷加炒白芥子9g、炒莱菔子12g，以化痰降气；喘嗽痰鸣者加地龙10g、僵蚕10g、全蝎6g，以祛风定喘；水肿甚者，加茯苓30g、泽泻30g，以利尿消肿。

4. 清燥救肺汤加味方（《印会河抓主症经验方解读》）

［组成］桑叶10g，桑白皮15g，杏仁10g，麦冬12g，阿胶10g^(烊化)、枇杷叶10g，生石膏30g^(先煎)，沙参15g，黑芝麻10g^(打碎)，芦根30g，生甘草6g，石斛10g，黛蛤散9g^(包煎)。

［功用］清燥润肺。

［适应证］主治咳喘无痰，或咳吐白色泡沫，质轻而黏，甚难咳出，常咳逆连声，状似顿咳，咽喉干痛，甚则引起干呕或咯血，舌质红，舌苔少，脉细数。可用于西医学的支气管炎、支气管哮喘、肺炎、肺气肿、肺心病、肺结核、弥漫性肺间质纤维化、间质性肺炎、肺癌以及小儿百日咳等病。

［用法］水煎服，日2次。

［辨证加减］若鼻塞流涕、咽痛，可加山豆根10g、鱼腥草30g，以清热解毒；如咳喘阵作，可加僵蚕10g、全蝎6g、蜈蚣6g、地龙15g(以上可任选一二味)，以定风脱敏；若癌症可加白花蛇舌草30g、半枝莲18g，以解毒抗癌。

5. 止哮豆（《百年百名中国中医临床家·丁光迪》[①]）

［组成］腊月猪胆不落水，黄大豆拣净抹光。

［功用］清热补脾，肃肺止哮。

［适应证］哮喘，无论寒热久暂都可用，尤其是麻疹或其他急性感染所致的为良。平时喉中哮吼作声，哮喘发作则不能平卧，痰少咳不多。

①　丁光迪. 百年百名中国中医临床家·丁光迪［M］. 北京：中国中医药出版社，2001.

［用法］取腊月新鲜猪胆三五个，吊起，防止胆汁溢出，将黄大豆(记好粒数)纳入猪胆中，约装至六七成，使豆没入胆汁中，将胆囊口扎紧，悬挂于背阴通风处，待百日(最少要一个冬季)取出，吹干(不能见阳光，否则要发臭)。用炭火加瓦上，炙热存性，摊在地上(垫一层纸)出火气一宿，然后研成粉末，装入玻璃瓶中待用。每日1~2次，每次约10粒之量，3岁以上小儿加倍。用粥浆或温水调服。连服1~3个冬春，最效的仅需服1个冬春，一般服2个冬春。

6. 保肺汤(《岳美中医案集》[①])

［组成］党参12g，黄芪18g，麦冬12g，五味子6g，贝母12g，百部6g，葶苈子4.5g，前胡9g，桔梗6g，枳壳6g，橘核9g，山药18g，炙甘草6g，红枣12g[(掰)]。

［功用］健脾益肺平喘。

［适应证］咳嗽、咳痰多年，喘息气促，夜重昼轻，舌苔白，脉虚。

［用法］水煎服，每日1剂。

7. 温肾纳气方(《新编经验方》[②])

［组成］桂枝6g，茯苓9g，白术9g，炙甘草4.5g，补骨脂9g，熟地黄15g，山茱萸9g，制附子[(先煎)]9g，五味子3g，半夏9g，远志6g，麝香1.5g[(冲)]。

［功用］温肾化饮平喘。

［适应证］喘促日久，动则喘甚，呼多吸少，形瘦神疲，汗出肢冷，舌淡苔白，脉沉弱。

［用法］水煎服，每日1剂，日服3次。

8. 温阳化饮方(《中国中医秘方大全》[③])

［组成］附子9g[(先煎)]，姜竹茹9g，葶苈子9g，细辛3g，五加皮9g，茯苓9g，陈葫芦18g，白术9g，米仁根18g，蔓荆子12g。

［功用］温肺化痰除湿。

［适应证］喘促日久，短气，咳痰量多，质稀色白，形寒肢冷，得寒加重，得温症减，舌淡苔白，脉弦滑。

［用法］水煎服，每日1剂，日服2次。

9. 治肺气肿方(《邓铁涛临床经验辑要》[④])

［组成］五爪龙30g，太子参30g，白术15g，云茯苓15g，甘草5g，苏子10g，莱菔子10g，白芥子10g，鹅管石30g[(先煎)]。

［功用］健脾降气化痰。

［适应证］喘促短气，气怯声低，

① 中国中医研究院.岳美中医案集[M].北京:人民卫生出版社,2005.

② 沈仲圭.新编经验方[M].北京:人民卫生出版社,1959.

③ 胡熙明.中国中医秘方大全[M].上海:文汇出版社,1990.

④ 邓铁涛.邓铁涛临床经验辑要[M].北京:中国医药科技出版社,1998.

咳声低微,痰吐稀薄,量多,咽喉不利,舌质淡红,脉细弱。

[用法] 每日 1 剂,水煎服,日服 2~3 次。

[辨证加减] 咳嗽甚者,加百部 10g、紫菀 10g、橘络 10g；喘甚者,加麻黄 6g、地龙 10g。

10. 五子定喘汤(《国医大师验案良方》)

[组成] 紫苏子 10g,葶苈子 10g,莱菔子 10g,杏仁 10g,白芥子 5g。

[功用] 化痰逐饮平喘。

[适应证] 痰浊水饮久居肺脏,每因感受寒邪,饮食劳倦情志变动而诱发,搏击气道,则出现痰涎壅盛,黏稠不爽,胸膈满闷,纳差便秘,苔腻脉滑等症。

[用法] 水煎服,每日 1 剂,分 2 次温服。

[辨证加减] 兼咳嗽加前胡、白前、紫菀、款冬花；胸闷加厚朴、陈皮；便秘加全瓜蒌、麻仁。

11. 理饮汤(《国医大师验案良方》)

[组成] 白术 12g,干姜 15g,桂枝 6g,炙甘草 6g,茯苓 6g,生杭芍 6g,橘红 4.5g,川厚朴 4.5g。

[功用] 健脾化痰逐饮。

[适应证] 咳嗽,痰多色白易于咳出,喉中痰声辘辘,脘闷呕恶,晨起尤甚,间或纳呆或便溏腹胀,舌苔白厚腻,脉缓或濡,或有轻度浮肿。

[用法] 水煎服,每日 1 剂,分 2 次温服。

12. 地龙散(《中医内科学》[①])

[组成] 地龙干粉。

[功用] 清热宣肺。

[适应证] 热哮。喘而气粗,喉中痰鸣如吼,痰黄口渴,汗出面赤,脉浮数,舌苔薄黄,舌质红。

[用法] 地龙粉装胶囊,每服 3g,日 2 次。

13. 生脉散(《备急千金要方》)

[组成] 人参 6g,麦冬 9g,五味子 9g。

[功用] 益气养阴。

[适应证] 哮证缓解期气阴两虚。自汗易感冒,咳呛,痰少质黏,口咽干,面色苍白,舌苔薄白,质红,脉细。

[用法] 水煎服,每日 1 剂,分 2 次服。

14. 六君子汤(《医学正传》)

[组成] 人参 6g,炙甘草 3g,茯苓 9g,白术 9g,陈皮 9g,制半夏 9g,生姜 3 片,大枣 5 枚。

[功用] 健脾化痰。

[适应证] 哮证缓解期脾虚气弱。胸腹痞满,大便不实,倦怠,气短不足以息,舌苔薄腻或白滑,质淡,脉细数。

[用法] 水煎,每日 1 剂,分 2 次服。

① 高颖,方祝元,吴伟. 中医内科学[M].北京:人民卫生出版社,2015.

15. 麻黄汤(《伤寒论》)

[组成]麻黄3g,桂枝3g,杏仁6g,甘草3g。

[功用]解表,宣肺,平喘。

[适应证]风寒袭肺,肺气不宣之实证。喘咳气急,胸部胀闷,痰多稀薄起沫,色白质黏,兼有恶寒,无汗,脉浮紧,舌苔薄白而滑。

[用法]水煎,每日1剂,分2次服。

16. 补肺汤(《永类钤方》)

[组成]人参3g,黄芪9g,熟地黄9g,五味子9g,紫菀9g,桑白皮9g。

[功用]补肺益气。

[适应证]肺虚喘证。喘促短气,气怯声低,痰叶稀薄,自汗畏风,舌质淡脉软弱。

[用法]水煎服,每日1剂,分2次服。

17. 附子细辛汤合景岳贞元饮(《魏长春论内科》[1])

[组成]生麻黄、熟附子各3g,北细辛1g,大熟地15g,当归9g,炙甘草3g。

[功用]透达开闭,纳气固脱。

[适应证]内伤外感咳嗽喘上闭下脱症。面容苍白,咳嗽气喘,咳痰不爽,胃纳不思,大便溏薄,舌苔白腐厚裂,脉象沉细。

[用法]每日1剂,水煎温服。

18. 裘沛然治疗哮喘方(《国医大师裘沛然学术经验研究》[2])

[组成]炙马兜铃12g,麻黄9g,制半夏9g,黄芩18g,麦冬9g,百部12g,川贝(吞)4.5g,牛蒡子9g,干姜9g,细辛6g,玄参15g,炙紫菀9g,龙胆草9g,玉蝴蝶4.5g。

[功用]表里同治,寒温并用,虚实兼顾。

[适应证]新感引动伏饮而发作的哮喘,表里俱病,虚实夹杂,寒热交错。既有痰湿内盛之征,又有邪伤阴分之象。咳阵作,咳痰黏不畅,夜不能平卧,胸闷气促,咽痛口渴,稍烦,苔厚白而腻,质稍红,脉细数。

[用法]每日1剂,水煎温服。

四、肺痈

肺痈是指肺叶生疮,形成脓肿的一种疾病,属内痈。临床以发热、咳嗽、胸痛,咳吐腥臭脓血浊痰为主症。西医学所称继发性、血源性肺脓肿多属本病范畴。

1. 葶苈大枣泻肺汤(《金匮要略》)

[组成]葶苈子12g,大枣15g。

[功用]开肺逐邪。

[适应证]胸中胀满,痰涎壅塞,咳喘不得卧,甚则一身面目浮肿,鼻塞流涕。

---

① 朱世增.魏长春论内科[M].上海:上海中医药大学出版社,2009.

② 王庆其.国医大师裘沛然学术经验研究[M].北京:中国中医药出版社,2014.

［用法］先煮枣,煮取 200ml,去枣,再下葶苈子,煮取 100ml,顿服。

2. 清肺汤(《三因极一病证方论》)

［组成］薏苡仁 9g,防己 9g,杏仁 9g,冬瓜皮 9g,鸡子白皮 3g。

［功用］清肺化痰。

［适应证］咳嗽,喘逆上气,发热汗出,咽中如有异物感,苔黄腻,脉滑数。

［用法］上药共研末,每用 12g,加苇叶半握,水煎服,日服 2 次,或用饮片水煎服。

3. 桔梗汤(《伤寒论》)

［组成］桔梗 9g,甘草 6g。

［功用］宣肺利咽排脓。

［适应证］咳嗽有痰,咽喉脓肿,疼痛,舌红苔黄,脉滑数。

［用法］水煎服,每日 1 剂,日服 2 次。

4. 桔梗汤(《济生方》)

［组成］桔梗 3g,桑白皮 3g,贝母 3g,防己 3g,瓜蒌子 3g,枳壳 3g,当归 3g,薏苡仁 3g,百合 2g,黄芪 5g,杏仁 2g,甘草 2g。

［功用］扶正托毒。

［适应证］气阴大伤,面色不华,形体消瘦,咳吐脓血,口燥咽干,脉虚数。

［用法］生姜水煎服,每日 1 剂,日服 2 次。

5. 荷叶汤(《中医内科学》)

［组成］荷叶 30g,白蜜 9g。

［功用］清肺解表。

［适应证］肺痈初期。咳嗽发热,咳白色黏沫痰,痰量由少渐多,胸痛,咳时尤甚,呼吸不利,口干鼻燥,苔薄黄,脉滑数。

［用法］煎浓汁,每日 1 剂,分 2 次服。

6. 千金苇茎汤(《备急千金要方》)

［组成］鲜芦根 100g,薏苡仁 30g,冬瓜子仁 24g,桃仁 10g。

［功用］清肺通瘀。

［适应证］成痈期。咳吐腥臭浊痰,胸中烦满,咳痰量多,痰色黄绿,身热,舌苔黄燥,脉滑数。

［用法］水煎服,每日 1 剂,分 2 次服。

7. 桔梗白散(《外台秘要》)

［组成］桔梗 30g,贝母 30g,巴豆 0.5g。

［功用］排脓解毒。

［适应证］溃脓期。血败肉腐,痈脓内溃外泄,咳吐大量腥臭脓血痰,胸中烦满而痛,气喘,面赤,烦渴,苔黄腻质红或绛,脉滑数。

［用法］共研细末,每服 6g,每日 2~3 次。本方药性猛烈,峻下逐脓的作用甚强,体弱者禁用。

8. 沙参清肺汤(《古今特效单验方》)

［组成］北沙参 9g,生黄芪 9g,太子参 6g,合欢皮 9g,白及 9g,生甘草 6g,桔梗 9g,薏苡仁 15g,冬瓜子 15g。

［功用］养阴补肺。

［适应证］恢复期。身热渐退,咳嗽减轻,咳吐脓血渐少,精神渐振,食纳好转,仍见气短自汗,心烦口燥,病情时轻时重,迁延不愈。

［用法］水煎,每日1剂,分2次服。

9. 赵氏家传肺痈方(《温病纵横谈》①)

［组成］薄荷3g,前胡6g,贝母12g,杏仁10g,苏子10g,黄芩10g,生石膏12g,鲜芦、茅根各30g。

［功用］辛凉清解,肃肺化痰。

［适应证］肺痈未成,发热微恶风寒,兼有咳嗽,喘憋,痰多微黄,胸痛,苔薄黄,脉浮数。

［用法］水煎,每日1剂,分2次服。

五、肺胀

肺胀是由多种慢性肺系疾患反复迁延,导致肺气胀满,不能敛降的一种病证。临床表现为咳喘,痰多,胸部膨满、胀闷如塞,烦躁等。日久面色晦黯,唇甲紫绀,心慌动悸,脘腹胀满,肢体浮肿,甚或喘脱。西医学中的肺气肿、慢性肺源性心脏病属于本病的范围。临床一般分为痰浊壅肺、痰热郁肺、肺肾两虚、阳虚水泛四型。

1. 三子养亲汤(《韩氏医通》)

［组成］苏子10g,白芥子10g,莱菔子10g。

［功用］顺气降逆,化痰消食。

［适应证］痰浊壅肺之咳喘痰多。痰多黏腻,胸腹痞满,纳呆,舌苔腻,脉滑。

［用法］水煎温服,日1剂,分2次服。

2. 前胡散(《证治准绳》)

［组成］桑白皮15g,前胡9g,贝母9g,麦冬10g,杏仁9g,甘草6g。

［功用］清热泻肺,化痰止咳。

［适应证］痰热郁肺。喘咳胸满,痰黄或白,黏稠难咳,口渴烦躁,脉滑数。

［用法禁忌］水煎温服,日1剂,分2次服,忌食辛辣食物。

［辨证加减］若痰鸣喘息不得卧加射干9g、葶苈子15g;若便干加全瓜蒌15g。

3. 人参胡桃汤(《济生方》)

［组成］人参10g,胡桃肉10g。

［功用］益气补肾。

［适应证］肺肾两虚。胸满气喘,呼长吸短,不能平卧,动则喘甚,咳嗽,痰白不易咳出,舌质淡苔白。

［用法］水煎,用文火煎,连药食入,日1剂,分2~3次服。

［辨证加减］若痰多加半夏9g、陈皮10g、茯苓16g。若气不得续,汗出加山茱萸15g、五味子10g、沉香9g。

---

① 谷晓红.温病纵横谈［M］.北京:中国中医药出版社,2018.

4. 真武汤（《伤寒论》）

［组成］茯苓 15g，白芍 12g，白术 9g，制附子 6g$^{(先煎)}$，生姜 3g。

［功用］温阳利水。

［适应证］阳虚水泛之肺胀。咳喘心悸，不能平卧，小便不利，肢体浮肿，苔白，脉沉。

［用法］水煎温服，日 1 剂，分 2 次服。

六、肺痨

肺痨是具有传染性的慢性虚弱性疾病。主要表现为咳嗽、咯血、潮热、盗汗及身体逐渐消瘦等。西医学中的肺结核以及肺外结核，均属本病的范围。临床常见阴虚火旺、气阴两虚两个类型。

1. 百合固金汤加减（《古今特效单验方》）

［组成］生地黄 15g，麦冬 10g，贝母 10g，百合 15g，当归 10g，白芍 12g，玄参 10g，仙鹤草 15g，百部 12g。

［功用］滋阴降火。

［适应证］肺肾阴虚火旺。咳嗽、咳痰不爽而黏，咯血，盗汗，五心烦热，胸痛消瘦，舌质红，脉细数。

［用法］水煎，微温服，日 1 剂，分 2 次服。

2. 月华丸加减（作者经验方）

［组成］党参 9g，沙参 20g，麦冬 15g，生地黄 9g，山药 9g，茯苓 12g，百部 12g，川贝母 9g，三七 6g$^{(冲)}$，五味子 9g。

［功用］益气养阴。

［适应证］肺痨气阴两虚。咳嗽，咯血，潮热，颧红，盗汗，面白神疲，倦怠无力，食欲不振，舌红苔少，脉细数无力。

［用法］水煎服，日 1 剂，分 2 次服。

3. 百合固金汤加减（《常见传染病中医证治荟萃》[①]）

［组成］熟地黄 9g，生地黄 9g，当归身 9g，白芍 3g，甘草 3g，桔梗 3g，玄参 3g，贝母 12g，麦冬 12g，百合 12g。

［功用］滋阴降火。

［适应证］肺肾阴虚火旺。呛咳气急，痰少质黏，或吐稠黄痰、量多，时时咯血，血色鲜红，午后潮热，骨蒸，五心烦热，颧红，盗汗量多，口渴，心烦，失眠，性情急躁易怒，或胸胁掣痛，男子可见遗精，女子见月经不调，形体日渐消瘦，舌红而干，苔薄黄或剥，脉细数。

［用法］水煎，微温服，日 1 剂，分 2 次服。

七、痰饮

痰饮是指体内水液运化输布失常，停积于体内某些部位的一类病证。临床一般分为痰饮、悬饮、溢饮、支饮四类。

---

① 李鑫辉，刘富林. 常见传染病中医证治荟萃［M］. 北京：中国中医药出版社，2016.

1. 苓桂术甘汤(《伤寒论》)

［组成］茯苓 15g,桂枝 10g,白术 9g,甘草 6g。

［功用］健脾渗湿,温化痰饮。

［适应证］痰饮。饮停胃肠,胸胁支满,心下痞满,脘腹喜温恶冷,胃中有振水声,呕吐痰涎,口渴不欲饮,心悸气短而咳,食少便溏,舌苔白腻,脉弦滑。

［用法］水煎温服,日 1 剂,分 2 次服。

2. 椒目瓜蒌方加减(《医醇賸义》)

［组成］椒目 9g,瓜蒌 12g,桑白皮 15g,葶苈子 12g,苏子 10g,陈皮 10g,半夏 9g,茯苓 12g,薤白 9g。

［功用］泻肺祛饮,降气化痰。

［适应证］悬饮。水流胁下胸胁胀痛,肋间饱满,气短息促,咳嗽,随转侧、呼吸时胸痛加重,苔薄白,脉弦滑。

［用法］水煎服,日 1 剂,分 2 次服。

3. 五皮饮(《中藏经》)

［组成］桑白皮 15g,大腹皮 15g,茯苓皮 20g,陈皮 10g,生姜皮 5g。

［功用］健脾化湿,理气消肿。

［适应证］溢饮。头面肢体浮肿,心腹胀满,上气急促,小便不利。

［用法］水煎温服,日 1 剂,分 2 次服。

八、自汗

不因外界环境因素的影响,白昼时时汗出,动则加重者,称为“自汗”。临床常以气虚不固为多见。

1. 玉屏风散(《世医得效方》)

［组成］黄芪 30g,白术 9g,防风 6g。

［功用］益气固表止汗。

［适应证］自汗。虚人易感冒,汗出恶风,稍劳汗出,脉虚弱。

［用法］水煎温服,日 1 剂,分 2 次服。

2. 桂枝汤(《伤寒论》)

［组成］桂枝 9g,白芍 12g,甘草 6g,生姜 20g,大枣 15g。

［功用］解肌发表,调和营卫。

［适应证］营卫不和,体弱易感冒,有汗恶风,苔白,脉缓。

［用法］水煎温服,日 1 剂,分 2 次服。

3. 牡蛎散(《太平惠民和剂局方》)

［组成］麻黄根 10g,浮小麦 30g,煅牡蛎 30g[先煎]。

［功用］敛汗。

［适应证］诸虚自汗。

［用法］水煎温服,日 1 剂,分 2~3 次服。有表邪者禁用。

［辨证加减］若为产后自汗,再加黄芪 30g、当归 10g。

4. 止汗散(龙运光验方[①])

［组成］煅牡蛎 100g,海螵蛸 100g,五味子 100g,五倍子 65g,吴茱

① 龙运光 . 止汗散［N］. 中国中医药报,2017-07-03(4).

萸 35g,丁香 16g,桑叶 10g,川椒 15g,生姜 6g,麻黄根 6g。

[功用]滋阴暖肾,固表敛汗。

[适应证]自汗、盗汗。

[用法]上药碾末过筛,密封备用。每次 6~10g 调醋或芝麻油外敷肚脐(神厥穴)和涌泉穴(双侧),每天 1 次,连用 3~5 天即止。

5. 桂枝加龙骨牡蛎汤(《金匮要略》)

[组成]桂枝 4g,白芍 9g,甘草 3g,大枣 5 枚,龙骨 15g,牡蛎 15g。

[功用]平补阴阳。

[适应证]阴阳两虚,自汗严重,夜梦遗精,舌淡苔薄白,脉弱。

[用法]每日 1 剂,分 2 次温服。

九、盗汗

寐中汗出,醒来自止者,称为"盗汗",临床以阴虚盗汗为多见。

当归六黄汤(《兰室秘藏》)

[组成]当归 9g,生地黄 9g,熟地黄 9g,黄连 9g,黄柏 9g,黄芩 9g,黄芪 20g。

[功用]滋阴清热、固表止汗。

[适应证]阴虚火旺。盗汗发热,口干,心烦,尿黄,舌红,脉数,自汗。

[用法]水煎服,日 1 剂,分 2 次服。脾胃虚弱,纳呆便溏者不宜用。

十、血证

凡血液不循常道,上溢于口鼻诸窍,下出于二阴,或渗于肌肤的疾病,称为"血证"。常见有咯血、衄血、吐血、便血、尿血、皮下出血。临床分为血热妄行、阴虚火旺、瘀血出血、气不统血四大类型。

1. 犀角地黄汤(《备急千金要方》)

[组成]水牛角 9g,生地黄 30g,白芍 15g,牡丹皮 10g。

[功用]清热解毒,凉血止血。

[适应证]血热迫血妄行的各种血证。

[用法]水煎服,日 1 剂,分 2~3 次服。

2. 茜根散(《证治准绳》)

[组成]茜草根 10g,侧柏叶 15g,黄芩 10g,生地黄 15g,阿胶 10g$^{(烊化)}$,甘草 6g。

[功用]滋阴清热,凉血止血。

[适应证]阴虚火旺之肌衄。皮肤青紫斑点或斑块,时发时止,颧红,五心烦热,盗汗,舌红苔少,脉细数。

[用法]水煎温服,日 1 剂,分 2~3 次服。

3. 加味四物汤(作者经验方)

[组成]当归 10g,赤芍 12g,生地黄 15g,桃仁 10g,红花 10g,仙鹤草 20g。

[功用]活血止血。

[适应证]瘀血出血者。

[用法]水煎服,日 1 剂,分 2 次服。

4. 归脾汤加减(作者经验方)

[组成]党参 10g,黄芪 15g,白

术 10g,茯苓 10g,龙眼肉 15g,炒酸枣仁 20g,木香 6g,阿胶 10g^(烊化),仙鹤草15g。

[功用]补养气血,健脾养心,益气摄血。

[适应证]气虚导致之诸出血证。神疲乏力,面色苍白,头晕耳鸣,心悸,夜寐不宁,鼻衄、齿衄、肌衄。

[用法]水煎温服,日 1 剂,分 2次服。

5. 艾叶散(《太平圣惠方》)

[组成]艾叶 9g,炮姜炭 9g,阿胶9g^(烊化),侧柏叶 12g。

[功用]温中止血。

[适应证]脾胃虚寒吐血便血。神倦乏力,肤冷畏寒,脉沉,舌质淡苔白。

[用法]水煎温服,日 1 剂,分 2次服。虚热证禁用。

6. 茅根汤(《类证活人书》)

[组成]茅根 15~30g。

[功用]清热止血,利尿消肿。

[适应证]血热妄行之衄血、咯血、吐血、血尿;急性肾炎之尿少、浮肿、发热、血尿等。

[用法]水煎服。

十一、胸痹

胸痹是指胸中闷痛,甚则胸痛彻背,短气汗出,喘息不得卧为主要症状的疾病。西医学冠心病多属本病范畴。

1. 瓜蒌薤白白酒汤(《金匮要略》)

[组成]瓜蒌 24g,薤白 12g,白酒6ml。

[功用]温通心阳。

[适应证]胸背疼痛,痰多喘闷,气短不得卧,苔白腻而滑,脉沉弦。

[用法]三味同煮,每日 1 剂,分2 次温服。

2. 枳实薤白桂枝汤(《金匮要略》)

[组成]枳实 3g,厚朴 12g,薤白9g,桂枝 3g,瓜蒌 10g。

[功用]通阳降逆。

[适应证]胸阳不振,痰气互结,胸满甚或胸痛彻背,喘息咳唾,短气,气从胁下冲逆,上攻心胸,舌苔白腻,脉沉弦或紧。

[用法]先煮枳实、厚朴,取400ml,去滓,纳诸药,分 3 次温服。

3. 薏仁附子散(《金匮要略》)

[组成]薏苡仁 12g,制附子12g^(先煎)。

[功用]散寒除痹。

[适应证]胸壁喘息咳唾,胸背彻痛,短气,四末厥冷,筋脉拘急,舌质淡,苔白滑,脉沉或沉紧。

[用法]上二味共为细末,每日 3次,每次 3g,白开水冲服。或水煎服。

4. 旋覆花汤加味方(《印会河抓主症经验方解读》)

[组成]旋覆花 15g^(包煎),茜草9g,红花 9g,丹参 15g,川芎 9g,赤芍 15g,降香 9g,瓜蒌仁 30g,青葱管

10g。

［功用］开胸通痹。

［适应证］主治左侧胸部闷痛，甚或痛引肩臂，脉律不齐，睡眠不佳，严重时可见肢冷唇青，出冷汗，猝然昏厥，舌苔黏腻，或左胸痹痛，心络瘀阻，常欲捶扑敲击者。可用于西医学的冠心病、心绞痛、心肌梗死、胸膜炎及胸膜粘连等。

［用法］水煎服，1 日 2 次分服。

5. 邓氏冠心胶囊（《国医大师验案良方》）

［组成］党参 15g，五爪龙 15~30g，白术 9g，法半夏 9g，茯苓 12g，橘红 5g，竹茹 9g，枳壳 9g，甘草 5g，川芎 9g。

［功用］益气健脾，化瘀活血。

［适应证］冠心病，胸闷胸痛，舌色紫黯。

［用法］水煎服，每日 1 剂，分 2 次温服。

［辨证加减］若瘀血明显，胸闷痛频作，舌紫黯，舌下脉络迂曲怒张者，合邓老家传"五灵止痛散"（蒲黄 2 份，五灵脂 2 份，冰片 1 份）1.5~3g 冲服。

6. 舒心活血汤（《古今特效单验方》）

［组成］丹参 40g，赤芍 15g，川芎 15g，柴胡 9g，枳实 9g，三七粉 6g^(冲服)。

［功用］行气活血。

［适应证］气滞血瘀。心胸疼痛，痛处不移，胸闷不舒，烦躁易怒，善太息，舌质黯或有瘀斑，脉沉涩或结代。

［用法］水煎日 1 剂，分 2 次服。见效即收，不宜久服，以防伤正。

7. 益心活血汤（《古今特效单验方》）

［组成］人参 9g，黄芪 15g，丹参 30g，赤芍 15g，川芎 15g，益母草 30g，炙甘草 6g。

［功用］益气活血，化瘀止痛。

［适应证］气虚血瘀。心胸疼痛，劳累加重，气短胸闷，神疲汗出，面色少华，舌体胖大，舌质黯或有瘀斑，脉细弱或结代。

［用法］水煎日 1 剂，分 2 次服。

8. 瓜蒌薤白半夏汤（《金匮要略》）

［组成］瓜蒌 12g，薤白 9g，半夏 6g。

［功用］通阳散结，祛痰宽胸。

［适应证］痰浊壅塞。心胸满闷疼痛或痛引肩背，气短喘促，腹胀纳呆，肢体沉重，舌苔腻，脉滑。

［用法］水煎，日 1 剂，分 2 次服。

9. 加味生脉散（《古今特效单验方》）

［组成］太子参 30g，麦冬 12g，五味子 6g，黄芪 15g，黄精 30g。

［功用］益气养阴。

［适应证］气阴两虚。心胸闷痛或隐痛时作时止，心悸怔忡，自汗盗汗，虚烦不眠，倦怠懒言，口干渴，脉细弱无力或结代，舌质红少苔。

［用法］水煎日 1 剂,分 2 次服。

［辨证加减］若少气懒言,乏力较重,心悸气短大汗出,宜加人参 9g(另煎兑服)。若心烦失眠,心胸烦热,舌红脉数,可加黄连 9g、栀子 9g。

10. 益气温阳强心汤(《古今特效单验方》)

［组成］人参 9g^(另煎兑服),桂枝 6g,茯苓 15g,白术 9g,麦冬 12g,五味子6g,炙甘草 6g。

［功用］温阳利水,益气敛阴。

［适应证］心阳虚衰。心胸闷痛,气短心悸,自汗出,畏寒肢冷,重则喘息不得卧,肢面水肿,面色苍白,唇甲淡白或青紫,舌淡白或紫黯,脉沉细或结代。

［用法］水煎,日 1 剂,分 2 次服。

［辨证加减］若水肿重,甚则全身水肿可加益母草 30g、防己 15g、茯苓皮 30g。

11. 温胆汤加味(《当代名医证治汇粹》)

［组成］法半夏 9g,云苓 12g,橘红 6g,枳壳 6g,甘草 5g,竹茹 9g,党参15g,丹参 12g。

［功用］补气、化痰、通瘀,通补兼施。

［适应证］以胸闷、心痛、气短为主要症状,同时兼有心悸、眩晕、肢麻、疲乏等不适,或舌质黯红,苔腻等。

［用法］水煎日 1 剂,分 2 次服。

12. 大柴胡汤加减(《冯世纶经方医话》^①)

［组成］柴胡 12g,半夏 10g,黄芩10g,白芍 10g,枳实 10g,桂枝 10g,桃仁 10g,生姜 10g,大枣 4 枚,大黄 6g。

［功用］清解少阳阳明之热,化痰祛瘀。

［适应证］少阳阳明合病,兼痰瘀阻胸。胸痛,胃脘痛,两胁下痛。胸闷如压重物,心动悸,心慌易惊,头胀痛,大便不畅。舌质红,苔薄白,脉沉弦。

［用法］水煎日 1 剂,分 2 次服。

13. 益气温中汤(《国医大师孙光荣临证辑要》^②)

［组成］生晒参 10g,生北芪 15g,紫丹参 7g。老干姜 10g,炙甘草 12g,炒白术 10g,炒六曲 15g,谷芽、麦芽各 15g,大枣 10g,川桂枝 6g,全瓜蒌10g,薤白头 10g。

［功用］益气温中,化痰行气活血。

［适应证］胸闷甚,不思饮食,身形高瘦,面色萎黄或苍白,四肢倦怠,手足不温,心下有振水声,畏寒怕冷,口水、痰液、鼻涕、尿液、白带多,喜呕喜唾,大便溏稀。

［用法］水煎日 1 剂,分 2 次服。

① 冯世纶.冯世纶经方医话[M].北京:中国中医药出版社,2020.
② 何清湖,黎鹏程.国医大师孙光荣临证辑要[M].北京:中国中医药出版社,2019.

14. 升陷汤加减(《步入中医之门——疑难病证辨治思路详解》[1])

[组成]白参10g,黄芪30g,升麻5g,柴胡5g,桔梗10g,丹参15g,三七粉(冲服)5g,九香虫5g,知母6g。

[功用]大补宗气,行气活血止痛。

[适应证]宗气下陷,心脉瘀阻。胸痛,心动过缓频发,胸闷心悸,发则气短,发后周身无力,不能行动。口干口苦,纳可,大便结,寐欠佳,双下肢不肿。舌质淡红,苔黄腻,脉沉细。

[用法]水煎,日1剂,分2次服。

十二、真心痛

冠心病,是冠状动脉粥样硬化引起的心脏病,中医称之为"真心痛"。本病多属脏器虚衰,气血不足,常因寒邪内侵、痰浊内盛、情志不遂或劳累过度而导致血行瘀滞、心脉痹阻不通突发本病,多见于中老年人。

本病多在夜间发作,患者突然心悸、怔忡、心烦不安,继则心前区憋闷疼痛,疼痛放射到肩背内臂,时发时止;甚者心痛彻背,背痛彻心。如不及时治疗可出现暴痛欲绝,大汗淋漓,四肢厥冷,面色苍白,脉微欲绝,甚至昏厥而死。

1. 肾心痛方(《国医大师专科专病用方经验(第1辑)·心脑病分册》[2])

[组成]淡附子6g[先煎],淫羊藿15g,肉苁蓉10g,熟地黄12g[先煎],紫丹参15g,太子参12g,白术12g,茯苓20g,芍药12g,麦冬10g,五味子4g,生牡蛎20g[先煎]。

[功用]温肾阳,益心气。

[适应证]厥心痛之肾心痛。

[用法]每日1剂,水煎,分2次服。

2. 益气通痹汤(周信有验方[3])

[组成]瓜蒌4g,川芎15g,赤芍15g,丹参20g,莪术15g,延胡索20g,生山楂20g,广地龙20g,桂枝9g,细辛4g,荜茇9g,黄芪30g,淫羊藿20g。

[功用]益气培元,温经宣阳,祛瘀通痹。

[适应证]冠心病、心绞痛、心肌梗死、房颤等,证属气虚血瘀,见胸痹、心痛、脉结代等症。

[用法]水煎服,每日1剂,早中晚分3次服。亦可共碾为末,炼蜜为丸,重9g,日服3丸。

十三、不寐

不寐是指不能获得正常的睡眠。常因精神过度紧张,劳心忧思日久或体虚气血不足所致。轻者入眠困难,

① 毛以林.步入中医之门——疑难病证辨治思路详解[M].北京:中国中医药出版社,2018.
② 宁泽璞,蔡铁如,李霞.国医大师专科专病用方经验[M].北京:中国中医药出版社,2015.
③ 周信有.益气通痹汤[N].中国中医药报,2020-05-08(4).

时睡时醒,醒后难以再寐;重者整晚不能入睡,并常伴见头痛、头晕、心悸、健忘、食欲减退、精神疲惫等症。

1. 半夏枯草煎(《国医大师专科专病用方经验(第 1 辑)·心脑病分册》)

[组成] 姜旱半夏 12g,夏枯草 12g,薏苡仁(代秫米)60g,珍珠母 30g。

[功用] 调和阴阳。

[适应证] 慢性肝病等所致阴阳失调、气机逆乱的顽固性失眠。

[用法] 每日 1 剂,水煎,分 2 次服。

2. 甘麦芪仙磁石汤(《国医大师专科专病用方经验(第 1 辑)·心脑病分册》)

[组成] 甘草 6g,淮小麦 30g,炙黄芪 20g,淫羊藿 12g,五味子 6g,灵磁石 15g,枸杞子 12g,丹参 12g,远志 6g,茯神 15g。

[功用] 温阳镇潜,引火归原。

[适应证] 顽固性失眠虚多实少者,脾肾两虚或心脾两虚之失眠。

[用法] 每日 1 剂,水煎,分 2 次服。

3. 酸枣仁汤(《金匮要略》)

[组成] 酸枣仁 15g$^{(打碎)}$,茯神 12g,知母 10g,川芎 9g,甘草 4g。

[功用] 安神除烦。

[适应证] 虚烦不得眠,心悸盗汗,头目眩晕,咽干口燥,舌红,脉弦或细数。

[用法] 水煎,日 1 剂,每日 2 次温服。

4. 黄连阿胶鸡子黄汤(《伤寒论》)

[组成] 鸡子黄 10g,黄连 12g,黄芩 3g,阿胶 9g$^{(烊化)}$,白芍 3g。

[功用] 滋阴清热。

[适应证] 心中烦躁,辗转不眠,发热不已,手足心热,口干盗汗,小便短赤,舌红绛而干,脉细数。

[用法] 先煮黄连、黄芩、白芍三味,加水 8 杯,浓煎至 3 杯,去渣,加阿胶烊化,再加入鸡子黄搅拌均匀。

5. 桂枝甘草龙骨牡蛎汤(《伤寒论》)

[组成] 桂枝 15g,甘草 30g,生龙骨 30g$^{(先煎)}$,生牡蛎 30g$^{(先煎)}$。

[功用] 温阳除烦。

[适应证] 心悸不寐,四肢不温,胸痛气急,怔忡不适,脉细或迟。

[用法] 水煎,日 1 剂,每日 2 次温服。

6. 印氏柴芩温胆汤方(《印会河抓主症经验方解读》)

[组成] 柴胡 9g,黄芩 9g,半夏 9g,青皮 9g,枳壳 9g,竹茹 9g,龙胆草 9g,栀子 9g,珍珠母 30g$^{(先煎)}$,夜交藤 30g。

[功用] 除痰降火。

[适应证] 主治睡梦纷纭或睡少梦多,白天心烦易怒,胸脘胀闷,两侧头痛,口苦苔黄,脉弦数。甚则哭笑无

常、打人骂人。广泛用于失眠、惊悸、眩晕、癫狂、头痛、夜游、脏躁等病症。可用于西医学之神经官能症、神经衰弱、窦性心动过速、梅尼埃病、精神失常、神经性呕吐、神经性头痛、癔症、自主神经功能紊乱属痰热者。

〔用法〕水煎，1 日 2 次分服。

7. 印氏除痰降火方（《印会河抓主症经验方解读》）

〔组成〕柴胡 9g，黄芩 15g，半夏 12g，青皮 9g，枳壳 9g，竹茹 9g，龙胆草 9g，栀子 9g，制南星 6g，天竺黄 9g，青礞石 50g^{（先煎）}，石菖蒲 9g，珍珠母 30g^{（先煎）}，远志 6g。

〔功用〕除痰降火。

〔适应证〕主治失眠乱梦，头痛昏胀，烦躁易怒，渐转惊恐狂乱，不辨亲疏，大便干结，舌红苔黄，脉弦数有力。可用于西医学神经衰弱、精神分裂症、抑郁症属痰火者。

〔用法〕水煎，每日 1 剂，早晚分服。

〔辨证加减〕心烦甚加莲子心 3g；失眠头痛甚者加礞石 30g^{（先煎）}；重者每日上午服礞石滚痰丸 10g；大便干结，加大黄 15g^{（后下）}。

8. 调心汤（刘绍武验方）

〔组成〕柴胡 10g，黄芩 10g，川椒 7g，苏子 20g，党参 20g，甘草 10g，郁金 10g，丹参 10g，牡蛎 20g^{（先煎）}，瓜蒌 20g，五味子 10g，百合 20g，乌药 7g，大枣 9g^{（掰）}。

〔功用〕调和肝脾，解郁安神。

〔适应证〕心悸，气短，胸闷，胆小易惊，心烦意乱，精力不足，失眠或嗜睡，多噩梦，易悲伤，精神不耐刺激，冬不耐寒，夏不耐热，头晕眼黑，神形疲劳，易感冒，性冷淡，月经不调或不孕不育，习惯性流产等。脉涩。

〔用法〕水煎服，日 1 剂，分 2 次服。

9. 培补肾阳汤（《国医大师专科专病用方经验（第 1 辑）·心脑病分册》）

〔组成〕淫羊藿 15g，仙茅 10g，怀山药 15g，枸杞子 10g，紫河车 6g，甘草 5g，生地黄 12g，熟地黄 12g，肥玉竹 12g，煅海螵蛸 18g，茜草炭 6g。

〔功用〕阴阳并补。

〔适应证〕阴阳俱虚之不寐。

〔用法〕每日 1 剂，水煎，分 2 次服。

10. 清胆和胃安眠汤（成肇仁验方^①）

〔组成〕法半夏 10~15g，陈皮 10g，茯苓 15~30g，枳壳 10g，竹茹 12g，黄连 6~10g，炒枣仁 15~30g，知母 10g，川芎 6g，远志 6g，生龙骨 30g^{（先煎）}，生牡蛎 30g^{（先煎）}，炙甘草 6g。

〔功用〕和胃化痰，清胆宁心，养血安神。

---

① 成肇仁. 清胆和胃安眠汤［N］. 中国中医药报，2017-11-09（4）.

［适应证］胆胃痰热内扰、肝血不足之失眠。症见心烦入睡困难，多梦，眠浅或睡后易醒，惊悸不宁，胃脘不适，口干苦，舌淡或红，苔白或黄腻，脉弦滑等。

［用法］中药冷水浸泡30分钟，生龙牡先煎15~20分钟左右再下余药，续煎20~30分钟，每付煎煮2次，取汁混匀分别于下午、睡前2次温服。

11. 失眠方（王净净验方[①]）

［组成］酸枣仁20g，刺五加20g，桑椹20g，灵芝10g，远志10g，柴胡10g，郁金10g，百合10g，龙骨20g，牡蛎20g，合欢花10g，柏子仁10g。

［功用］滋阴养血，疏肝解郁，潜阳安神。

［适应证］失眠属肝郁气滞、肝血不足者。

［用法］每日1剂，水煎2次，煎液混匀，每次400~500ml，分2次温服。

十四、癫狂

癫狂，是以精神失常为主的疾病，属西医学所指的精神分裂症。临床一般分为气滞、痰结、火郁、血瘀四型。

1. 郁明散（《本草纲目附方分类选编》[②]）

［组成］真郁金210g，明矾90g。

［功用］解郁清心，祛痰解毒。

［适应证］气滞痰结之狂。失眠易惊，烦躁不安，神志昏乱，舌红，脉弦。

［用法］上药共研末，生糊丸梧桐子大，每服10g，日服2次，白汤下。

2. 苦参散（《本草纲目附方分类选编》）

［组成］苦参末6g。

［功用］泻火除烦。

［适应证］火郁癫狂。喧扰打骂，狂躁不宁，不避水火，或欲毁物伤人，面红目赤，舌红苔黄，脉弦。

［用法］水煎日1剂，分2次服。

十五、痫证

癫痫是一组临床综合征，以在病程中有反复发作的神经元异常放电导致暂时性突发性大脑功能失常为特征。功能失常可表现为运动、感觉、意识、行为、自主神经等功能障碍，或兼有之。本病属于中医"痫证"范畴。痫病的发生，大多由于七情失调，先天因素，脑部外伤，饮食不节，劳累过度，或患他病之后，造成脏腑失调，痰浊阻滞，气机逆乱，风阳内动所致，而尤以痰邪作祟最为重要。

1. 抵当汤加味（《印会河抓主症经验方解读》）

［组成］水蛭12g，虻虫9g，桃仁

---

① 王净净.失眠方[N].中国中医药报,2018-01-24(4).

② 陕西省中医药研究院.本草纲目附方分类选编[M].北京:人民卫生出版社,1982.

12g,大黄 9g^(后下),土鳖虫 9g,花蕊石 20g,地龙 15g,僵蚕 9g,全蝎 6g,蜈蚣 6g。

[功用]化瘀活血。

[适应证]主治有脑外伤史,发则昏眩倒仆,抽搐强直,口角流涎,有时发出不寻常的怪叫声,大便干,舌红苔腻,脉弦数。可用于西医学的癫痫、脑外伤综合征、外伤性头痛、痛经属瘀血停留者。

[用法]水煎服,1 日 2 次分服。

[辨证加减]久病者可加玄参 15g、川贝母 10g、生牡蛎 30g^(先煎)、夏枯草 15g、昆布 15g、海藻 15g、海浮石 18g^(先煎),以软坚散结、疏通经络,加强活血化瘀之力。

2. 邓氏癫痫方(《国医大师验案良方》)

[组成]荆芥 8g,全蝎 10g,僵蚕 10g,浙贝母 10g,橘络 10g,白芍 15g,甘草 6g,云苓 15g,白术 12g,丹参 15g,黄芪 15g,蜈蚣 10g。

[功用]益气祛痰,镇痛安神。

[适应证]癫痫。

[用法]共研极细末,每次 3g,每日 2 次,温开水送服。小儿减半量。

3. 安神丸(《明医指掌》)

[组成]黄连 45g^(酒制),朱砂 30g^(水飞),生地黄 30g,当归 30g,炙甘草 15g。

[功用]养血柔肝补肾。

[适应证]痫证休止期。平素情绪急躁,咳痰黏稠,舌红苔黄腻,脉弦数。

[用法]共研细末为丸,如梧桐子大,每服 10g,日服 2 次。

十六、胃痛

胃痛是由多种复杂的原因所引起的胃脘疼痛不适,其主要表现为食欲不振,上腹闷胀、疼痛,恶心呕吐,或嗳气反酸水,便秘或腹泻。由于患者长期消化不良,故其体质虚弱消瘦。

1. 四磨汤(《济生方》)

[组成]乌药 12g,沉香 6g,槟榔 10g,党参 12g。

[功用]降逆消导。

[适应证]胃痛,气逆喘息,胸膈不适,烦闷不食,舌红苔厚腻,脉弦。

[用法]水煎服,日 1 剂,口服 2 次。

2. 肝胃百合汤(《古今特效单验方》)

[组成]百合 15g,甘草 6g,柴胡 10g,郁金 10g,乌药 10g,川楝子 10g,黄芩 10g,丹参 10g。

[功用]降逆和胃止痛。

[适应证]胃脘疼痛,胃灼热,胸脘憋闷,口干苦,舌红,脉弦。

[用法]水煎服,日 1 剂,口服 2 次。

3. 刘志明胃痛经验方(《国医大师专科专病用方经验(第 2 辑)·脾胃肝胆病分册》)

[组成]鸡内金 24g,陈皮 9g,厚朴 12g,枳实 12g,白芍 9g,槟榔 9g,大

黄 5g,黄芪 15g,白术 12g,甘草 10g。

[功用] 行气导滞,消积化石。

[适应证] 胃结石,属胃气阻滞,积结为石者。症见上腹胃脘疼痛不适,拒按,伴心下痞硬、吞酸、嘈杂、嗳气,食欲减退,形体消瘦,舌红,苔薄黄,脉细数。

[用法] 水煎服,每日 1 剂。

4. 孙光荣胃痛经验方(《国医大师专科专病用方经验(第 2 辑)·脾胃肝胆病分册》)

[组成] 生晒参 15g,生黄芪 10g,炒白术 10g,炒神曲 15g,海螵蛸 12g,砂仁 4g,藿香叶 10g,苏梗 6g,山药 10g,延胡索 10g,葫芦壳 6g,高良姜 6g,广橘络 6g,鸡内金 6g。

[功用] 温阳健脾,疏肝理气。

[适应证] 浅表性胃炎,属脾胃阳虚,升降失常者。症见胃脘痛,怕冷,腹泻,舌淡,苔少,脉细。

[用法] 水煎服,每日 1 剂。

5. 苏青散(《古今特效单验方》)

[组成] 苏梗 12g,枳壳 12g,陈皮 12g,青皮 12g,川芎 10g,郁金 10g。

[功用] 疏肝理气和胃。

[适应证] 肝气犯胃型的胃痛。胃脘胀痛连及两胁,嗳气频繁,每因情志不畅而痛作,舌苔薄白,脉弦。

[用法] 水煎日 1 剂,分 2 次服。

[辨证加减] 若肝气犯胃日久,伤及脾胃,可加入炒白术 12g、茯苓 12g、玫瑰花 6g,效果更佳。

6. 徐经世胃痛经验方(《国医大师专科专病用方经验(第 2 辑)·脾胃肝胆病分册》)

[组成] 姜竹茹 10g,生苍术 15g,陈枳壳 12g,广橘络 20g,姜半夏 10g,绿梅花 20g,川朴花 10g,海螵蛸 15g,蒲公英 20g,代赭石 12g,炒丹参 15g,白檀香 6g。

[功用] 扶土抑木,降逆和胃。

[适应证] 胃脘痛,属土虚木贼,胃失和降,痛久络伤者。症见胃脘疼痛不适,嗳气吞酸,纳食减少,大便干结,夜寐安,面容黧黑有泽,舌红、苔黄,脉细弦。

[用法] 水煎服,每日 1 剂。

7. 调胃汤(刘绍武验方)

[组成] 柴胡 10g,黄芩 10g,川椒 7g,苏子 20g,党参 20g,甘草 7g,陈皮 15g,白芍 15g,大黄 7g^(后下),大枣 9g。

[功用] 和解少阳兼清阳明里热。

[适应证] 胸胁满闷疼痛,食欲不振,善太息,健忘,胃脘胀满,心烦,舌黧,苔厚,聚关脉等。临床上常见的胃病、肝病、胆病、胰腺病等,只要见到聚关脉即可用此方。聚关脉,即关部脉大如豆。

[用法] 水煎,日 1 剂,分 2 次服。

8. 段富津胃痛经验方(《国医大师专科专病用方经验(第 2 辑)·脾胃肝胆病分册》)

[组成] 沙参 20g,当归 15g,生地黄 20g,麦冬 20g,川楝子 15g,枸杞子

15g,炒麦芽 20g,郁金 15g,陈皮 10g,姜黄 15g。

［功用］益胃养阴,理气止痛。

［适应证］胃脘痛,属阴虚者。症见胃脘隐痛,两胁痛,后背痛甚,口干舌燥,大便略干,舌红、无苔,脉细数。

［用法］水煎服,每日 1 剂。

9. 补中益气加枳实方(《印会河抓主症经验方解读》)

［组成］黄芪 15g,党参 12g,白术 12g,陈皮 9g,升麻 9g,柴胡 9g,甘草 6g,当归 15g,枳实 30g,生姜 9g,大枣 15g。

［功用］升降脾胃。

［适应证］主治纳少腹胀,嗳气脘闷,时有胃痛,食后腹部及脐下胀满,转侧时胁腹有水流声,形体消瘦,大便时干,脉细苔少。可用于西医学胃下垂、脱肛、子宫脱垂等属中气下陷、脾胃虚弱者。

［用法］水煎服,每日 1 剂,早晚空腹温服。

10. 益胃汤加味方(《印会河抓主症经验方解读》)

［组成］沙参 15g,麦冬 10g,生地黄 15g,玉竹 10g,冰糖 30g^(分冲),川贝母 10g。

［功用］益胃生津。

［适应证］主治胃痛不胀,食后还饱,食酸甜或水果较舒,口渴不能多饮,大便干燥,舌质偏红,苔少而干,脉细。可应用于西医学之胃炎、慢性胃炎、萎缩性胃炎胃酸过少症。

［用法］水煎,每日 1 剂,早晚分服。

［辨证加减］痛甚加桃仁 9g、丹参 15g。

11. 芍药甘草汤加味方(《印会河抓主症经验方解读》)

［组成］赤芍 30g,白芍 30g,甘草 12g,当归 15g,延胡索 9g,川楝子 12g,降香 9g。

［功用］舒挛定痛。

［适应证］主治突发或阵发性胃脘急痛、挛痛,甚者硬痛拒按,痛缓则腹软如常,舌质青黯,脉弦。可用于西医学的胃神经官能症、胃炎、胃及十二指肠溃疡属痉挛性疼痛者。

［用法］水煎服,日 1 剂,2 次分服。

［辨证加减］腹胀明显者,加乌药 9g 以除胀满。

12. 十三味和中丸(马骏验方^①)

［组成］柴胡 8g,枳壳 10g,炒白芍 12g,陈皮 10g,川楝子 6g,延胡索 10g,酒黄芩 12g,炒黄连 6g,吴茱萸 3g,砂仁 6g^(后下),茯苓 15g,姜半夏 10g,甘草 6g。

［功用］疏肝理脾,降逆和胃,理气止痛。

［适应证］功能性消化不良,慢性浅表性胃炎,慢性萎缩性胃炎等,证属

---

① 马骏.十三味和中丸［N］.中国中医药报,2017-08-16(4).

肝郁气滞、脾胃不和,见胃脘胀痛,口干口苦,嗳气,反酸,脉弦滑,舌淡红,苔黄白腻等症。

[用法] 水煎服,每日 1 剂,头煎和二煎药液相混,早晚分两次服。亦可共碾研末,炼蜜为丸,重 10g,日服 2 丸。

13. 胃痛方(沈舒文验方[①])

[组成] 高良姜 12g,香附 10g,刺猬皮 15g,蒲黄 15g[(包煎)],五灵脂 10g,没药 10g,徐长卿 15g,白芍 30g,炙甘草 6g。

[功用] 温阳散寒止痛。

[适应证] 慢性胃炎、消化性溃疡、胃黏膜脱垂、胃癌等所致的胃痛屡发,表现为疼痛久延不愈,畏寒凉饮食,痛处固定,或夜间加重,偶尔反酸,胃灼热,舌苔薄白或薄黄,脉沉弦。

[用法] 先将上药用适量水浸泡30 分钟,煎药 2 次,首煎 30 分钟,滤液,加开水再煎 20 分钟,两次药液混合,分早晚服。

14. 百合养胃汤(《实用中医内科学》[②])

[组成] 百合 30g,乌药 9g,延胡索 9g。

[功用] 养阴清热,理气止痛。

[适应证] 虚热胃痛。胃痛隐隐,口燥咽干,或口渴,大便干燥,舌红少津,脉多弦细。

[用法] 水煎日 1 剂,分 2 次服。

15. 胃痛方(《古今特效单验方》)

[组成] 黄芪 30g,芍药 15g,良姜10g,神曲 10g。

[功用] 益气温中消食。

[适应证] 脾胃虚寒胃痛,胃痛隐隐,泛吐清水,喜暖喜按,肢冷乏力,舌淡苔白,脉弱。

[用法] 水煎日 1 剂,分 2 次温服。

16. 甘草汤(《伤寒论》)

[组成] 生甘草 10g。

[功用] 清热止血,利尿消肿。

[适应证] 少阴病初起无他症之咽痛;胃与十二指肠溃疡病;扭挫伤。

[用法] 水煎服,治胃与十二指肠溃疡病。用散剂,每服 2g,日 2 次。治扭挫伤,浸冷水外敷。

17. 连苏和胃饮(尹常健验方[③])

[组成] 黄连 6g,苏梗 9g,厚朴9g,半夏 9g,吴茱萸 6g,甘草 3g,白及9g,海螵蛸 30g,荜澄茄 9g,炒稻、麦芽各 15g,甘松 9g,凤凰衣 9g[(冲)]。

[功用] 疏肝和胃,行气消胀。

[适应证] 慢性胃炎,溃疡病所致之胃脘胀痛、心下痞满、嘈杂反酸、嗳气呕恶、纳呆食少等。

① 沈舒文 . 胃痛方[N]. 中国中医药报,2017-06-17(4).

② 方药中 . 实用中医内科学[M]. 上海:上海科学技术出版社,1985.

③ 尹常健 . 连苏和胃饮[N]. 中国中医药报,2017-04-08(4).

［用法］水煎 2 次共兑为 450~500ml，早晚 2 次空腹温服，晚间服汤剂后温水冲服凤凰衣。每日 1 剂，2 周为一个疗程。

［辨证加减］纳呆食少者加炒莱菔子 15g、焦神曲 9g；痛重加延胡索 9g、白芷 9g；嗳气频频加旋覆花 9g^(包煎)、姜杷叶 9g；胀重加木香 9g；嘈杂反酸加煅瓦楞子 30g；气短加黄芪 15g；便溏加白扁豆 30g。

18. 周氏愈溃汤（周信有验方①）

［组成］党参 20g，炒白术 9g，黄芪 20g，当归 9g，炒白芍 20g，丹参 20g，延胡索 20g，三七粉 4g^(分冲)，白及 15g，海螵蛸 30g，砂仁 9g，鸡内金 15g，香附 9g，制附片^(先煎)9g，干姜 6g，甘草 9g。

［功用］健脾益气，温中和胃，祛瘀生新。

［适应证］证属脾胃虚寒型的各类消化性溃疡。

［用法］水煎服，日 1 剂，分早、晚 2 次温服。

19. 调脾养胃汤（成肇仁验方②）

［组成］党参 15g，白术 12g，茯苓 15g，陈皮 10g，延胡索 10g，白芍 15g，焦山楂 15g，神曲 15g，炒麦芽 15g，甘草 6g。

［功用］益气健脾，和胃安中，调脾养胃。

［适应证］慢性胃炎、胃溃疡、十二指肠球部溃疡、反流性食管炎等疾病。症见面色萎黄，神疲倦怠，脘痞，腹胀，纳差，嗳气，呕恶，胃脘痛或嘈杂不适。

［用法］水煎服，早中晚 3 次于饭后 30~60 分钟左右温服，每天 1 剂，14 天为 1 个疗程。服药期间饮食宜清淡，生活作息规律，心情舒畅，禁食辛辣油腻或浓茶、咖啡等刺激性食物。胃黏膜修复，脾胃调理，均尚需时日，临证不可操之过急，宜缓图不宜急进，须当坚持服药，日久可建大功。

20. 化瘀愈溃汤（王道坤验方③）

［组成］生蒲黄 15g^(包煎)，五灵脂 15g^(包煎)，刘寄奴 15g，生黄芪 15g，淮山药 15g，蒲公英 15g，血竭 3g^(冲服)，煅瓦楞子 20g^(先煎)，威灵仙 10g，枳壳 10g，黄连 3g，鸡内金 6g。

［功用］活血化瘀，敛疡止痛。

［适应证］因瘀血阻于胃络所致的胃脘痛。症见：胃脘疼痛持久，痛若针刺或刀割，痛有定处而拒按，食后或夜间痛甚，或痛时牵涉胸背，或呕血、便血，舌质紫黯或有瘀斑，脉象弦或涩，亦或迟缓。

① 周信有.周氏愈溃汤［N］.中国中医药报,2017-07-27(4).

② 成肇仁.调脾养胃汤［N］.中国中医药报,2017-09-05(4).

③ 王道坤.化瘀愈溃汤［N］.中国中医药报,2017-17-20(4).

［用法］每日 1 剂,水煎 2 次,取液至 300ml,早、晚饭后 1 小时服用。

21. 六香丸(陈卫川验方[①])

［组成］丁香 6g,乳香 6g,木香 6g,麝香 1g,沉香 6g,莪术 30g,三棱 75g,肉豆蔻 30g,藿香 30g,砂仁 10g,青皮 30g,陈皮 30g,槟榔 10g,高良姜 10g,炙甘草 6g,大枣 10 枚。

［功用］和胃理气宽中,活血化瘀止痛。

［适应证］胃痛(脾胃不和、痰湿中阻、气滞血瘀、脾胃虚寒、寒热错杂型)。

［用法］上 16 味药,除去麝香,余 15 味共研细末,与麝香共混匀,和蜜为丸,每丸 9g,日服 3 次,分早、中、晚,温水服。

22. 枳实益胃汤(王道坤验方[②])

［组成］枳实 15g,生地黄 15~30g,麦冬 12g,玉竹 12g,北沙参 15g,石斛 12g,天花粉 15g,芦根 12~30g,甘草 6g,冰糖 3g。

［功用］滋阴益胃,清热生津,通降胃腑。

［适应证］因胃阴亏虚,阴虚内热,胃腑不通所致的胃脘痛。症见胃脘灼热疼痛,口干舌燥,渴喜冷饮,嘈杂易饥,大便干结,舌红少苔,或有裂纹,或花剥苔,脉细数。

［用法］水煎服,每日 1 剂。早、晚饭后 1 小时服。

23. 李今庸胃痛经验方(《国医大师专科专病用方经验(第 2 辑)·脾胃肝胆病分册》)

［组成］生地黄 15g,山药 10g,薏苡仁 10g,石斛 10g,沙参 10g,麦冬 10g,玉竹 10g,芡实 10g,莲子肉 10g,生甘草 8g。

［功用］养阴清热。

［适应证］慢性胃炎,属胃阴不足,虚热灼胃者。症见胃脘痛,于饥饿时发生疼痛,且有烧灼感,喜按,稍进饮食则缓解,大便干,小便黄,口咽干燥。苔薄黄,脉细数。

［用法］水煎服,每日 1 剂。

十七、痞满

痞满是指自觉心下痞塞,胸膈胀满,触之无形,按之柔软,压之无痛为主要症状的病症。类似于西医的慢性胃炎、功能性消化不良、胃下垂等疾病。

1. 三中汤(《贾六金中医儿科经验集》[③])

［组成］黄芪 15g,党参 12g,炒白术 12g,茯苓 12g,厚朴 12g,草蔻仁 12g,炒白芍 15g,陈皮 12g,干姜 6g,

① 陈卫川.六香丸[N].中国中医药报,2018-02-05(4).

② 王道坤.枳实益胃汤[N].中国中医药报,2018-09-22(4).

③ 贾六金,薛征.贾六金中医儿科经验集[M].北京:人民卫生出版社,2018.

肉桂 6g,木香 12g,炙甘草 6g。

[功用] 温中健脾,补虚缓中,平调阴阳。

[适应证] 主治由脾胃虚寒引起的胃痛、腹痛、痞满,饮食生冷或者夜间加重,常伴有嗳气、反酸、面色白或萎黄,舌质淡胖,脉缓。

[用法] 每日 1 剂,煎煮两次,合约 500ml,分早晚两次服用。

2. 理气舒肝方(《慢性胃炎浊毒论》①)

[组成] 香附 15g,紫苏 15g,青皮 15g,柴胡 15g,甘草 6g。

[功用] 化浊解毒,疏肝理气。

[适应证] 浊毒内蕴,肝胃不和证。脘腹胀满,胸脘痞闷,不思饮食,疼痛,嗳气,或有恶寒发,舌黯红,苔薄黄,脉弦细滑。

[用法] 水煎,温服。

3. 六郁汤(《谢兆丰临证传薪录》②)

[组成] 苍术、枳壳、半夏各 10g,神曲、麦芽各 15g,白蔻仁 4g。

[功用] 醒脾开郁。

[适应证] 脾郁。症见脘腹痞满,不思饮食,或脘腹胀痛,舌苔白腻,脉象弦缓。

[用法] 水煎,温服。

4. 降逆和胃方(马骏验方③)

[组成] 太子参 10g,白术 10g,姜半夏 10g,麦冬 15g,生薏苡仁 20g,炒黄芩 15g,仙鹤草 15g,木蝴蝶 6g,海螵蛸 15g,浙贝母 9g,白及 10g,炙甘草 6g。

[功用] 健脾益气,和胃降逆。

[适应证] 胃食管反流病,糜烂性胃炎伴胆汁反流,食管炎,慢性浅表性胃炎出血活动期等,证属脾胃不和、胃气上逆。见胃脘痞满不舒、口干口苦、反酸等症。

[用法] 水煎服,每日 1 剂,头煎和二煎药液相混,早晚分两次服。

5. 参麦芩苡汤(单兆伟验方④)

[组成] 太子参 15g,炒白术 10g,麦冬 15g,法半夏 6g,黄芩 10g,炒薏苡仁 15g,仙鹤草 15g,白花蛇舌草 15g。

[功用] 益气养阴,清热利湿。

[适应证] 慢性萎缩性胃炎,气阴两伤兼湿热中阻证。

[用法] 每日 1 剂,分煎两次,取药液 250ml,分 2 次口服。3 个月为 1 疗程,连服 2 个疗程。

6. 周氏益胃平萎汤(周信有验方⑤)

[组成] 党参 20g,炒白术 9g,黄

① 李佃贵.慢性胃炎浊毒论[M].北京:中国中医药出版社,2020.

② 钱永昌.谢兆丰临证传薪录[M].北京:中国中医药出版社,2019.

③ 马骏.降逆和胃方[N].中国中医药报,2017-08-09(4).

④ 单兆伟.参麦芩苡汤[N].中国中医药报,2018-01-18(4).

⑤ 周信有.周氏益胃平萎汤[N].中国中医药报,2019-03-15(4).

芪 20g,陈皮 9g,姜半夏 9g,香附 9g,砂仁 9g,鸡内金 9g,炒白芍 20g,莪术 20g,蒲公英 15g,甘草 6g。

[功用]益气和胃,祛瘀止痛,生肌平萎。

[适应证]气虚气滞、胃络瘀滞型萎缩性胃炎。

[用法]水煎服,日 1 剂,分早晚 2 次温服。

[辨证加减]患者伴有肠上皮化生者,加水蛭 9g;伴有胃黏膜粗糙不平,隆起结节者,加炮山甲 9g、王不留行 15g、海藻 15g;伴有胃溃疡或十二指肠球部溃疡者,加白及 9g、三七粉 5g(分两次服用);胃酸减少或无胃酸者,加木瓜 9g、乌梅 9g、山楂 15g。

十八、呕吐

呕吐是指胃失和降,气逆于上,迫使胃内容物从口吐出的病症,是多种急性、慢性疾病常伴见的一个症状。西医学中以呕吐为主的病变有急慢性胃炎、胃神经官能症、食源性呕吐等。

1. 胃中素热汤(《古今特效单验方》)

[组成]栀子仁 10g^(炒黑),陈皮 10g,竹茹 5g。

[功用]清胃降逆止呕。

[适应证]痰热阻滞,呕吐酸腐,便秘,小便短赤,舌红苔黄厚,脉实大。

[用法]水煎 300ml,入姜汁 15ml,温服,日 1 剂,每日 2 次。

2. 藿香安胃散(《古今特效单验方》)

[组成]藿香 10g,半夏 5g,陈皮 6g,厚朴 10g,苍术 10g,甘草 6g,姜片 21g,大枣 6g。

[功用]降逆化湿止呕。

[适应证]恶寒发热,头痛,胃脘疼痛,呕吐不止,呕吐物多为清稀水样,不欲食,舌红苔白,脉浮。

[用法]水煎 200ml,日 1 剂,早晚温服。

3. 柿蒂芦根饮(《古今特效单验方》)

[组成]柿蒂 10g,芦根 15g,旋覆花 10g^(包煎),代赭石 15g^(先煎)。

[功用]清热降逆和胃。

[适应证]胃脘胀满,频频嗳气,呕吐酸腐,便秘,小便短赤,舌红,脉弦滑。

[用法]水煎取汁,每日 1 剂,频服。

4. 泻肝安胃汤(《古今特效单验方》)

[组成]柴胡 9g,黄芩 9g,半夏 9g,竹茹 9g,生姜 9g。

[功用]泻肝安胃。

[适应证]肝气犯胃,呕吐吞酸,胸膈烦闷,口苦苔黄,脉弦。

[用法]水煎,日 1 剂,浓煎少量频服。

[辨证加减]若大便干结加川军 9g^(后下);若大量泛酸加煅瓦楞子 30g^(先煎)。

5. 消食和胃汤(《古今特效单验方》)

[组成]半夏 9g,生姜 9g,莱菔子

9g,炒麦芽 9g,炒谷芽 9g,熟大黄 6g,槟榔 6g。

［功用］消食导滞。

［适应证］痰食阻滞,胃气窒塞,呕吐酸腐,脘腹胀满,苔黄腻,脉滑数。

［用法］水煎,日 1 剂,少量频服。六腑以通为用,故应用本方无论大便干结或溏泻,均应消导泻下,谓之通因通用,胃肠之积泻后,呕吐自愈。

［辨证加减］若肉食所伤加生山楂 30g。

6. 温胃降逆汤(《古今特效单验方》)

［组成］吴茱萸 9g,半夏 9g,生姜 9g,党参 9g。

［功用］温中健脾,降逆和胃。

［适应证］脾胃虚寒,食欲不振,食稍多即欲呕吐,脘部痞闷,四肢欠温,大便溏薄,舌淡苔白,脉濡弱。

［用法］水煎,日 1 剂,少量多次,频频温服。

7. 生姜止呕方(《古今特效单验方》)

［组成］生姜 15g,红糖 50g,醋 250g。

［功用］降逆散寒。

［适应证］食欲不振,呕吐清水,腹痛喜暖,便溏,舌淡苔白,脉沉紧。

［用法］沸水冲泡 10 分钟,频频饮服。

8. 疏肝和胃汤(王道坤验方 [①])

［组成］柴胡 12~24g,麸炒白芍

12~30g,麸炒枳实 15g,陈皮 12g,姜半夏 12g,茯苓 15~30g,川芎 12g,醋香附 12g,紫苏梗 15g,姜厚朴 15g,旋覆花 30g [(包煎)],代赭石 30g [(先煎)],三七粉 3~6g [(冲服)],炙甘草 6g。

［功用］疏肝理气,和胃化痰,化瘀消痞。

［适应证］因肝气郁结、横逆犯胃、痰凝血瘀所致的胃痞病。症见胃脘胀满或胀痛、呃逆嗳气、反酸烧心、恶心呕吐、口苦咽干、胸胁苦满、不思饮食、舌苔厚腻,舌下静脉迂曲怒张,脉弦等。

［用法］水煎服,每日 1 剂。早、晚饭后 1 小时温服。

9. 导痰汤(《济生方》)

［组成］法半夏 15g,胆南星 12g,枳实 10g,陈皮 6g,茯苓 12g,藿香 10g,紫苏梗 12g,砂仁 6g [(后下)],甘草 6g。

［功用］涤痰化浊,和胃降逆。

［适应证］脘腹胀满,食后尤甚,上腹或有积块,朝食暮吐,暮食朝吐,吐出宿食不化,并有或稠或稀之痰涎水饮,或吐白沫,眩晕,心下悸。舌苔白滑,脉弦滑,或舌红苔黄浊,脉滑数。

［用法］水煎服。

10. 丁蔻理中汤(《太平惠民和剂局方》)

［组成］党参 20g,干姜 20g,白

---

① 王道坤. 疏肝和胃汤［N］. 中国中医药报,2017-12-06(4).

术 12g,白蔻仁 10g,法半夏 15g,砂仁 6g^(后下),神曲 10g,吴茱萸 9g,甘草 6g。水煎服。

［功用］温中健脾,和胃降逆。

［适应证］食后脘腹胀满,朝食暮吐,暮食朝吐,吐出宿食不化及清稀水液,大便溏少,神疲乏力,手足不温,面色青白。舌淡苔白,脉细弱。

［用法］水煎服。

11. 竹茹汤(《本事方》)

［组成］栀子、竹茹、法半夏各 12g,枇杷叶 15g,陈皮 6g,黄连 10g,黄芩 12g,甘草 6g。

［功用］清胃泄热,和胃降浊。

［适应证］食后脘腹胀满,朝食暮吐,暮食朝吐,吐出宿食不化及混浊酸臭之稠液,便秘尿黄,心烦口渴。舌红苔黄腻,脉滑数。

［用法］水煎服。

12. 苏叶黄连汤(《李克绍医学文集》[①])

［组成］苏叶 10~15g,黄连 5~9g。

［功用］消食导滞。

［适应证］湿热呕吐,呕吐明显,或者呕出酸苦黏液,舌质红,舌苔黄黏腻,脉滑数。

［用法］水煎,日 1 剂。

13. 大黄甘草汤(《金匮要略》)

［组成］大黄 12g,甘草 3g。

［功用］通便止呕。

［适应证］胃肠积热,浊腐之气上逆,食已即吐,吐势急迫,或大便秘结不通,苔黄,脉滑实者。

［用法］上二味,用水 600ml,煮取 200ml,分两次温服。

14. 大半夏汤(《金匮要略》)

［组成］半夏 9g^(洗,完用),人参 6g,白蜜 20ml。

［功用］补中降逆。

［适应证］胃反呕吐,朝食暮吐,或暮食朝吐。

［用法］上三味,用水 1 200ml,和蜜扬之二百四十遍,煮药取 500ml,温服 200ml,余份再服。

十九、反胃

反胃是指食入之后,停于胃中,朝食暮吐,暮食朝吐的一类病症。西医学中的幽门梗阻多表现为这类证候。临床多以中焦阳气不振,无力消化食物为主。

1. 焦树德治反胃方(《方剂心得十讲》[②])

［组成］旋覆花 10g^(布包),生赭石 30g^(先煎),半夏 10~12g,人参 3~6g,生姜 3 片,甘草 3g,生大黄 3g,当归 10g,白芍 12~15g,槟榔 10g,桃仁 10g,红花 10g,紫肉桂 2~3g,熟地黄 12g。

① 李克绍 . 李克绍医学文集［M］. 济南:山东科学技术出版社,2006.

② 焦树德 . 方剂心得十讲［M］. 北京:人民卫生出版社,2005.

［功用］降逆和胃。

［适应证］朝食暮吐，大便秘结不下，腹部起包窜走雷鸣，须到晚间呕吐之后，始能睡卧。

［用法］水煎服。

2. 太仓丸（《本草纲目》）

［组成］白豆蔻60g，砂仁60g^(后下)，丁香30g，陈仓米60g。

［功用］温中健脾，降气和胃。

［适应证］食后胃脘胀满，朝食暮吐，暮食朝吐，吐出宿食不化之物，吐后暂觉舒适，神倦无力，面色少华，舌苔薄白，脉细缓无力。

［用法］上药黄土炒焦，去土研细，姜汁和丸，如桐子大，每服50粒，姜汤送下，日两次。

［辨证加减］若兼四肢逆冷者加附子^(先煎)30g。

二十、呃逆

呃逆俗称"打嗝"，是气逆上冲，出于喉间，呃呃连声，声短而频，不能自止的病症。西医认为是由于膈肌痉挛所致；中医认为是饮食不当，情志不和，脾肾阳虚，胃阴不足等原因致使胃气上逆，失于和降而发。呃逆轻者，喝点热开水即可停止；重者则持续不休。

1. 镇肝降逆方（张恩树方[①]）

［组成］代赭石15~30g^(先煎)，天麻10g，茯苓10g，陈皮10g，竹茹10g，柿蒂10g，郁金10g，枳实10g，沉香粉2g^(冲入)。

［功用］镇肝潜阳，降逆止呃。

［适应证］中风续发呃逆。肝阳虚衰，冲气上逆。频频呃逆，不能自止，腹胀，胸闷气短，心中烦热，易怒，全身无力，舌淡、苔薄白，脉沉弦无力。

［用法］每日1剂，分煎2次，口服或鼻饲；症情较重者，每日2剂，每6小时一次。

［辨证加减］若出血性中风伴有手足拘挛，可加羚羊角粉5g^(分冲)、钩藤10g^(后下)、石决明15~30g^(先煎)；如缺血性中风，可加丹参10g；若便秘腹胀，舌苔黄厚者，可加生大黄5~10g^(后下)。

2. 石膏半夏汤（《古今特效单验方》）

［组成］生石膏30g^(先煎)，半夏9g，竹茹9g，干柿蒂15g。

［功用］清胃火，降胃气。

［适应证］胃火上逆，呃声洪亮，口臭烦渴，喜冷饮，苔黄脉数。

［用法］水煎日1剂，分2次服。

3. 关幼波治呃逆方（《千家妙方》）

［组成］旋覆花10g，生赭石10g，杏仁10g，橘红10g，瓜蒌30g，焦白术10g，藿香10g，赤芍15g，白芍15g，全当归10g，香附10g，草豆蔻5g，草河车10g，木瓜10g，生瓦楞子30g，钩藤10g，藕节10g，生姜3g。

［功用］活血化痰，平肝顺气。

---

① 张恩树.镇肝降逆方［N］.中国中医药报，2017-04-21（4）.

［适应证］痰血互结,阻于膻中,气机不畅。呃声频频,多伴黏痰,胸中窒塞,精神萎靡,面色少华,语声低微,呼吸气弱。舌质淡,舌苔薄白,两脉沉弦。

［用法］水煎服。

4. 橘皮竹茹汤加减(《备急千金要方》)

［组成］橘皮9g,竹茹9g,石斛9g,枇杷叶9g,北沙参15g。

［功用］养胃生津。

［适应证］胃阴不足,呃声急促而不连续,口干舌燥,舌红而绛,脉细数。

［用法］水煎,日1剂,分2次服。

二十一、腹痛

腹痛是指胃脘以下,耻骨毛际以上的部位发生疼痛的症状。西医学中胃肠痉挛、神经性腹痛、消化不良腹痛、急性胰腺炎等多种疾病,均可参考本病辨证施治。一般分为寒痛、热痛、气滞痛、瘀血痛、伤食痛、虚痛六类。

1. 半夏泻心汤(《伤寒论》)

［组成］黄芩12g,黄连6g,半夏12g,党参12g,炙甘草6g,干姜12g,大枣30g。

［功用］平调寒热。

［适应证］自觉心下痞满,满而不痛,或呕吐,肠鸣下利,舌苔腻而微黄。

［用法］水煎服,每日1剂,早晚温服。

2. 理中汤(《伤寒论》)

［组成］党参20g,炙甘草20g,干姜20g,白术20g。

［功用］温补脾胃。

［适应证］脘腹绵绵作痛,喜温喜按,呕吐,大便稀溏,脘痞食少,畏寒肢冷,口不渴,舌淡苔白润,脉沉细或沉迟无力。

［用法］水煎服,每日1剂,早晚温服。

3. 戊己丸加味方(《印会河抓主症经验方解读》)

［组成］黄连9g,吴茱萸3g,赤芍15g,煅瓦楞子30g^(先煎)。

［功用］泻肝和胃。

［适应证］主治腹痛便泻,以情绪波动时为甚,痛一阵,泻一阵,肛门灼热,吐酸,胃灼热嘈杂,甚则可见下利完谷,舌绛无苔,脉弦数。可用于西医学的功能性腹泻、胃及十二指肠溃疡、急慢性胃炎。

［用法］水煎,每日1剂,早晚温服。

4. 四神丸合附子理中汤加味方(《印会河抓主症经验方解读》)

［组成］补骨脂9g,吴茱萸9g,肉豆蔻9g,五味子9g,熟附子15g^(先煎),炮姜9g,党参9g,白术9g,炙甘草9g。

［功用］补脾温肾,涩肠止泻。

［适应证］主治久泻不止,便中完谷不化,腹痛肠鸣,喜温恶冷,腰酸肢冷,或见五更泻利,苔白,脉沉细。可用于西医学各种慢性肠炎无热象者。

［用法］灶心土 120g，煎汤代水，每日 1 剂，早晚温服。

5. 当归建中汤（《世医得效方》）

［组成］当归 15g，桂枝 9g，白芍 15g，黄芪 9g。

［功用］益气补血，温中缓急。

［适应证］劳伤虚寒腹痛。少气乏力，小腹拘急连腰背，时自汗出，不思饮食。

［用法］上药共为细末，加生姜 9g、大枣 10g 同水煎。

6. 健脾清络饮（单兆伟验方①）

［组成］太子参 10g，炒白术 10g，赤芍 10g，炒白芍 15g，当归 10g，炒薏苡仁 15g，炒扁豆 10g，炒山药 10g，仙鹤草 15g，石榴皮 10g，炒黄芩 10g，炒枳壳 10g，生甘草 5g。

［功用］健脾化湿，清肠和络。

［适应证］溃疡性结肠炎之脾虚湿热证，症见腹泻、腹痛、便脓血等症。肠易激综合征、慢性腹泻如属脾虚湿热证亦可化裁用之。

［用法］每日 1 剂，分煎两次，取药液 250ml，分 2 次口服。

二十二、痢疾

痢疾，古代亦称"肠澼""滞下"等。本病以腹痛腹泻，里急后重，排赤白脓血便为主要临床表现，是最常见的肠道传染病之一。一年四季均可发病，但以夏秋季节为最多。

1. 黄芩汤（《伤寒论》）

［组成］黄芩 20g，白芍 20g，甘草 10g，大枣 10g。

［功用］清热止利，和中止痛。

［适应证］身热不恶寒，腹痛，泄泻，口苦咽干，舌红苔黄，脉弦数。

［用法］水煎服，每日 1 剂，早晚温服。

2. 葛根黄芩黄连汤（《伤寒论》）

［组成］葛根 15g，甘草 6g，黄芩 9g，黄连 9g。

［功用］清热利湿，表里同治。

［适应证］身热下利，胸脘烦热，口干作渴，喘而汗出，舌红苔黄，脉数或促。

［用法］水煎服，每日 1 剂，早晚温服。

3. 印氏清理肠道方（《印会河抓主症经验方解读》）

［组成］黄芩 15g，赤芍 15g，牡丹皮 10g，桃仁 10g，杏仁 10g，生薏苡仁 30g，冬瓜子 30g，马齿苋 30g，败酱草 30g。

［功用］清利肠道。

［适应证］主治大便肠垢不爽，日 3~4 行或更多，常在便前有轻度腹痛，肠鸣后重，舌苔腻而黄，脉弦细。可用于西医学的急性或慢性结肠炎、溃疡性结肠炎、细菌性痢疾、阿米巴痢疾等

---

① 单兆伟.健脾清络饮［N］.中国中医药报,2017-07-26(4).

多种疾病属湿热在肠者。

[用法] 水煎服,1日2次分服。

[辨证加减] 若脓血多、腹痛重者重用牡丹皮、赤芍,再加白芍,以活血止痛而清脓血;气滞后重严重者加木香、槟榔,理气通肠而除后重;久病下焦虚寒者加肉桂1~2.5g,以温中止泻。

4. 治痢方(张恩树验方[①])

[组成] 黄连4g,黄柏10g,苦参10g,广木香10g,槟榔10g,山楂10g。

[功用] 清肠化湿,行气导滞。

[适应证] 湿阻肠腑之急性菌痢。

[用法] 每日2剂,分煎口服,儿童用量酌减。

[辨证加减] 初起若夹有表证者,酌加荆芥、防风、葛根,以疏表化湿;若热重于湿,大便赤多白少者,酌加白头翁、秦皮;若湿重于热,大便白多赤少,舌苔白腻者,加苍术、厚朴、藿香。

5. 四味香连丸(《医部全录》)

[组成] 炒黄连12g,酒大黄9g,广木香6g,槟榔6g。

[功用] 清肠化热,理气和血。

[适应证] 湿热阻滞,肠道传导失司,痢下赤白,腹痛里急,口苦而黏,肛门灼热,小便短赤,舌苔黄腻,脉滑数。

[用法] 上药研末,糊丸如绿豆大,每服70丸,空腹时用米饮下,每日2服。

6. 白头翁汤(《伤寒论》)

[组成] 白头翁12g,黄连9g,黄柏9g,秦皮9g。

[功用] 清热凉血解毒。

[适应证] 疫毒作痢,发病骤急,下痢脓血,腐臭颇著,腹痛剧烈,里急后重,壮热口渴,舌质红,苔黄腻,脉数疾,甚则神昏痉厥。

[用法] 水煎,日1~2剂,急煎频服。

[辨证加减] 若腹痛里急甚者,可加大黄9g[(后下)]。

7. 神效散(《世医得效方》)

[组成] 当归、黄连、乌梅各等份。

[功用] 清热化湿,和血止痢。

[适应证] 休息痢,时发时止,发作时腹痛里急,下痢赤白,缠绵难愈,舌红苔黄,脉细数。

[用法] 将上药煨干研末,炼蜜为丸,每丸重6g,每日服2次,每次1~2丸,厚朴煎汤空心送下。若属阿米巴痢疾(临床表现同上)可用鸦胆子去壳取仁十粒,龙眼肉包吞治之,日服3次,7至10天为1疗程。

8. 虚寒痢方(《古今特效单验方》)

[组成] 党参9g,干姜9g,黄连9g,木香9g,当归9g,白芍9g,肉豆蔻9g。

[功用] 温补脾肾。

[适应证] 脏腑受寒,下痢脓血,

---

① 张恩树.治痢方[N].中国中医药报,2021-09-04(4).

日夜无度,脐腹疼痛,或脱肛下坠,脓血不止,久久难愈。

［用法］水煎,每日1剂,分2次,食前温服。忌酒、油腻、生冷、鱼腥等物。

9. 治痢通用散(《世医得效方》)

［组成］延胡索10g。

［功用］活血理气止痛。

［适应证］痢疾不论赤白,无论新久。

［用法］将延胡索在新瓦上炒过,研末。每服6g,米汤调下,只服1次取效。

10. 燮理汤(《医学衷中参西录》)

［组成］生山药30g,金银花15g,生杭芍20g,牛蒡子10g^(炒捣),甘草5g,黄连、肉桂^(去粗皮)各5g。

［功用］清热解毒,温阳健脾。

［适应证］虚人、弱人、老人、小孩的痢疾。下痢数日未愈,噤口痢。

［用法］水煎服,每日1剂,2次分服。

11. 化滞汤(《医学衷中参西录》)

［组成］生杭芍50g,当归25g,山楂30g,莱菔子25g^(炒),甘草10g,生姜10g。

［功用］和营调血,消食化积。

［适应证］下痢赤白,腹痛,里急后重初起者。

［用法］水煎,每日1剂,分2次,食前温服。忌酒、油腻、生冷、鱼腥等物。

二十三、胁痛

胁痛是以胁肋部一侧或两侧疼痛为主要表现的病证。肝居胁下,其经脉布于两胁,胆附于肝,其脉亦循于胁,所以,胁痛多与肝胆疾病有关。

1. 血府逐瘀汤(《医林改错》)

［组成］桃仁12g,红花9g,当归9g,地黄9g,川芎4.5g,赤芍6g,牛膝9g,桔梗4.5g,柴胡3g,枳壳6g,甘草6g。

［功用］祛瘀止痛。

［适应证］胁肋刺痛,痛有定处,痛处拒按,入夜痛甚,胸胁下或见有癥块,舌质紫黯,脉象沉涩。

［用法］水煎服,每日1剂,早晚温服。

2. 龙胆泻肝汤(《医方集解》)

［组成］龙胆草6g,黄芩9g,栀子9g,泽泻12g,木通6g,当归3g,地黄9g,柴胡6g,甘草6g,车前子9g^(包煎)。

［功用］清热利湿。

［适应证］胁肋胀痛或灼热疼痛,口苦口黏,胸闷纳呆,恶心呕吐,小便黄赤,大便不爽,或兼有身热恶寒,身目发黄,舌红苔黄腻,脉弦滑数。

［用法］水煎服,每日1剂,早晚温服。

3. 一贯煎(《续名医类案》)

［组成］北沙参9g,麦冬9g,当归9g,地黄30g,枸杞子18g,川楝子4.5g。

［功用］养阴柔肝。

［适应证］胸脘胁痛,吞酸吐苦,咽干口燥,舌红少津,脉细弱或虚弦。

［用法］水煎服,每日 1 剂,早晚温服。

4. 大柴胡汤加味方(《印会河抓主症经验方解读》)

［组成］柴胡 15g,赤芍 15g,黄芩 15g,半夏 9g,枳壳 9g,大黄 9g^(后下),茵陈 30g,郁金 9g,川金钱草 60g,蒲公英 30g,瓜蒌 30g。

［功用］和解少阳,内泻热结。

［适应证］右胁胀痛拒按,上引肩背,脘腹胀满,大便干结,舌苔黄腻,脉弦数。可用于西医学的阻塞性黄疸、胆囊炎、胆结石等多种胆道感染属湿热壅结,热重于湿者。

［用法］水煎服,1 日 2 次分服。

［辨证加减］胆结石加鸡内金 9g、芒硝 9g^(冲服),以消坚化石;胆道感染加五味子 9g、山豆根 10g,以清热解毒;胆囊炎加生牡蛎 30g^(先煎),以软坚消肿。

5. 化瘀通气方(《印会河抓主症经验方解读》)

［组成］柴胡 9g,赤芍 15g,丹参 15g,当归 15g,广郁金 9g,生牡蛎 30g^(先煎),川楝子 12g,桃仁 9g,红花 9g,桔梗 9g,紫菀 9g,土鳖虫 9g。

［功用］化瘀软坚,通利三焦。

［适应证］主治胁腹胀痛较久,继发腹部胀满,不以饥饱为增减,一般晚间为重,渐变腹部膨大,击之如鼓,无移动性浊音,有两胁积块(肝脾肿大),舌苔一般不厚,脉弦。可用于西医学迁延性肝炎、慢性肝炎、肝硬化代偿期、脂肪肝、肝囊肿等属于肝性腹胀者。

［用法］水煎,每日 1 剂,早晚温服。

6. 和肝汤(《国医大师验案良方》)

［组成］当归 12g,白芍 12g,白术 9g,柴胡 9g,茯苓 9g,薄荷 3g^(后下),生姜 3g,炙甘草 6g,党参 9g,紫苏梗 9g,香附 9g,大枣 15g。

［功用］疏肝解郁,健脾养血。

［适应证］肝郁血虚,脾胃失和。两胁作痛,胸胁满闷,头晕目眩,神疲乏力,腹胀食少,心烦失眠,月经不调,乳房胀痛,脉弦而虚者。

［用法］水煎服,每日 1 剂,分 2 次温服。

7. 枳芎散(《卫生易简方》)

［组成］炒枳实 15g,川芎 15g,炙甘草 6g。

［功用］活血散瘀,通经止痛。

［适应证］气滞血瘀胁痛。两胁刺痛难忍,痛有定处。

［用法］将上 3 药研末分服,每次服 6g,一日服 1~2 次,酒调下或葱白汤送服。外伤瘀血胁痛,亦可加苏木 12g,水煎服。

二十四、积聚

积属有形,结块固定不移,痛有定

处,病在血分,是为脏病;聚属无形,包块聚散无常,痛无定处,病在气分,是为腑病。

(一) 聚证

1. 木香顺气散(《景岳全书》)

[组成] 木香 3g,香附 3g,槟榔 3g,陈皮 3g,青皮 3g,枳壳 3g,砂仁 3g^(后下),厚朴 3g,苍术 3g,炙甘草 1.5g。

[功用] 行气解郁。

[适应证] 腹中气聚,攻窜胀痛,时聚时散,脘腹之间时或不适,病情常随情绪而起伏,苔薄,脉弦。

[用法] 水煎服,每日 1 剂,早晚温服。

2. 六磨汤(《世医得效方》)

[组成] 槟榔 12g,沉香 12g,木香 12g,乌药 12g,大黄 12g^(后下),枳壳 12g。

[功用] 顺气消导。

[适应证] 腹胀或痛,便秘,纳呆,时有如条状物聚起在腹部,重按则痛甚,舌苔腻,脉弦滑。

[用法] 水煎服,每日 1 剂,早晚温服。

(二) 积证

1. 荆蓬煎丸(《御药验方》)

[组成] 三棱 60g,莪术 60g,木香 30g,枳壳 30g,青皮 30g,茴香 30g,槟榔 30g。

[功用] 理气消积。

[适应证] 积证初起,积块软而不坚,固着不移,胀痛并见,舌苔薄白,脉弦。

[用法] 上药七味修制毕,捣罗为细末,水煮面糊和丸,如豌豆大,每服 30 丸,食后温生姜汤下。

2. 膈下逐瘀汤(《医林改错》)

[组成] 五灵脂 6g,当归 6g,川芎 6g,桃仁 9g,牡丹皮 6g,赤芍 6g,乌药 6g,延胡索 3g,甘草 9g,香附 4.5g,红花 9g,枳壳 4.5g。

[功用] 祛瘀止痛。

[适应证] 腹部积块渐大,按之较硬,痛处不移,饮食减少,体倦乏力,面黯消瘦,时有寒热,女子或见经闭不行,舌质紫黯,或有瘀点瘀斑,脉弦滑或细涩。

[用法] 水煎服,每日 1 剂,早晚温服。

3. 攻坚汤(刘绍武验方)

[组成] 王不留行 80g,夏枯草 20g,苏子 20g,生牡蛎 20g^(先煎)。

[功用] 软坚散结。

[适应证] 肿瘤,囊肿,肿物,顽固疮疡。

[用法] 水煎,日 1 剂,分 2 次服。

4. 印氏疏肝散结方(《印会河抓主症经验方解读》)

[组成] 柴胡 10g,当归 30g,赤芍 30g,丹参 30g,玄参 25g,生牡蛎 30g^(先煎),川贝母 10g,海藻 25g,昆布 25g,海浮石 15g^(先煎),夏枯草 15g。

[功用] 疏肝散结,解毒化瘀。

[适应证] 主治肝经循行部位的

癥积肿块之病变。可用于甲状腺肿大、乳腺增生、肝血管瘤、子宫肌瘤、前列腺增生、卵巢囊肿、淋巴结炎、肋软骨炎等疾病。

［用法］日 1 剂,水煎服,1 日 2 次分服。

［辨证加减］本方用治乳腺增生、肋软骨炎,加蒲公英 30g、全瓜蒌 30g;子宫肌瘤加泽兰叶 15g、茺蔚子 30g;颈淋巴结炎加桔梗 9g、枳壳 9g;前列腺肥大加牛膝 9g、肾精子 10g;甲状腺肿大加桃仁 10g、红花 10g、川芎 10g、桔梗 10g、枳壳 10g;内伤喉痹加桔梗 10g、鱼腥草 30g、山豆根 10g;肝血管瘤加桃仁 10g、郁金 12g、川楝子 10g、桔梗 10g、紫菀 10g。

5. 积块外敷方(《丹溪心法》)

［组成］风化石灰 250g,大黄末 30g,肉桂末 10g。

［功用］化瘀消肿。

［适应证］腹胁积块。

［用法］风化石灰放瓦器内炒急热,入大黄末,炒热,入桂末略炒,再加入米醋和成膏,摊绢上贴之。

二十五、头痛

头痛,很多急慢性疾病都可见此症状,如感冒、失眠、高血压、神经衰弱等。中医认为,头痛的发生,多因风邪侵袭,闭塞清窍;或情志不畅,肝阳上亢;或气血不足,髓海失充;或跌仆撞击,瘀阻脑络而致。

1. 寒痛散(《玉机微义》)

［组成］羌活 6g,防风 6g,红豆 6g。

［功用］疏风散寒,宣达气机。

［适应证］风寒头痛。头痛时作,恶风,畏寒,鼻塞,流清涕,苔薄白,脉浮。

［用法］上药共研末,取少许吹鼻取嚏。

2. 平肝饮(《实用中医内科学》)

［组成］菊花 6~10g,决明子 10g。

［功用］清泻肝火。

［适应证］肝阳头痛。头痛而眩,心烦易怒,面红口苦,苔薄黄,脉弦。

［用法］开水冲泡,代茶饮。

3. 南附丸(《奇效良方》[①])

［组成］天南星 45g,白附子 45g,半夏 45g。

［功用］补脾益胃。

［适应证］痰厥头痛。症见头痛昏蒙,呕恶痰多,苔白腻,脉弦滑。

［用法］上药共为细末,生姜自然汁浸,蒸饼和丸,如绿豆大,每服 50 丸,食后服,生姜汤送下。

4. 散偏汤(《辨证录》)

［组成］香附 10g,柴胡 10g,郁李仁 10g,白芥子 10g,白芍 10g,白芷 10g,川芎 10g,甘草 6g。

---

① 朱现民,刘淹清,陈煦. 奇效良方[M].郑州:河南科学技术出版社,2010.

［功用］疏肝解郁，理气止痛。

［适应证］顽固性神经性头痛，心情郁闷时发作，遇风即发，头痛时发时止，痛时如裂，常伴偏头痛，舌质正常，脉弦。

［用法］水煎，日1剂，分2次服。

5. 加味选奇汤（《国医大师验案良方》）

［组成］防风9g，羌活9g，黄芩9g，甘草6g，白芍12g，白蒺藜12g，菊花9g。

［功用］祛风清热止痛。

［适应证］主治头痛、偏头痛、眉棱骨痛、三叉神经痛。

［用法］水煎服，每日1剂，分2次温服。

6. 郭氏头痛方（《国医大师验案良方》）

［组成］川芎20g，白芷15g，羌活15g，防风15g，全蝎6g，制胆南星15g，白芍30g，延胡索20g，细辛3g，黄芩15g，甘草5g，薄荷15g^(后下)。

［功用］调气和血止痛。

［适应证］本方治疗各种慢性头痛，包括各种神经血管性头痛，如偏头痛等有较好效果。

［用法］水煎服，每日1剂，分2次温服。

7. 气血不足头痛方（《国医大师验案良方》）

［组成］生黄芪30g，党参15g，白术10g，茯苓15g，当归15g，川芎10g，杭白芍15g，桂枝6g，白芷10g，细辛5g，天麻10g，甘草10g。

［功用］益气补血。

［适应证］头痛头晕，遇劳则甚，神疲乏力，面色淡，气短，心悸怔忡，少寐多梦，舌淡苔薄白，脉沉细。此型最常见于年老体弱、产后病后的患者，以喜戴帽子为其最大特征。

［用法］水煎服，每日1剂，分2次温服。

［辨证加减］特别怕冷者，桂枝加至10g，再加炙附子10g^(先煎)；食欲不振者，加砂仁8g^(后下)；病程长者加丹参20g。

8. 肝肾亏虚头痛方（《国医大师验案良方》）

［组成］何首乌30g，山茱萸15g，枸杞子15g，牡丹皮10g，茯苓15g，黄精15g，酸枣仁5g，白芍15g，天麻10g，细辛5g，菊花12g，甘草5g。

［功用］补肝肾，填阴精。

［适应证］头痛而空，多兼眩晕，以脑力过度或疲劳后更甚，伴耳鸣失眠，腰膝酸软，舌红少苔，脉细无力。

［用法］水煎服，每日1剂，分2次温服。

［辨证加减］如果疼痛时间很长者，加丹参15g、桃仁15g。

9. 肝阳上亢头痛方（《国医大师验案良方》）

［组成］柴胡6g，香附10g，栀子10g，丹参15g，白芍15g，枳壳10g，菊

花 13g,知母 12g,生石膏 20g^(先煎),生甘草 3g,石决明 30g,钩藤 15g^(后下)。

［功用］疏肝理气,平肝降逆。

［适应证］头痛而眩,心烦易怒,睡眠不宁,面红口苦,口干思饮,兼见胁痛,舌红苔黄,脉弦。

［用法］水煎服,每日 1 剂,分 2 次温服。

［辨证加减］如果头痛甚剧,便秘溲赤,苔黄脉弦数者,加龙胆草 15g、夏枯草 15g。

10. 谷青汤(张磊验方^①)

［组成］谷精草 30g,青葙子 15g,决明子 10g,酒黄芩 10g,蔓荆子 10g,薄荷 10g,桑叶 10g,菊花 10g,蝉蜕 10g,夏枯草 15g,甘草 6g。

［功用］轻清升散,疏风泄热。

［适应证］风热、郁热所致的头目疾患,如肝经风热上旋,或风热上犯导致的头痛、头胀、头懵、头热、耳鸣、眼痛、鼻渊等病。

［用法］水煎服,日 1 剂,分早、晚 2 次温服。

［辨证加减］若头痛偏于太阳经部位,加羌活、川芎;偏于阳明经郁热,加白芷、葛根;偏少阳经,则加柴胡;风热夹肝阳上亢者,加生石决明、珍珠母、天麻、钩藤;风热郁久伤阴,则合四物汤或加玄参、麦冬等;风热

外感兼夹者,合银翘散;便溏者,去决明子;夜间眼珠胀痛重,重用夏枯草至 30g,头晕不清、恶心,加荷叶、竹茹。

二十六、眩晕

眩晕是一种常见的症状,高血压、贫血、梅尼埃病、神经官能症等疾病均可引起,主要表现为自觉天旋地转,或有摇摆感、漂浮感,伴有耳鸣、恶心、呕吐等。轻者发作短暂,平卧闭目片刻即安;重者如坐车船,飘摇站立不稳。

1. 止眩汤(成肇仁验方^②)

［组成］法半夏 10g,茯苓 15g,竹茹 12g,陈皮 10g,枳壳 15g,黄连 6g,炒白术 12g,泽泻 15g,天麻 10g,当归 12g,川芎 10g,炙甘草 6g。

［功用］清热化痰(饮),和胃通络,止眩。

［适应证］头目昏眩。症见头痛、目胀、眩时欲吐、胸闷、脘痞、口干苦、心烦失眠、舌黯红苔薄黄(或黄腻),脉弦滑数等。证属痰热上扰,清窍被蒙,阻滞脑络者均可加减运用。西医梅尼埃病,可参考本方加减运用。

［用法］水煎服,分三次,约饭后 30 分钟温服,一日一剂。

［辨证加减］若目胀甚者,可加钩藤、白蒺藜等;若两头角胀甚者,可

① 张磊.谷青汤[N].中国中医药报,2017-09-11(4).

② 成肇仁.止眩汤[N].中国中医药报,2017-04-26(4).

加柴胡、黄芩等；若头痛甚者，可加白芷、蔓荆子等；若胸闷甚者，可加瓜蒌壳、橘络等；若脘痞甚者，可加厚朴、佛手等；若失眠甚者，可加合欢皮、夜交藤等；若心烦甚者，可加炒栀子、牡丹皮等；若口干舌红者，可加女贞子、墨旱莲等；若头重脚轻者，可加生龙骨、生牡蛎等。

2. 宁风定眩汤（李玉贤验方①）

[组成] 茯苓15g，泽泻15g，白蒺藜15g，白术9g，钩藤15g^(后下)，半夏9g，陈皮6g，天麻9g，制首乌12g。

[功用] 散饮化痰息风，养血柔肝止眩。

[适应证] 风痰上扰所致之眩晕恶心，胸闷脘痞，纳差食少，脉弦滑，苔厚腻。

[用法] 上药加水500ml，煎取200ml，再加水400ml，煎取200ml，共取400ml，混匀后分3~4次口服，日1服。

3. 归脾汤（《济生方》）

[组成] 黄芪30g，党参20g，白术10g，茯苓15g，当归15g，酸枣仁20g，远志10g，甘草10g，木香10g，龙眼肉15g。

[功用] 补益气血。

[适应证] 眩晕动则加剧，劳累即发，面色㿠白，神疲乏力，倦怠懒言，唇甲不华，发色不泽，心悸少寐，纳少腹

胀，舌淡苔白，脉细弱。

[用法] 水煎服，每日1剂，早晚温服。

4. 右归饮加减方（《印会河抓主症经验方解读》）

[组成] 熟地黄9g，沙苑子9g，鹿角霜15g，枸杞子10g，山茱萸9g，紫河车9g，菟丝子15g，五味子9g。

[功用] 补益肾精。

[适应证] 主治眩晕，头脑发空，耳鸣心悸，腰膝酸软，健忘失眠，阴中流浊，四肢不温，舌淡苔少，脉沉细无力。可用于西医学之低血压、神经衰弱、前列腺炎及肾上腺皮质功能低下。

[用法] 水煎服，1日2次分服。

[辨证加减] 心烦失眠，手足心热者加枸杞子15g、女贞子15g、墨旱莲15g、地骨皮15g，以滋阴清热；阴中流浊加杜仲、补骨脂、桑螵蛸、益智仁补肾涩精，加连衣胡桃以助固摄。

5. 印氏清泄肝胆方（《印会河抓主症经验方解读》）

[组成] 柴胡9g，黄芩15g，半夏12g，青皮9g，枳实9g，竹茹9g，龙胆草9g，栀子9g，蔓荆子12g，苍耳子9g^(打碎)，大青叶15g。

[功用] 清泄肝胆。

[适应证] 主治头晕目眩，羞明畏光，耳胀耳鸣，口苦，甚则汗出呕吐，脉弦，苔白腻。可用于西医学的颈椎

---

① 李玉贤.宁风定眩汤[N].中国中医药报，2020-10-08（4）.

病、内耳性眩晕、椎-基底动脉供血不足等。

［用法］水煎服，1日2次分服。

［辨证加减］颈椎病、椎-基底动脉供血不足，加葛根30g、丹参30g、川芎15g，以增加脑血流量，改善血液循环。

6. 平肝清晕汤（《张子琳验方》[①]）

［组成］生白芍15~30g，生地黄9~15g，生石决明30g(先煎)，生龙骨30g(先煎)，生牡蛎30g(先煎)，菊花9g，白蒺藜9g。

［功用］滋阴养血，平肝潜阳。

［适应证］主治眩晕，每逢用脑过度或心情激动及精神紧张而增剧。伴有腰困，急躁易怒，耳鸣目昏，口干少寐，舌红苔薄黄，脉弦数。

［用法］水煎服，1日2次分服。

［辨证加减］失眠心悸者加当归、炒枣仁、龙齿、远志，耳鸣重者加重生地黄；大便干燥者加火麻仁；手足心热者加地骨皮、牡丹皮；消化差者加谷麦芽、鸡内金；四肢麻木者加当归、丝瓜络、牛膝、木瓜。

7. 龙胆泻肝汤加味方（《印会河抓主症经验方解读》）

［组成］龙胆草9g，栀子9g，黄芩9g，柴胡9g，泽泻15g，木通9g，夏枯草15g，车前子9g(包煎)，苦丁茶9g，续断9g。

［功用］清肝泻火。

［适应证］主治头痛耳鸣，头重昏晕，心烦易怒，口苦口干，睡少梦多，掌烫尿黄，大便干燥不爽，舌红苔黄，脉弦数有力。可用于西医学的高血压属肝火上炎者。

［用法］水煎，每日1剂，早晚温服。

［辨证加减］若下焦湿热明显者加黄柏15g、苦参15g、萆薢15g；目赤胀痛加青葙子9g、石决明15g(先煎)、菊花9g、茺蔚子9g；大便干燥明显者加生大黄9g、炒决明子30g、生首乌30g；多梦易惊配珍珠母60g(先煎)、夜交藤15g；口干小便黄少加生地黄10g、滑石15g(包煎)；苔黄厚腻加黄柏9g、苍术9g、薄荷4.5g(后下)；风动甚者与羚羊钩藤方加减。

8. 天麻钩藤饮加减方（《印会河抓主症经验方解读》）

［组成］天麻9g，钩藤15g(后下)，珍珠母30g(先煎)，菊花9g，龙胆草9g，赤芍15g，续断9g，夏枯草15g，青葙子15g，苦丁茶9g。

［功用］平肝潜阳。

［适应证］主治头胀眩晕，面色红润，便干口渴，口苦心烦，性情急躁，睡少尿频，两腿无力，足凉，舌质红，苔黄，脉弦数。可用于西医学的高血压属肝阳上亢证。

---

① 张子琳.张子琳验方［M］.太原:山西科学技术出版社,1996.

［用法］水煎，每日 1 剂，早晚温服。

［辨证加减］肾虚明显者加炒杜仲 15g；眠差者加合欢皮 15g、夜交藤 30g、炒枣仁 15g；抽搐者加羚羊角 10g。

9. 桑豆汤（《实用中医内科学》）

［组成］桑椹 15g，黑豆 12g。

［功用］健脾养血。

［适应证］血虚眩晕。眩晕，面白少华或萎黄，心悸失眠，舌质淡，脉细无力。

［用法］水煎服，日 1 剂，分 2 次服。

10. 半夏白术天麻汤（《医学心悟》）

［组成］半夏 9g，天麻 6g，茯苓 6g，橘红 6g，白术 9g，甘草 2g，生姜 3g，大枣 10g。

［功用］健脾祛湿，化痰降逆。

［适应证］痰浊中阻。眩晕而见头重如蒙，胸闷恶心，少食多寐，舌苔白腻，脉象濡滑等。

［用法］水煎服，日 1 剂，分 2 次服。

11. 息风止眩汤（沈舒文验方[①]）

［组成］龟甲 20g[(先煎)]，山茱萸 15g，天麻 15g，僵蚕 10g，白蒺藜 15g，石菖蒲 10g，葛根 20~30g，水蛭 5g，川芎 12g，菊花 10g，泽泻 12g。

［功用］滋阴息风，升阳化瘀。

［适应证］椎 - 基底动脉供血不足引起的发作性眩晕，晕时站立不稳，视物模糊或恶心欲呕、耳鸣，精神疲惫

或肢体麻木，舌红苔滑，脉沉细涩，证属阴虚风动，痰瘀滞络者。

［用法］水煎服，每日 1 剂，早晚服。

［辨证加减］发病急，眩晕重加石决明 30g；耳鸣加磁石 30g、五味子 12g；呕吐加竹茹 10g；视物模糊加枸杞 12g；步态不稳加黄芪 30g、川牛膝 15g；肢麻再加鸡血藤 20g、蜈蚣 2 条。

二十七、中风

中风有中经络和中脏腑之分。其主要表现为肢体瘫痪，口眼㖞斜，语言不利。初起患者患侧肢体软弱无力，活动受限，感觉迟钝或稍有强硬，之后渐而强直畸形。本病多发于老年人，中医认为是由肝阳上亢，肝风内动，痰凝血滞，经络痹阻而致。

1. 河间地黄饮子方（《印会河抓主症经验方解读》）

［组成］熟地黄 12g，山茱萸 9g，麦门冬 12g，石斛 15g，远志 6g，石菖蒲 9g，茯神 9g，五味子 9g，肉桂 3g，熟附子[(先煎)]9g，肉苁蓉 9g，巴戟天 9g。

［功用］温补肝肾。

［适应证］主治四肢不收，或为下肢步伐不整，下地如踩棉花，易倒，手握不固，携物可自行丢弃，患肢肌肤有麻木感，或为闪电样痛，也有舌暗语言不利，舌淡，脉虚弱。可用于西医学的

---

① 沈舒文 . 息风止眩汤［N］. 中国中医药报，2017-02-06（4）.

脊髓疾病、神经梅毒、脊髓痨。

[用法]水煎服,1日2次分服。

[辨证加减]可酌情加鹿角胶、丹参或全蝎。

2. 脑血栓协定方(周信有验方)

[组成]制何首乌20g,桑椹15g,黄芪30~60g,当归9g,赤芍20g,丹参30g,川芎20g,广地龙20g,生山楂20g,泽泻9g,红花9g,鸡血藤20g。

[功用]滋肾益气,活血化瘀,通脉降脂。

[适应证]因动脉硬化、高血压导致偏瘫、失语、失读、失写等病症的中老年患者。

[用法]水煎服,每日1服,头煎二煎药液相混,早中晚分3次服。

[辨证加减]若患者血压较高则应加夏枯草15~20g、钩藤6~9g;视物昏花明显者加枸杞子20g、菊花20g;肢体麻木者加豨莶草15g;面部麻木加僵蚕9g;肌肉跳动者加白芍15~20g、木瓜9g;痰浊壅盛者加天竺黄9g、胆南星15g、石菖蒲9g。此外,对痰壅昏迷的中风实证患者,亦可加服生水蛭粉,每次服用2.5g(考虑服药刺激,亦可装入胶囊吞服),早晚服2次。

3. 脑衄饮(周信有验方[①])

[组成]夏枯草20g,黄芩9g,桑叶9g,菊花20g,钩藤20g,生地黄20g,玄参20g,生龙骨30g,生牡蛎30g,石决明30g,桑寄生9g,怀牛膝9g,何首乌20g,僵蚕9g,白蒺藜15g,槐花15g。

[功用]明目降压,平肝息风,重镇潜阳,凉血止血。

[适应证]本方适于肝风内动,风阳上扰,气血上壅,痰火壅盛之络损血溢,中风昏厥。

[用法]水煎服,每日1剂。头煎二煎药液相混,分服。昏迷者用灌肠法。

[辨证加减]夹火者当泻火,酌加龙胆草、山栀子、知母之类;兼痰者当清热涤痰,酌加胆南星、天竺黄、竹茹、贝母、竹沥之类。

4. 三化汤加味方(《印会河抓主症经验方解读》)

[组成]大黄9g[后下],枳实9g,厚朴9g,羌活9g,石菖蒲9g,安宫牛黄丸或至宝丹1丸。

[功用]通便泄热,豁痰开窍。

[适应证]主治突然昏倒,不省人事,面红目赤,呼吸气粗,痰声辘辘,舌质红,苔黄燥,大便闭结,脉弦数有力。可用于西医学之急性脑血管疾病(脑出血、脑梗死)。

[用法]水煎,每日1剂,早晚分服。安宫牛黄丸或至宝丹1丸,先以温开水灌下。

---

① 周信有.脑衄饮[N].中国中医药报,2019-04-19(4).

[辨证加减] 痰浊上蒙清窍,势必加重神昏谵语,加至宝丹或安宫牛黄丸清心凉血,开窍醒脑以治昏迷。痰甚加贝母9g、竹沥30g^(冲);大便不实,但服至宝丹或安宫牛黄丸,不需汤药通便;牙关紧闭者,用通关散(猪牙皂角、细辛等分研末)嗜鼻取嚏。

5. 补阳还五汤加味方(《印会河抓主症经验方解读》)

[组成] 生黄芪50g,当归15g,赤芍15g,川芎10g,桃仁10g,红花10g,地龙15g,土鳖虫10g,鸡血藤30g,丹参15g。

[功用] 益气活血通络。

[适应证] 主治半身不遂,口眼㖞斜,常发生睡卧之时,舌歪而謇,语言不利,或偏头疼,舌质红,少苔,脉弦数。可用于西医学脑血栓形成脑梗死、脑出血后遗症。

[用法] 水煎,每日1剂,早晚温服。

[辨证加减] 口眼㖞斜者,加白附子9g、白僵蚕12g、全蝎12g;言语不利者,选加石菖蒲15g、胆南星10g,以祛痰利窍;上肢偏废者,加桂枝10g、姜黄9g,加强活血通络之功;血压偏高者桂枝可易以桑枝15g;下肢偏瘫,加木瓜9g、牛膝9g,以强筋壮骨;肢体麻木,可加豨莶草30g,祛风通络。

6. 牵正散四物汤合方(《印会河抓主症经验方解读》)

[组成] 白附子12g,僵蚕10g,全蝎6g,生地黄15g,赤芍15g,川芎

15g,当归15g,桑枝30g,丝瓜络10g,鸡血藤30g。

[功用] 祛风活血。

[适应证] 主治口眼㖞斜,半面麻痹。可用于西医学颜面神经麻痹,脑血管疾病属中风之轻浅者。

[辨证加减] 面麻痹甚者加苏木9g,并以炒香附120g盛于布袋内趁热熨麻痹之处;偏瘫失语者加蝉蜕、远志、石菖蒲。

7. 半身不遂仙方(《奇方类编》)

[组成] 牛膝90g,鸭1只。

[功用] 补血益气。

[适应证] 中经络半身不遂或中脏腑后遗半身不遂。

[用法] 除去鸭子的毛和内脏,洗净,把牛膝放到鸭的腹腔内,用棉线捆好,放到砂锅内,加水煮熟,去掉牛膝,只吃鸭肉,每日30至60g,要经常食用。

二十八、水肿

水肿是指体内水液潴留,泛溢肌肤引起的头面、眼睑、四肢、腹背,甚至全身浮肿。

1. 宣肺利水汤(《国医大师验案良方》)

[组成] 麻黄15g,生石膏50g^(先煎),苍术15g,杏仁15g,生姜15g,玉米须50g,西瓜翠衣50g,滑石20g^(包煎),木通15g,甘草10g。

[功用] 宣肺利水,通调水道。

［适应证］水肿,头面肿甚,咳嗽,气促,胸闷,小便不利,舌苔白腻,脉滑。

［用法］水煎服,每日 1 剂,分 2 次温服。

2. 五皮饮(《证治准绳》)

［组成］陈皮 9g,大腹皮 9g,生姜皮 6g,桑白皮 9g,茯苓皮 24g。

［功用］泄水消肿健脾。

［适应证］阳水,目睑浮肿,继则四肢及全身皆肿,肢节沉重,小便不利。

［用法］水煎,日 1 剂,分 3 次服。

3. 益肾汤加味方(《印会河抓主症经验方解读》)

［组成］当归 15g,赤芍 15g,川芎 9g,丹参 15g,桃仁 9g,红花 9g,蒲公英 30g,紫花地丁 30g,山豆根 10g,土茯苓 30g,白茅根 30g。

［功用］活血(祛风)化瘀,清热解毒。

［适应证］主治眼睑和颜面浮肿,继则四肢及全身皆肿,多伴有恶风、发热、咽喉肿痛、腰酸或腰痛,尿少、尿血或泡沫尿,舌尖红,苔白,脉浮数。尿检见蛋白尿、血尿、管型等。可用于西医学之肾小球肾炎,其肾炎属中医风水证型。

［用法］水煎,每日 1 剂,早晚温服。

［辨证加减］贫血者,加党参 15g、

黄芪 15g;高血压者,加夏枯草 15g。

4. 真武汤加味方(《印会河抓主症经验方解读》)

［组成］茯苓 30g,熟附片 15g[先煎],白术 12g,桂枝 10g,白芍 15g,甘草 10g,生姜 10g。

［功用］温肾化水。

［适应证］主治重在下肢或脐下的水肿,伴四肢清凉,心悸头眩,筋惕肉瞤,小便短少,动则气喘,倚息不能平卧,四肢清冷,全身水肿或脚肿,舌淡苔少,脉沉细或结代。可用于西医学的慢性肾功能不全、充血性心力衰竭、慢性肾衰竭属脾肾阳虚者。

［用法］水煎服,1 日 2 次温服。

［辨证加减］水肿甚者加冬瓜皮 30g,消水利尿;头晕甚者加泽泻 30g,以利水湿,通清阳;大便自利,去生姜加炮姜 9g,以温中止泻。

5. 温阳泄浊汤(周富明验方①)

［组成］熟附子[先煎]6g,白术 10g,生黄芪 20g,生大黄 6g[先浸后下],生薏苡仁 30g,茯苓 12g,炒川芎 10g,当归 10g,芡实 10g。

［功用］益气温阳,化瘀泄毒。

［适应证］脾肾气虚、瘀浊内蕴之慢性肾功能不全。

［辨证加减］尿少而水肿甚者,可加车前草、马鞭草以利水消肿;伴泛恶欲呕者,加黄连、半夏以辛开苦降化

---

① 周富明.温阳泄浊汤［N］.中国中医药报,2017-10-20(4).

浊。口中溺臭明显者,合黄连温胆汤以清降浊邪。伴肌肤瘙痒者,加丹参、蝉蜕以养血祛风。肌肤甲错、面色黧黑者,酌选水蛭、三棱、莪术等以强活血化瘀之功。脾阳虚明显而大便溏薄者,易生大黄为制大黄,并酌加砂仁以馨香助中。

二十九、淋证

尿路感染,属于中医"淋证"范畴。本病主要因膀胱与小肠郁热不清,或肾亏湿热下注,膀胱气化不利所致的一系列症状。此病女性多于男性。

本病主要以排尿时阴中涩痛,小便淋沥不净,甚则小腹胀满疼痛,欲尿而点滴难出为主要表现,有的患者或见尿频量少,或尿中带血,或小便混浊如油膏。常伴见恶寒,发热,心烦欲吐,不思饮食,腰酸腰痛等症。

1. 海金沙散(《医部全录》)

[组成]海金沙30g,滑石30g^(包煎),甘草梢7g,麦冬10g。

[功用]泻热通淋。

[适应证]膏淋。小便涩痛如米泔水或如油。

[用法]共为细末,每服6g,日服3次,麦冬煎汤送下。

2. 五淋汤(《陈修园医书七十二种》)

[组成]赤茯苓10g,白芍6g,山栀6g,当归4g,细甘草4g,灯心草6g。

[功用]泻火除热。

[适应证]五淋。膀胱有热,水道不通,小便淋沥,凡膏淋、石淋、劳淋、气淋、血淋均可用。

[用法]水煎,日服1剂,分2次。

3. 益气排石汤(何复东验方[①])

[组成]金钱草20g,海金沙30g,鸡内金30g,黄芪60g,党参30g,白术30g,木香15g,三棱30g,莪术30g,滑石30g^(包煎),干姜10g。

[功用]益气排石,利尿通淋。

[适应证]尿路结石,证属气血亏虚、湿热蕴结膀胱者。症见尿中时夹沙石,小便艰涩,或排尿时突然中断,尿道窘迫疼痛,少腹拘急,面色少华,精神不振,少气乏力,舌淡边有齿印,脉细而弱。

[用法]水煎服,早晚温服,日服1剂,1天为1个疗程。

[辨证加减]若腰腹绞痛者,可加芍药、甘草以缓急止痛;若见尿中带血,可加小蓟、生地黄、藕节以凉血止血;尿中有血块者,加川牛膝、赤芍、血竭以活血祛瘀;若兼有发热,可加蒲公英、黄柏、大黄以清热泻火。

4. 排石散(成肇仁验方[②])

[组成]海金沙300g,鱼脑石50g,芒硝50g,硼砂20g,鸡内金100g,琥珀

① 何复东. 益气排石汤[N]. 中国中医药报,2017-06-14(4).

② 成肇仁. 排石散[N]. 中国中医药报,2017-08-21(4).

30g,滑石 50g。

〔功用〕利尿通淋,化石排石。

〔适应证〕本方适用于泌尿系单发或多发的直径小于 1cm 且形态较规则的各种成分类型的结石,以及经西医体外碎石或手术治疗后无明显临床不适而体检提示仍有结石者,症见排尿不畅,尿道窘迫疼痛,少腹拘急,腰背部胀痛,或尿中带血。

〔用法〕上药共研为细末,装 0 号空心胶囊,分早中晚 3 次于饭后 30~60 分钟左右温水送服,每次 3g 左右药粉剂量,约 3~4 粒胶囊,1 服为一疗程。服完后建议 B 超复查,并嘱患者多饮水,鼓励多排小便,双手握空心拳轻击腰背部,两脚并拢上下跳动以辅助排石。本方一服为 600g,平均每天服用 10g 左右,乃近两月之用量,大多数患者多能一料而收功。

5. 八正散加味方(《印会河抓主症经验方解读》)

〔组成〕木通 9g,车前子 9g^(包煎),萹蓄 9g,大黄 9g^(后下),甘草梢 9g,瞿麦 9g,滑石 15g^(包煎),栀子 9g,柴胡 30g,五味子 9g,黄柏 15g。

〔功用〕利水通淋。

〔适应证〕主治小便时阴中涩痛,或尿前痛甚,或见寒热,尿黄赤而频急,舌红,苔黄,脉数。尿检可见大量白细胞及少量蛋白。可用于西医学的尿道炎属膀胱湿热证者。

〔用法〕水煎,每日 1 剂,早晚分服。

〔辨证加减〕痛甚者加琥珀末 3g^(冲服)。

6. 印氏三金排石汤(《印会河抓主症经验方解读》)

〔组成〕海金沙 60g,川金钱草 60g,鸡内金 12g,石韦 12g,冬葵子 9g,滑石 15g^(包煎),车前子 12g^(包煎)。

〔功用〕利尿排石。

〔适应证〕主治石淋,症见尿中夹有沙砾,小便刺痛窘迫,时或突然尿断,少腹连腰而痛,或见尿中带血,舌红,脉数。可用于西医学的胆道及泌尿系统结石。

〔用法〕水煎服,日 1 剂,2 次分服。

〔辨证加减〕尿石不尽加煅鱼脑石 30g,以加强排石作用;痛甚者加琥珀末 3g^(分冲)。

7. 当归贝母苦参丸加味方(《印会河抓主症经验方解读》)

〔组成〕当归 15g,川贝母 9g,苦参 15g,木通 9g,甘草梢 9g,竹叶 9g,地黄 9g。

〔功用〕燥湿祛瘀散结。

〔适应证〕主治瘀停结癥之淋证。少腹急结,按之痛甚,尿急,尿频,尿液混浊,严重时可出现尿血,尿痛多出现在尿后,有时小便不能控制,有尿意即遗尿。可用于西医学的膀胱炎、膀胱结石、膀胱结核及前列腺肥大、尿道狭窄等尿路梗阻性疾病引起的膀胱继发性感染。

［用法］日1剂,水煎服,1日2次分服。

［辨证加减］妊娠妇女,去木通加黄芩9g;少腹痛甚加琥珀末2g^(分吞)。

8. 参苓白术散加减方(《国医大师验案良方》)

［组成］党参15g,薏苡仁15g,猪苓15g,白术12g,桂枝12g(或肉桂1.5g),山药12g,川牛膝12g,茯苓皮25g,黄芪20g,甘草4g。

［功用］健脾固肾,利湿化浊。

［适应证］用于慢性肾炎脾虚湿阻型。

［用法］水煎服,每日1剂,分2次温服。

9. 黑豆薏苡仁饮(《国医大师验案良方》)

［组成］黑大豆30g,生薏苡仁20g,熟薏苡仁20g,赤小豆15g,荷叶6g。

［功用］补肾健脾,行水散瘀。

［适应证］慢性肾炎后期,多见脾肾双亏,湿阻血瘀,以致蛋白尿长期不愈。

［用法］以水1 000ml,煮极熟,任意食豆饮汁。

10. 益肾温通排石汤(周信有验方^①)

［组成］制附片15~30g^(先煎1小时),干姜6~9g,补骨脂20g^(酒炒),巴戟天20g^(盐制),黄芪20~30g^(蜜制),党参20~30g,王不留行20g^(炒),冬葵子20g,山甲片15g,赤芍20g,莪术15g,鸡内金20g,槟榔片30g,车前子15g^(包煎),泽泻9g,金钱草30g。

［功用］益气温肾,活血化瘀,利水排石。

［适应证］用于尿路结石嵌顿性积水和老年尿路结石,肾功能不佳的病人。

［用法］采用大剂冲击法,即每次煎取之药量在500ml以上,以增加尿量。

三十、尿浊

尿浊是指小便混浊,白如泔浆的症状。

1. 射干煎(《临床验方集锦》^②)

［组成］射干15g,白糖50g。

［功用］清热滋阴。

［适应证］小便混浊或白或赤。

［用法］射干水煎后,加入白糖,每日1剂,分3次,饭后服。

2. 糯稻根红枣煎(《临床验方集锦》)

［组成］糯稻根30g,红枣30g。

［功用］泻热除浊。

［适应证］小便混浊,自如泔浆。

① 周信有.益肾温通排石汤［N］.中国中医药报,2018-01-11(4).

② 晋襄.临床验方集锦［M］.福州:福建科学技术出版社,1982.

［用法］水煎,每日1剂,分2次服。

三十一、癃闭

急性尿潴留,中医称之为"癃闭"。认为本病多由外邪、瘀血、结石等原因导致尿路阻塞、膀胱气化不利而引起。

本病初起多见小腹胀满疼痛,有强烈尿意但小便却点滴而下,或点滴不下。可突然发作,或逐渐发展,病情严重时还可伴见头晕、心悸、喘促浮肿,恶心呕吐,视物模糊,甚至昏迷抽搐等尿毒内攻症状。

1. 冬葵合剂(《古今特效单验方》)

［组成］冬葵子30g,石韦10g,萹蓄20g,车前子15g^(包煎),熟地黄25g,泽泻10g,菟丝子15g,乌药10g,黄芪25g,党参15g,肉桂3g。

［功用］补肾利湿,化气利尿。

［适应证］小便点滴不通,排除无力,肾气怯弱,腰膝酸软,舌淡苔白,脉沉弦。

［用法］水煎服,每日1剂,早晚温服。

［辨证加减］肾阳衰惫者,加附子10g^(先煎);阴虚火旺者加知母10g、黄柏10g;兼有感染者,去参、芪、桂,加当归12g、连翘15g、赤小豆21g。服药共分三个阶段:准备阶段、拔管阶段、巩固阶段。

2. 麻黄五苓汤(万友生验方 [①])

［组成］麻黄15g,桂枝15g,杏仁15g,茯苓15g,猪苓15g,泽泻15g,木通15g,白术15g,甘草5g。

［功用］散寒利尿。

［适应证］小便不畅或点滴不通,伴身寒肢冷,或有咳嗽,舌淡苔白,脉浮数。

［用法］水煎服。每日1剂,早晚温服。

3. 牛膝桃仁汤(《尊生书》)

［组成］牛膝10g,桃仁10g。

［功用］活血祛瘀。

［适应证］膀胱阻塞,小便滴沥不畅或不通或尿如细线,小腹胀满。

［用法］水煎,日1剂,分3次服。

三十二、阳痿

阳痿是指男子性交时生殖器(阴茎)不能勃起,或勃起而不坚硬,以致影响正常夫妻性生活。中医认为本病或因纵欲伤精,或因思虑过度,或因惊恐伤肾,或因湿热下注所致,除少数属生殖器官的器质性病变外,大多为功能性病变。

阳起石方(《中国民间名医偏方》[②])

［组成］阳起石15g,白酒1 500ml。

［功用］温补肝肾,壮阳固精。

① 万友生.麻黄五苓汤[N].中国中医药报,1990.

② 张宏才.中国民间名医偏方[M].北京:科学技术文献出版社,2001.

［适应证］主治阳痿。

［用法］将阳起石研末，浸酒1日，1日3次，每次50ml饮服。

三十三、遗精

遗精是指男子未行性交而精液自行泄出的病症。有梦而遗精者，名为"梦遗"；无梦而遗精，甚至清醒时精液自行滑出者，名为"滑精"。此为遗精轻重的两种表现。中医认为本病多因肾虚精关不固，或君相火旺，扰动精室所致。成年未婚男子，或婚后夫妻分居者，一月泄精1~2次，次日并无不适感觉或其他症状，属生理性溢精，并非病态。若每周遗精2次以上，或每日遗精数次，甚至在清醒时精自滑出，并伴有头晕、耳鸣、精神萎靡、腰酸腿软等症状者，属病理性遗精。

心肾两交汤（《医学碎金录》①）

［组成］熟地黄30g，麦冬30g，山药15g，芡实15g，黄连1.5g，肉桂0.9g。

［功用］养阴泻火，交通心肾。

［适应证］心肾不交，虚火上炎引起的遗精。

［用法］水煎服，每日1剂，日服2次。

三十四、郁证

郁证是由于情志不舒、气机郁滞所致，以心情抑郁、情绪不宁、胸部满闷、胁肋胀痛，或易怒喜哭，或咽中如有异物梗阻等症为主要临床表现的一类病证。

1. 越鞠丸（《丹溪心法》）

［组成］香附12g，苍术9g，川芎9g，神曲9g，栀子9g。

［功用］开郁舒气。

［适应证］六郁证。气郁为主者，以胸胁胀满、情绪不宁为主症；血郁为主者，以胸膈刺痛，痛有定处为主症；热郁为主者，以心烦督闷，尿赤脉数为主症；食郁、湿郁、痰郁为主者，以饮食不消，脘腹胀满，嗳腐吞酸，恶心呕吐，苔腻脉滑为主症。

［用法］水煎，日1剂，分2次服。

2. 达郁汤（张磊验方②）

［组成］柴胡10g，白芍15g，炒枳实10g，炒苍术10g，制香附10g，草果6g，黄芩10g，栀子10g，蒲公英15g，防风3g，羌活3g，生甘草6g。

［功用］疏达肝脾，清散郁热。

［适应证］肝脾两郁证。症见：两胁胀痛，口苦，口黏，纳呆，腹胀，肠鸣，大便或干或溏，小便黄，舌淡红，舌苔薄腻或厚腻黄，脉沉滞或弦滑。可用于慢性肝炎、胆囊炎、肋间神经痛、急慢性胃肠炎、胃溃疡、无名低热等证属肝脾两郁，郁而化热者。

---

① 沈仲圭. 医学碎金录［M］. 南京：江苏人民出版社，1957.

② 张磊. 达郁汤［N］. 中国中医药报，2017-09-11（4）.

［用法］每日 1 剂,水煎服,分 2 次温服。

［辨证加减］若口渴,加知母;心烦,加竹叶、灯心草;纳差,加炒麦芽、神曲;便干,加决明子;便溏,加炒白术、炒白扁豆,去栀子;恶心,加半夏、陈皮。

3. 达肝解郁汤(成肇仁验方[①])

［组成］柴胡 10g,当归 12g,白芍 15g,茯苓 15g,茯神 15g,香附 15g,苍、白术各 12g,炒栀子 10g,神曲 15g,川芎 10g,郁金 10g,合欢花 10g。

［功用］疏肝行气,解郁健脾。

［适应证］情志不遂,或郁怒不解,或所思不畅,或忧愁伤感等所致的肝气不疏,或郁而化热,或乘克脾胃等证。症见心烦焦虑,失眠神疲,两胁及头目胀痛,胸膈痞闷,脘腹胀痛,纳少不化,或妇人乳房胀痛等,舌黯红或红,苔白或黄,脉细弦。证属肝气郁结,乘克脾胃者均可加减应用。可用于情志疾患和胃肠疾病等。

［用法］水煎服,分 3 次,约饭后 30 分钟温服,1 日 1 剂。

三十五、消渴

中医认为此病多因饮食不节,情志失调,肾阴亏损等原因所致之内热伤阴、消谷耗津而引起的一系列症状。临床如若出现多饮、多食、多尿,而身体反而消瘦的症状已至中晚期。其中以口渴多饮为主的,叫作"上消";多食善饥为主的,叫作"中消";多尿如脂为主的,叫作"下消"。患者同时伴有全身乏力,精神不振,头晕嗜睡,或失眠,腰酸痛,皮肤干燥和瘙痒,女子月经不调和男子阳痿等症。严重时可出现神志恍惚、昏迷等危症。

1. 消渴方(《古今特效单验方》)

［组成］葛根 15g,天花粉 15g,麦冬 15g,生地黄 15g,五味子 5g,甘草 5g,糯米 15g。

［功用］滋阴益气生津。

［适应证］多饮、多食、多尿。

［用法］水煎服,每日 1 剂,早晚温服。

2. 控糖抑消降脂方(周信有验方[②])

［组成］生黄芪 30~60g,党参 20g,生山药 30g,黄精 20g[(黄酒制)],生地黄 20g,玄参 20g,生北五味子 15g[(捣)],山茱萸 20~30g[(黄酒制)],制何首乌 20g,肉苁蓉 20g,丹参 20g,赤芍 20g,生山楂 20g。

［功用］补脾益肾,滋阴清热,益气生津,活血化瘀。

［适应证］糖尿病患者,症见疲乏无力,日渐消瘦,口渴,多饮多尿,多食善饥;以及并发冠心病、脑血栓、视网

① 成肇仁.达肝解郁汤[N].中国中医药报,2017-06-02(4).

② 周信有.控糖抑消降脂方[N].中国中医药报,2017-10-27(4).

膜病变、坏疽、肾病等。

　　[用法]水煎服，每日1服，早、中、晚分3次，食后服。

　　3. 生地牛膝丸(《医部全录》)

　　[组成]生地黄150g，牛膝150g。

　　[功用]养阴清热生津。

　　[适应证]上消。消渴不止，口干舌红，小便频数量多。

　　[用法]二药共为细面，炼蜜为丸，每丸重9g，每次1丸，每日3次，温开水送下。

　　4. 黄连瓜蒌根丸(《医部全录》)

　　[组成]黄连150g，瓜蒌根150g，生地黄500g。

　　[功用]清热生津，滋阴降火。

　　[适应证]上消，消渴小便滑数如油。

　　[用法]前二味药碾为细面，生地黄捣汁为丸，如绿豆大，每日2次，每次50丸，牛乳送下，忌食冷水猪肉。

　　5. 加减调胃承气汤(《伤寒论》)

　　[组成]大黄9g$^{(后下)}$，芒硝10g，甘草6g，黄连6g，黄芩10g。

　　[功用]缓下和中。

　　[适应证]中消。消谷善饥，大便秘结。

　　[用法]水煎，每日1剂，分2次服。大便通利即止。

　　6. 消渴煎(陈卫川验方[①])

　　[组成]人参6g，五味子15g，葛根20g，山药30g，山茱萸12g，翻白草12g，金樱子30g，黄精15g，丹参20g。

　　[功用]助力添精，生津止渴。

　　[适应证]消渴肝经病证，禀性衰败，肝经偏干，白液质型所致的神疲乏力，五心烦热，自汗或盗汗，口干渴欲饮，多食易饥，形体消瘦，头晕耳鸣，视物模糊，小便正常或量多，舌淡红，脉细数等。

　　[用法]水煎服，每日1剂，分2次温服。

三十六、虚劳

　　虚劳又称"虚损"，是由于禀赋薄弱、后天失养及外感内伤等多种原因引起的，以脏腑功能衰退，气血阴阳亏损，日久不复为主要病机，以五脏虚证为主要临床表现的多种慢性虚弱症候的总称。

　　1. 独参汤(《医方考》)

　　[组成]人参10~15g。

　　[功用]益气固脱。

　　[适应证]热者用西洋参或生晒参，偏寒者用别直参或大力参、红参。主治大出血或创伤后的虚脱，重危病人，元气虚弱之面色苍白，神倦乏力，肢冷腹泻，汗多气喘，或血崩不止，脉微细者。

　　[用法]水煎浓汁，顿服或分服。

①　陈卫川.消渴煎[N].中国中医药报，2018-01-22(4).

2. 三甲复脉汤加减方(《印会河抓主症经验方解读》)

[组成]龟甲30g^(先煎),鳖甲30g^(先煎),牡蛎30g^(先煎),生地黄12g,甘草6g,麦冬9g,白芍9g,阿胶9g^(烊化),火麻仁9g。

[功用]滋阴潜阳。

[适应证]主治外感热病后期肢体枯瘦,唇舌干痿,齿燥结瓣,鼻干积垢,目陷睛迷,昏沉嗜睡,两颧红赤,肢端厥冷,或见手指蠕动,或作不时呓语,脉微细欲绝。可用于西医学各种高热以及急慢性炎症、肿瘤等消耗性疾病引起的脱水、休克,肿瘤放射治疗和化学治疗引起的体液代谢紊乱。

[用法]水煎服,日1剂,2次分服。

[辨证加减]本方去龟甲、鳖甲、麻仁名一甲复脉汤,治温热伤阴,大便溏泻;但去龟甲名二甲复脉汤,治阴虚肾不养肝的手指蠕动;本方加五味子10g、鲜鸡子黄10g^(生冲)名大定风珠,治阴虚而生的抽动。

3. 加味保元煎(周富明验方①)

[组成]西党参20g,炙黄芪20g,上肉桂5g^(后下),炙甘草5g,枸杞子15g,炒当归12g,制大黄10g^(后下),薏苡仁15g。

[功用]温阳填精,益气养血,渗利泄浊。

[适应证]脾肾衰败,肾精不足,气血两虚,肾衰竭所致肾性贫血。

[用法]水煎服,日1剂,2次分服。

[辨证加减]若虚损益甚、气短乏力者,加紫河车、龟甲胶、熟地黄等血肉有情、味厚质醇之品,以补元气、填肾精、养气血;若伴腰膝酸软、头晕耳鸣者,加女贞子、墨旱莲、枸杞子补益肝肾、滋阴养血;若兼见肾脏明显缩小、腰痛乏力、面黯消瘦者,为瘀血内结,可加补阳还五汤以补气养血、祛瘀生新;如大便溏泄、小溲清长者,去大黄、薏苡仁,酌加熟附子、干姜、白术等温补肾阳、健运中州。

4. 髓胆三胡汤(《瑞竹堂经验方》)

[组成]猪脊髓10g,猪胆汁5g,童便20ml,柴胡3g,前胡3g,胡黄连3g,乌梅3g,韭白10g。

[功用]填精益髓。

[适应证]适应于肝肾阴虚,虚火上炎,骨蒸潮热,形瘦盗汗,颧红烦热,干咳少痰或痰中带血,足膝痛热,舌红少苔等。

[用法]水煎,日3服,或制作丸药久服。最好是服一段煎剂后,制丸久服。

5. 退热除蒸汤(《十便良方》)

[组成]青蒿10g,猪胆汁5g,杏仁40g^(去皮尖),童子便500ml。

[功用]清虚热。

[适应证]适应于阴虚火盛。症

---

① 周富明.加味保元煎[N].中国中医药报,2017-09-12(4).

见骨蒸,低热日久不退,唇红颧赤,形体消瘦,烦热无汗,干咳少痰,舌红少苔等。

[用法] 前三味,以童便煎至200ml,分3次温服,忌辛辣、酒。

6. 鹿牛丸(《济生方》)

[组成] 鹿角60g,牛膝45g。

[功用] 填精益髓。

[适应证] 适应于阳虚型虚劳、久病虚劳、精血亏损、肾阳不足、腰腿冷痛无力,行动迟缓,不能久立、发落面枯、头眩耳鸣,饮食不消等。

[用法] 牛膝酒浸透焙干,与鹿角共研末,炼蜜为丸,每丸10g,每服一丸,早晚空心服,盐水为引。

三十七、肥胖症

楂陈减肥茶(《特效按摩加小方治病法》[①])

[组成] 生山楂10g,炒山楂10g,陈皮9g,清茶30g。

[功用] 健脾消脂。

[适应证] 肥胖患者,面色黄,神疲乏力,不喜运动。

[用法] 把上药放入热水瓶中,用沸水冲泡,盖焖15分钟,频频代饮。

三十八、痉证

痉证是以项背强急,四肢抽搐,角弓反张为主要表现的病证。西医

的各种脑炎、脑肿瘤、脑寄生虫病引起的抽搐,以及高热惊厥,均属本病范畴。

1. 增液承气汤(《温病条辨》)

[组成] 大黄15g[(后下)],芒硝12g[(冲服)],玄参15g,生地黄18g,麦冬15g,石膏30g[(先煎)],知母12g,地龙12g,钩藤20g[(后下)]。

[功用] 泄热止痉。

[适应证] 发热胸闷,口噤啮齿,项背强,甚至角弓反张,手足挛急,腹胀便秘,舌苔黄腻,脉弦数。

[用法] 水煎服,每日1剂,早晚温服。

2. 清热镇惊散(《实用中医内科学》)

[组成] 羚羊角30g[(冲)],僵蚕20g,蝎尾18g,蜈蚣12g,雄黄12g,琥珀12g,天竺黄12g,朱砂6g,牛黄6g,麝香2g。

[功用] 清热息风、镇惊安神。

[适用证] 温热内闭,神昏谵语,颈项强直,牙关紧闭,手足抽搐。

[用法] 上药共为细面,每服3g,日服数次。

三十九、腰痛

腰痛为临床常见病、多发病,发病因素较多。主要症状是腰部酸痛,日间劳累加重,休息后可减轻,日积月

---

① 缪正来.特效按摩加小方治病法[M].北京:中国医药科技出版社,1991.

累,可使肌纤维变性,甚而少量撕裂,形成瘢痕或纤维索条或粘连,遗留长期慢性腰背痛。中医认为腰痛病因为内伤、外感与跌仆挫伤,基本病机为经脉痹阻,腰府失养。内伤多责之禀赋不足,肾亏腰府失养;外感为风、寒、湿、热诸邪痹阻经脉,或劳力扭伤,气滞血瘀,经脉不通而致腰痛。腰为肾之府,由肾之精气所溉,肾与膀胱相表里,足太阳经过之,此外,任、督、冲、带诸脉,亦布其间,所以腰痛病变与肾脏及诸经脉相关。

1. 虎杖酒(《家用良方》[①])

[组成]虎杖300g,白酒1 500ml。

[功用]祛风除湿,活血止痛。

[适应证]主治风湿夹瘀血腰痛,痛如针刺,不能俯仰者。

[用法]虎杖300g,没入1 500ml白酒中,1~2周后适量饮服。

2. 补肾强腰方(《印会河抓主症经验方解读》)

[组成]金狗脊12g[(包煎)],川断9g,桑寄生15g,杜仲9g,牛膝9g,木瓜9g,薏苡仁30g,猪腰子1个。

[功用]补肾强腰。

[适应证]治疗腰痛不举,但无压痛及敲击痛,气短,尿无力,脉虚细,苔少。可用于西医学之腰肌劳损。

[用法]猪腰子需切开去肾盂白色部分,洗净,先煎,取汤煎药。回民可用羊肾代替。日1剂,2次分服。

[辨证加减]寒性明显加补骨脂9g、连衣胡桃9g。

3. 归肾丸(《景岳全书》)

[组成]熟地黄250g,山药120g,山茱萸肉120g,茯苓120g,当归90g,枸杞120g,炒杜仲120g,菟丝子120g。

[功用]滋补肾阴。

[适应证]治肾阴不足,精衰血少,腰酸脚软,形容憔悴,阳痿遗精。

[用法]先将熟地黄熬成膏,余药共为细末。炼蜜同熟地黄膏为丸,如梧桐子大。一次9g,每日2~3次。

4. 青娥丸(《太平惠民和剂局方》)

[组成]杜仲180g,补骨脂180g,核桃仁30个。

[功用]补肾壮腰。

[适应证]治肾气虚弱,风冷乘之,或血气相搏,腰痛如折,起坐艰难,俯仰不利,转侧不能;或因劳役过度,伤于肾经,或处卑湿,地气伤腰,或坠堕伤损,成风寒客搏,或气滞不散,皆令腰痛。

[用法]上药为细末,入研药令匀,酒糊为丸,如梧桐子大。每服30~50丸,空腹时用温酒或盐汤下。

四十、痹证

痹证是指肢体、关节、筋骨等处疼

---

① 龚自璋.家用良方[M].北京:中医古籍出版社,1988.

痛、酸楚、重着、麻木等一类疾患,相当于西医的风湿性关节炎、风湿性肌炎、类风湿等疾病。一般临床上按偏重于寒、湿、风辨证论治。

1. 补肾祛寒治尪汤(《古今特效单验方》)

[组成]补骨脂12g,熟地黄24g,续断18g,骨碎补20g,桂枝6g,麻黄6g,苍术10g,威灵仙12g,松节9g,伸筋草30g,牛膝15g,透骨草20g,寻骨草15g,自然铜9g(先煎)。

[功用]温肾散寒除痹。

[适应证]肢体关节疼痛,痛势较剧,遇寒痛甚,关节屈伸不利,肌肉消瘦,腰膝酸软,阳痿、遗精,舌质淡红,舌苔薄白或少津,脉沉细弱。

[用法]水煎服,每日1剂,早晚温服。

2. 补肾清热治尪汤(《古今特效单验方》)

[组成]生地黄25g,桑寄生30g,桑枝30g,地骨皮15g,知母12g,黄柏12g,续断18g,骨碎补18g,白芍15g,威灵仙15g,羌活9g,独活9g,忍冬藤30g,桂枝9g,红花9g,乳香6g,没药6g,山甲9g(先煎)。

[功用]清热毒,补肝肾。

[适应证]游走性的关节疼痛,痛不可触,得冷则舒,伴有腰膝酸软,心烦,低热,舌红,脉沉。

[用法]水煎服,每日1剂,早晚温服。

3. 寒痉汤(李士懋验方[①])

[组成]桂枝9~12g,炙麻黄6~9g,生姜9~15g,大枣3~10枚,炮附片6~30g(先煎),细辛3~10g,炙甘草6~9g,全蝎2~10g,蜈蚣1~20条。

[功用]温经散寒,通络解凝。

[适应证]辨证属寒凝证者即可使用。高血压、冠心病、关节炎属于寒凝者均可使用此方治疗。

[用法]水煎服,分服。每2~3小时服1煎,配合辅汗三法(啜粥、温覆、频服),直至正汗出为期,未透继服。正汗的标准为:一微微汗出,二遍身皆见,三持续2~5h而自敛。不需发汗则1剂两煎,早晚分服。

4. 身痛逐瘀汤加减方(《印会河抓主症经验方解读》)

[组成]秦艽9g,独活9g,当归15g,赤芍15g,川芎9g,地龙15g,黄柏15g,苍术9g,穿山甲9g(先煎),没药6g,醋五灵脂9g,桃仁9g,红花9g。

[功用]理血祛风。

[适应证]主治疼痛游走不定,或痛而兼麻,并可见心烦口渴、午后低热,日久则关节漫肿变形疼痛固定。可用于西医学风湿及类风湿关节炎、强直性脊柱炎。

[用法]水煎,每日1剂,早晚

① 李士懋.寒痉汤[N].中国中医药报,2018-02-23(4).

温服。

[辨证加减] 风湿加白茅根 30g、土茯苓 30g；类风湿加乌梢蛇 30g；湿重加萆薢 15g、薏苡仁 30g。

5. 四妙散加味方（《印会河抓主症经验方解读》）

[组成] 黄柏 15g，苍术 12g，牛膝 10g，薏苡仁 30g，萆薢 15g，木通 9g，滑石 15g^(包煎)，泽泻 15g，车前子 9g^(包煎)，木瓜 9g，青黛 8g^(冲服)。

[功用] 清热燥湿。

[适应证] 主治关节肿痛，甚则变形，痛处觉热，或有胀感，心烦掌烫，舌红苔黄腻，脉弦数。可用于西医学风湿及类风湿病、痛风属湿热证。

[用法] 水煎，每日 1 剂，早晚温服。

[辨证加减] 病久加土鳖虫 9g、地龙 15g、乌梢蛇 30g，以化久瘀，通经隧；去木通、青黛，加椿根皮 15g、蚕沙 30g，治疗带下量多，色黄质黏稠；湿盛者可加防己 9g；热盛者加土茯苓 30g、贯众 15g、半枝莲 30g、白花蛇舌草 30g，以加强清热解毒作用。

6. 膝痹消汤（郭剑华验方①）

[组成] 川牛膝 30g，独活 20g，三棱 20g，莪术 20g，海桐皮 30g，乳香 20g，没药 20g，土鳖虫 15g，制川乌（先煎）10g，威灵仙 30g，红花 15g，舒筋草 30g。

[功用] 活血化瘀，通络止痛。

[适应证] 膝关节骨性关节炎。

[用法] 每日 1 剂，加水 3 000ml 先浸泡 20 分钟，然后煎 20 分钟，趁热熏洗并热敷患膝关节 20 分钟，早晚各熏洗、热敷 1 次，10 剂为 1 疗程，疗程间隔 2 天。

7. 青防酒（《普济方》）

[组成] 青风藤 90g，防己 30g。

[功用] 祛风祛湿，温经通络。

[适用证] 适应于风湿痹痛，湿邪偏重，腰膝重痛，关节不利，筋脉拘挛或关节肿大。

[用法] 药切碎入 1 斤白酒内，浸七日后，日服 3 次，每次 1 杯。

8. 白蔹散（《备急千金要方》）

[组成] 白蔹 40g，熟附子^(先煎) 20g。

[功用] 温经散寒，祛湿止痛。

[适应证] 适应于寒湿痹痛，以寒为主，筋急肿痛不可近，得热稍缓。

[用法] 二药研末，每服 3g，日 3 服，黄酒送服。忌猪肉生冷。

9. 二活松节酒（《外台秘要》）

[组成] 独活、羌活、松节各等份。

[功用] 祛风胜湿止痛。

[适应证] 适应于风寒湿并重之痹证，头痛身痛，肌肉关节疼痛，屈伸不利，筋脉拘挛。

[用法] 以白酒适量，煎上半小时，去渣，封存备用，每服 20ml，日 3

① 郭剑华 . 膝痹消汤 [N]. 中国中医药报，2017-08-18（4）.

服。忌生冷。

10. 豨莶丸(《经史证类备用本草》)

[组成]豨莶草1 000g。

[功用]祛风除湿。

[适应证]治疗关节酸痛及腰膝酸软等症。

[用法]将豨莶草30%研粉,70%浓煎过滤,上清液浓缩成膏,加白酒5%、纯蜜17%,制成大粒蜜丸。每服2粒,日2次。

11. 泄浊化瘀通痹汤(成肇仁验方[①])

[组成]苍术10g,黄柏10g,薏苡仁30g,牛膝15g,土茯苓30~120g,萆薢30g,车前草30g,威灵仙30g,丹参15g,鸡血藤30g,忍冬藤30g,海风藤30g,络石藤30g。

[功用]清热利湿,泄浊化瘀,通痹止痛。

[适应证]痛风性关节炎,属湿热浊瘀搏结者,症见关节急慢性疼痛,受累关节与周围组织红肿发热及活动受限,或关节变形,或肢体肿胀,或酸软乏力,或见皮下痛风石,或小便色黄。

[用法]水煎服,早中晚3次于饭后30~60分钟左右温服,每次服用量大约300~500ml。若值痛风急性期可频饮不拘时服,每天1服,7天为1个疗程。服药期间禁食辛辣油腻、酒类、海鲜、豆类及发物,尤其应尽量避免摄入高嘌呤食物,宜清淡饮食,规律作息以配合治疗。

12. 痛风汤(李耀谦验方[②])

[组成]忍冬藤30g,薏苡仁30g,生石膏30g[(先煎)],海藻15g,山慈菇15g[(先煎)],炒黄柏5g,苍术10g,白术10g,知母10g,白芥子10g,豨莶草10g,干地龙10g,木防己10g。

[功用]清热消肿止痛。

[适应证]痛风及高尿酸血症。

[辨证加减]局部焮热痛剧,加飞滑石10g[(布包)],寒水石30g[(先煎)];红肿退而痛不除者,去石膏、海藻,加片姜黄10g,蜈蚣2条;肾功能不全者,去木防己。

四十一、内伤发热

内伤发热是指发病缓慢,病程较长,发热时有起伏,以低热为主的发热性疾病。西医的一些慢性消耗性疾病如肺结核等,属此病范畴。临床上一般分气血虚弱、气郁化火两型。

当归补血汤(《内外伤辨惑论》)

[组成]当归6g[(酒洗)],黄芪30g[(蜜炙)]。

[功用]气虚血弱。

[适应证]适应于血虚发热,目赤面红,烦渴,昼夜不息,但脉洪大而虚,

① 成肇仁.泄浊化瘀通痹汤[N].中国中医药报,2017-08-10(4).

② 李耀谦.痛风汤[N].中国中医药报,2017-07-17(4).

重按全无力。本方用于血虚发热,是内伤虚热,症状与白虎汤证相似,但白虎汤证脉滑而有力,本方证之脉洪大而虚,重按全无力,须细心辨别,不可错用。

[用法] 水煎,每日1剂,分2次服。

四十二、瘿病

瘿病是颈前逐渐肿大,结而成块的病证。包括西医的单纯性甲状腺肿大、甲状腺肿瘤、甲状腺功能亢进等病。瘿病可分瘿囊、瘿瘤和瘿气三类型。

1. 四海舒郁丸(《疡医大全》)

[组成] 青木香15g,陈皮6g,海蛤粉6g,海带60g,海藻60g,昆布60g,海螵蛸60g。

[功用] 化痰软坚,行气散结。

[适应证] 瘿囊。颈前肿块较大,弥漫对称,其状如瓮,下坠前胸,皮宽不急,触之光滑柔软。

[用法] 上药共研细面为丸,大如黄豆,每次服9g,日服2次。酒、水送下均可。

[按语] 本方昆布、海藻、海带、海螵蛸、海蛤粉化痰软坚;木香、陈皮疏肝理气、气顺痰消,则血行通畅、瘿囊自消。

2. 黄药子饮(《实用中医内科学》)

[组成] 黄药子1 000g。

[功用] 解毒散结。

[适应证] ①瘿瘤:颈前肿块偏于一侧,或一侧较大,状如核桃,触之质硬有根,可随吞咽而上下;②瘿气:颈前轻度或中度肿大,其块触之柔软光滑,无结无根,可随吞咽动作而活动,并见急躁易怒,眼球外突,消瘦易饥。

[用法] 每日10g,水煎服。黄药子苦平,有小毒,为治疗甲状腺肿瘤及甲亢的有效药,因一般服药时间较长,若持续用量过大,容易引起药物中毒性肝炎,故较长时间服用时,一般以每日不超过12g为宜。

四十三、便秘

便秘是指大便秘结不通,排便间隔时间延长,大便干燥,或虽有便意但排出困难的一种病症。其引起的原因有多种,如病后气虚,肠胃燥热,进食蔬菜水果太少,过食辛辣肥厚食物等。但其更多的是由于不规则的排便习惯而造成的。还有老年人便秘与体质虚弱,腹壁松弛,消化功能减退有关。分为气秘、热秘、冷秘、虚秘(气虚秘、阴虚秘、阳虚秘)。

1. 六磨汤(《世医得效方》)

[组成] 槟榔12g,沉香12g,木香12g,乌药12g,大黄12g(后下),枳实12g。

[功用] 顺气消导,调和肝脾。

[适应证] 气秘。大便干结,或不甚干结,欲便不得出,或便而不爽,肠鸣矢气,腹中胀痛,嗳气频作,纳食减少,胸胁痞满,舌苔薄腻,脉弦。

［用法］水煎服，每日 1 剂，早晚温服。

2. 麻子仁丸（《伤寒论》）

［组成］麻子仁 500g，芍药 250g，枳实 250g，大黄 500g，厚朴 250g，杏仁 250g。

［功用］泻热润肠通便。

［适应证］热秘。大便干结，口干口臭，面红心烦，或有身热，小便短赤，舌红，苔黄燥，脉滑数。

［用法］上六味，蜜和为丸，如梧桐子大。每服 10 丸，日 3 服。

3. 温脾汤（《备急千金要方》）

［组成］大黄 15g(后下)，当归 9g，干姜 9g，附子(先煎)6g，人参 6g，芒硝 6g(冲服)，甘草 6g。

［功用］攻下冷积。

［适应证］冷秘。大便艰涩，腹痛拘急，胀满拒按，胁下偏痛，手足不温，呃逆呕吐，舌苔白腻，脉弦紧。

［用法］水煎服，每日 1 剂，早晚温服。

4. 济川煎（《景岳全书》）

［组成］当归 15g，牛膝 6g，肉苁蓉 9g，泽泻 5g，枳壳 3g。

［功用］温阳通便。

［适应证］阳虚秘。大便干或者不干，排出困难，小便清长，面色㿠白，四肢不温，腹中冷痛，或腰膝酸软，舌淡苔白，脉沉迟。

［用法］水煎服，每日 1 剂，早晚温服。

5. 增液汤（《温病条辨》）

［组成］玄参 30g，麦冬 24g，生地黄 24g。

［功用］滋阴增液，润肠通便。

［适应证］阴虚秘。大便干结，如羊屎状，形体消瘦，头晕耳鸣，两颧红赤，心烦少眠，潮热盗汗，腰膝酸软，舌红少苔，脉细数。

［用法］水煎服，每日 1 剂，早晚温服。

6. 黄芪汤（《金匮翼》）

［组成］黄芪 15g，麻仁 9g，白蜜 20g，陈皮 15g。

［功用］补气助运通便。

［适应证］气虚秘。大便不干硬，虽有便意，但排便困难，用力努挣则汗出短气，便后乏力，面白神疲，肢倦懒言，舌淡苔白，脉弱。

［用法］水煎服，每日 1 剂，早晚温服。

外 科 病 症

一、疖病

疖病是指多个疖子散发于全身或局限于某个部位的疾病。其特点是,此起彼伏,缠绵不愈。发于项后的称发际疮,生于臀部的称坐板疮。临床辨证多以湿毒壅盛为主,兼有风邪。

1. 解毒消疖汤(《古今特效单验方》)

[组成]黄连6g,黄芩10g,金银花15g,蒲公英15g,赤芍12g,桃仁10g,川牛膝12g,甘草6g。

[功用]清热燥湿解毒。

[适应证]湿毒壅盛,臀部反复起疖肿,红硬而痛。

[用法]水煎,日1剂,分2次服。忌食鱼腥、油腻等物。

2. 僵蚕方(《古今特效单验方》)

[组成]僵蚕10g。

[功用]化痰散结。

[适应证]多发性疖肿。疖生于全身各处,此起彼伏,缠绵难愈。

[用法]将僵蚕研粉用温开水送服,每日2次。也可装入胶囊内服用。忌食辛辣。

3. 解毒清热汤(《赵炳南临床经验集》[①])

[组成]蒲公英30g,野菊花30g,大青叶30g,紫花地丁15g,蚤休15g,天花粉15g,赤芍10g。

[功用]清热解毒。

[适应证]疖、疔、痈、急性丹毒初期及一切体表感染初起。

[用法]净水煎煮药味两次,早晚各服药1次。

---

① 北京中医医院.赵炳南临床经验集[M].北京:人民卫生出版社,2006.

4. 三黄膏(《中医外科外治法》[①])

[组成] 黄连、黄芩、大黄各等份。

[功用] 清热解毒。

[适应证] 治一切疔肿。

[用法] 将上药共研细末,凡士林适量调成软膏,外敷疮周,每日换药一次。

5. 解毒清营汤(《赵炳南临床经验集》)

[组成] 金银花 15~30g,连翘 15~30g,蒲公英 15~30g,干地黄 15~30g,白茅根 15~30g,生玳瑁 10~15g,牡丹皮 10~15g,赤芍 10~15g,川连 3~10g,绿豆衣 15~30g,茜草根 10~15g,生栀子 6~8g。

[功用] 清营解毒,凉血护心。

[适应证] 疔、疖、痈肿毒热炽盛,气营两燔及一切化脓性感染所引起的毒血症早期(相当于败血症初期征象)。

[用法] 净水煎煮药味两次(如剂量大,也可煎煮三次),早晚各服药 1 次。

二、颜面部疔疮

颜面部疔疮,是发生在颜面部的急性化脓性疾病。其外形如粟粒样脓肿,根深如钉。中医辨证以热毒炽盛为主。

1. 七味消毒饮(《古今特效单验方》)

[组成] 金银花 30g,野菊花 15g,紫花地丁 20g,蒲公英 30g,黄连 9g,黄芩 9g,半枝莲 12g。

[功用] 清热解毒。

[适应证] 热毒炽盛。面部疔疮开始为麻痒并作,逐渐红肿剧痛,肿势增大,伴全身一派热象。

[用法] 水煎,日 1 剂,分 2 次服。服后盖被出汗为度。

2. 芩连消毒饮(顾筱岩验方[②])

[组成] 川黄连 3g,黄芩 9g,紫花地丁 15g,野菊花 9g,半枝莲 9g,金银花 9g,连翘 9g,赤芍 12g,蚤休 9g,生甘草 6g。

[功用] 清热解毒,消肿散结。

[适应证] 阳明热盛,毒火蕴热证,面部疔疮肿起,坚硬色紫,有脓点但未出脓,肿势逐渐蔓延增大,全身热象明显。

[用法] 水煎,日 1 剂,分 2 次服。服后盖被出汗为度。

三、痈

痈,是一种发生在皮肉之间的急性化脓性疾病。其特点为患处光亮无头,红肿灼痛,易成脓破溃。中医辨证以热毒炽盛为主。

① 赵尚华,钟长庆.中医外科外治法[M].太原:山西科学教育出版社,1989.

② 吴峰.顾筱岩论治疔疮经验[J].河南中医,2002(1):29-30.

1. 消痈汤(《古今特效单验方》)

［组成］金银花 30g,紫花地丁 30g,黄芩 10g,乳香 9g,没药 9g,穿山甲 10g^(冲服),天花粉 10g,甘草 6g。

［功用］清热解毒,活血消痈。

［适应证］热毒炽盛。初起局部焮红、灼热疼痛,范围逐渐增大、隆起。

［用法］水煎,日 1 剂,分 2 次服。

［辨证加减］如痈生于腋下,则去乳香、没药、天花粉,加柴胡 6g、龙胆草 10g。

2. 解毒软膏(《中医外科外治法》)

［组成］绿豆粉 240g,雄黄 15g,紫地丁 150g,败酱草 150g,紫草 90g,冰片 9g,生石膏 120g,赤芍 75g,黄连 75g,马齿苋 60g,黄柏 150g,大黄 150g。

［功用］清火解毒,消肿止痛。

［适应证］用于阳证红肿热痛者,不论已溃、未溃均可。

［用法］上药共为细末,用麻油 1 500g,锅内煮沸后,以微火下黄蜡 500g 熔化,再入药面搅匀成膏。用时外敷患处,1 日 1 换。

3. 五毒丹(《串雅内编》)

［组成］丹砂、雄黄、磁石、胆石、矾石各等份。

［功用］解毒消肿,去腐生肌。

［适应证］用于痈疽疮疡腐肉未脱,新肉未生之际。

［用法］上药共研细,入阳城罐,盐泥固封,按升丹法炼丹。待冷取出后,用水飞法析出细药末。用时以少许药末涂敷患处。

4. 红九一丹(《中医外科外治法》)

［组成］黄丹 27g,红升丹 3g(或白降丹 3g)。

［功用］拔毒提脓。

［适应证］用于痈疽溃后瘘管形成或腐肉难脱。

［用法］共研极细末,或外撒疮面,或用纸捻插入疮口内。

5. 红消散(《临诊一得录》^①)

［组成］月石 30g,雄黄 6g,东丹 6g,轻粉 3g,樟脑 3g,冰片 1.5g。

［功用］活血止痛,解毒消肿。

［适应证］用于阳实痈肿初起。

［用法］共研细末,撒于消散膏或消肿膏上,外敷患处。

6. 消痈汤(《赵炳南临床经验集》)

［组成］金银花 15~30g,连翘 9~15g,蒲公英 15~30g,赤芍 9~15g,天花粉 9~15g,白芷 6~9g,川贝母 9~15g,陈皮 9~15g,蚤休 9~15g,龙葵 9~15g,鲜生地 15~30g。

［功用］清热解毒,散瘀消肿,活血止痛。

［适应证］蜂窝织炎,痈症初起,深部脓肿等化脓感染,属毒热壅阻经络,气血阻隔诸症。

---

① 凌云鹏.临诊一得录[M].北京:人民卫生出版社,1982

［用法］水煎,日1剂,分2次服。

7. 消肿定痛丸(《张赞臣临床经验选编》[①])

［组成］制乳香30g,制没药30g,血竭30g,飞朱砂3g,罂粟壳30g。

［功用］消散定痛。

［适应证］痈疽、疔疮、发背、流注未溃作痛等病症。

［用法］上药共研细末,烧酒为丸,朱砂为衣,如黄豆大,日服2次,每次2~3粒,温开水送服。

四、丹毒

患部皮肤突然发红,赤如涂丹之色,即为丹毒。好发于颜面及下肢。西医学认为,本病多因链球菌感染所致。临床分急、慢性两种。

1. 疏风解毒汤(《古今特效单验方》)

［组成］金银花15g,赤芍9g,黄芩9g,山栀9g,牛蒡子10g,桔梗10g,薄荷3g[(后下)]。

［功用］清热解毒,凉血散风。

［适应证］颜面部丹毒急性期,面部皮肤焮红痒痛、赤色如丹、舌赤苔少、脉浮数。

［用法］水煎,日1剂,分2次服。

2. 凉血五根汤(《赵炳南临床经验集》)

［组成］白茅根30~60g,瓜蒌根15~30g,茜草根9~15g,紫草根9~15g,板蓝根9~15g。

［功用］凉血活血,解毒化斑。

［适应证］多行性红斑(血风疮)、丹毒初起、紫癜、结节性红斑(瓜藤缠)及一切红斑类皮肤病的初期,偏于下肢者。

［用法］水煎,日1剂,分2次服。

3. 化斑解毒汤(《医宗金鉴·外科心法要诀》)

［组成］黑玄参15g,肥知母6g,生石膏15g[(先煎)],川黄连6g,青连翘9g,干地黄12g,凌霄花9g,生甘草6g。

［功用］清热解毒,活血化斑。

［适应证］丹毒,漆性皮炎(漆疮),紫癜。

［用法］水煎,日1剂,分2次服。

五、瘰疬

瘰疬指生于颈项部的累累如串珠样的结核。主要症状为局部结肿硬如核状,累累成串,皮色不变,可溃脓破口。西医学的颈淋巴结结核、颌下淋巴结结核即指本病。治疗着重在未溃时。

1. 昆藻汤(《古今特效单验方》)

［组成］昆布30g,海藻30g,茯苓12g,白芍20g,半夏12g,陈皮12g,川黄连10g,蒲公英30g。

---

① 上海中医研究所. 张赞臣临床经验选编［M］. 北京:人民卫生出版社,1981.

［功用］化痰散结。

［适应证］瘰疬初期,症见结核如豆大,一枚或数枚,无红肿热痛,推之可动,坚硬。

［用法］水煎,日1剂,分2次服。

［辨证加减］中期结核融合成块,若成脓则有轻微波动感,宜托毒透脓,可去柴胡,加黄芪30g、皂角刺12g、穿山甲12g。

2. 消瘰丸(《外科真诠》)

［组成］玄参30g,煅牡蛎30g,川贝母30g。

［功用］化痰散结。

［适应证］瘰疬未破。

［用法］三药共为细末,米糊为丸,每丸重9g,日服2次,每次1丸。忌油腻、辛辣、房室、劳累。

3. 柴胡通经汤(《外科集验方》)

［组成］柴胡7.5g,当归尾7.5g,连翘7.5g,黄芩7.5g,牛蒡子7.5g,京三棱7.5g,桔梗7.5g,甘草7.5g,黄连5g,红花少许。

［功用］清热消肿散结。

［适应证］小儿瘰疬,坚而不溃。

［用法］水煎,日1剂,分2次服。

4. 消瘰方(《古今医鉴》)

［组成］蜈蚣15g,全蝎15g,炮穿山甲15g,夜明砂15g,蝉蜕15g,朱砂10g(忌火煅,并经常验尿复查,防止汞中毒)。

［功用］解毒散结,软坚消瘰,收敛生肌。

［适应证］适用瘰疬各种时期,使瘰疬肿痛无脓而消,有脓则溃。

［用法］共为细末,每次6次,高粱大曲1盏送服;或者泡药酒500ml,每次10~20ml,日2次,儿童减半。

5. 七三丹(《中医外科外治法》)

［组成］熟石膏21g,升丹9g。

［功用］提脓祛腐。

［适应证］治流痰、附骨疽、瘰疬、有头疽等证,溃后腐肉难脱,脓水不尽者。

［用法］共研细末,掺于疮口上,或用药线蘸药插入疮中,外用膏药或油膏盖贴。

6. 五五丹(《中医外科外治法》)

［组成］熟石膏、升丹各半。

［功用］提脓祛腐。

［适应证］治流痰、附骨疽、瘰疬等证,溃后腐肉难脱,脓水不尽者。

［用法］共研细末,掺于疮口中,或用药线蘸药插入,外用膏药或油膏,每日换药一两次。

7. 回阳软坚汤(《赵炳南临床经验集》)

［组成］肉桂3~9g,白芥子9~15g,炮姜6~12g,熟地黄15~30g,白僵蚕6~12g,橘红9~15g,三棱9~15g,麻黄3~6g,莪术9~15g,全丝瓜6~15g。

［功用］回阳软坚,温化痰湿。

［适应证］腋窝淋巴结核,胸壁结核,胸前疽、腋疽及一切表面皮肤不变肿硬聚结的阴疽症。

［用法］水煎,日1剂,分2次服。

8. 活血逐瘀汤(《赵炳南临床经验集》)

[组成] 丹参 15~30g,乌药 6~24g,白僵蚕 6~12g,三棱 9~15g,莪术 9~15g,白芥子 9~15g,厚朴 6~12g,橘红 9~15g,土贝母 9~15g,沉香 1.5~3g。

[功用] 活血逐瘀,软坚内消。

[适应证] 腹部包块(癥瘕)、乳房纤维瘤(乳气疬),体表小肿物或寒性脓肿,关节肿胀(鹤膝风)等。

[用法] 水煎,日 1 剂,分 2 次服。

[辨证加减] 属阴寒症者加炮姜、附子;肿块触之发凉者加小茴香、吴茱萸。

六、乳腺增生病

乳腺增生病是指乳房内出现形态不规则且弥漫于整个乳房的肿块。其肿块不与皮肤粘连,边界一般不清,中等硬度,肿痛于经前加重,经后减轻。临床一般分肝郁痰凝和冲任失调两型。

1. 消乳核方(《古今特效单验方》)

[组成] 柴胡 10g,白芍 15g,青皮 10g,橘核 10g,浙贝 12g,夏枯草 15g,牡蛎 30g(先煎)。

[功用] 疏肝散结,清热化痰。

[适应证] 肝郁痰凝。乳房肿块随情绪或随月经变化。

[用法] 水煎,日 1 剂,分 2 次服。

[辨证加减] 患处疼痛可加乳香 9g、没药 9g;局部发热者加蒲公英 30g;乳房肿块较大、胀痛明显者加王不留行 15g、穿山甲 10g、桃仁 10g。属冲任失调者,伴有月经不调症状,可加香附 9g、益母草 15g;心烦易怒者可加牡丹皮 10g、山栀 10g。

2. 逍遥蒌贝散(《中医外科心得集》)

[组成] 柴胡 9g,当归 9g,白芍 9g,白术 9g,茯苓 9g,瓜蒌 15g,贝母 9g,半夏 9g,南星 9g,生牡蛎 15g(先煎),山慈菇 9g。

[功用] 疏肝理气,化痰散结。

[适应证] 肝郁痰凝之乳癖、乳岩、瘰疬等证。

[用法] 水煎,日 1 剂,分 2 次服。

[辨证加减] 乳腺增生病乳房胀痛者加蒲公英;颈部瘰疬久病不消者加黄芩、丹参、百部;乳岩成形者加夏枯草、半枝莲、莪术。

七、热疮

因发热而出现在皮肤黏膜间的水疱,称为"热疮"。以口唇、鼻孔外周多见,外阴部也可发生,皮损为水疱成群,周围红晕,逐渐干燥结痂。西医学称为单纯疱疹。中医分肺胃壅热、肝胆湿热及阴虚内热三型。

1. 黄芩石膏汤(《古今特效单验方》)

[组成] 黄芩 9g,生石膏 15g(先煎),大青叶 15g。

［功用］清热解毒。

［适应证］肺胃蕴热型热疮，疮生于口周或颜面。

［用法］水煎，日1剂，分2次服。

2. 龙胆芩栀汤（《古今特效单验方》）

［组成］龙胆草9g，黄芩9g，栀子9g，泽泻9g，木通6g，板蓝根15g，甘草6g。

［功用］清热燥湿。

［适应证］肝胆湿热型热疮，疱疹生于外阴部、糜烂，伴尿赤、便秘等症。

［用法］水煎，日1剂，分2次服。

3. 加味增液汤（《古今特效单验方》）

［组成］生地15g，麦冬9g，玄参9g，知母6g，马齿苋20g，大青叶15g。

［功用］滋阴清热。

［适应证］阴虚内热型热疮，疱疹反复发作，常伴有口渴咽干等症。

［用法］水煎，日1剂，分2次服。

4. 黄龙乌贼散（《中医外科外治法》）

［组成］川黄连2份，煅龙骨2份，海螵蛸1份。

［功用］清热，收湿。

［适应证］治疗小儿脐疮。

［用法］上药共研细末，装瓶备用。用时以清洁脐部，将本品均匀铺撒疮面，用干净柔软之纱布包扎，每月换药一次。

5. 五倍子青黛散（《中医外科外治法》）

［组成］五倍子30g，青黛30g。

［功用］清热解毒，生肌敛疮。

［适应证］治口疮。

［用法］先将五倍子用文火炒黄，碾碎过100目筛，然后将两药同在乳钵内研细均匀，贮瓶备用。用时将药粉撒在口疮溃疡面上（不痛），日三次，一般3天见效。

八、缠腰火丹

缠腰火丹又叫"蛇串疮"，以皮肤上出现集簇性水疱，剧烈刺痛为主要症状的疾病。西医学的带状疱疹即指本病。中医辨证以肝胆湿热为主。后期则以气滞血瘀为主。

1. 胆草柴胡汤（《古今特效单验方》）

［组成］龙胆草9g，柴胡6g，板蓝根20g，忍冬藤15g，甘草6g。

［功用］清泄肝经湿热。

［适应证］肝胆湿热。可见带状的红色疱疹或形成绿豆大的水疱，皮肤灼痛，症状轻者仅有少数疱疹、皮肤潮红及刺痛感。

［用法］水煎，日1剂，分2次服。

［辨证加减］发于头面及颈部者可加菊花9g；发于上肢者加桑枝9g；发于下肢者加黄柏9g、川牛膝6g。

2. 理气止痛方（《古今特效单验方》）

［组成］柴胡6g，青皮9g，陈皮

9g,枳壳 9g,延胡索 9g,川楝子 9g,桃仁 9g。

[功用]理气活血止痛。

[适应证]气滞血瘀证。疱疹已消退,患处皮肤有刺痛感。

[用法]水煎,日 1 剂,分 2 次服。

3. 王季儒验方(《肘后积余集》[①])

[组成]生石膏 30g[(先煎)],紫花地丁 30g,连翘 15g,金银花藤 30g,赤小豆 30g,牡丹皮 10g,黄连 6g,大青叶 15g,黄柏 10g,知母 10g,乳香 5g,没药 5g,蚕沙 10g,蝉蜕 5g,山栀子 10g,滑石 12g[(包煎)],大黄 6g[(后下)]。

[功用]清热解毒,利湿祛风。

[适应证]带状疱疹火毒型。

[用法]水煎,日 1 剂,早晚分服。

[辨证加减]如溃烂流水,加白鲜皮 30g;如痒者,加苍耳子 6g、地肤子 30g;红赤较甚者,加桃仁 10g、茜草 10g;如脉不洪大者,去石膏。

九、寻常疣

手或头面部隆起的赘生物蓬松枯槁,表面动刺状,抓破后容易出血,中医称此病为千日疮,俗称"刺瘊"。

1. 化瘀消疣方(《古今特效单验方》)

[组成]当归 10g,桃仁 10g,赤小豆 10g,炮甲珠 10g[(冲服)],何首乌 10g,山慈菇 6g。

[功用]理气活血止痛。

[适应证]寻常疣泛发者。

[用法]水煎,日 1 剂,分 2 次服。

2. 寻常疣洗剂(《中医外科外治法》)

[组成]木贼 30g,香附 30g。

[功用]祛风消疣。

[适应证]主治寻常疣。

[用法]加水 500ml 左右,水煎,日洗 2~3 次,每剂药可洗 3 天,一般 2~3 剂见效。

十、扁平疣

扁平疣,中医称为"扁瘊",是表面光滑的扁平丘疹。大小如芝麻或粟粒,呈正常皮色或淡褐色,稍高出皮面,成群集聚于面部、手背等处,一般无不适感。

1. 化疣汤(《古今特效单验方》)

[组成]板蓝根 15g,生薏苡仁 30g,马齿苋 20g,夏枯草 15g,皂刺 10g,紫草 10g。

[功用]疏肝散结,清热化痰。

[适应证]扁平疣。

[用法]水煎,日 1 剂,分 2 次服。

2. 洗疣方(《古今特效单验方》)

[组成]马齿苋 60g,苍术 15g,白芷 10g,细辛 10g,狗脊 15g,木贼 30g。

[功用]化痰散结。

[适应证]扁平疣。

---

① 王季儒.肘后积余集[M].天津:天津科学技术出版社,1984.

［用法］水煎外洗患处,或湿敷治疗,日2次。

十一、传染性软疣

传染性软疣,初起为米粒大的半球状丘疹,有蜡样光泽,皮色正常,以后可增至高粱粒大,中央有脐窝,挤破后可见白色乳酪样物。好发于躯干、胸背部,可自体接种,有轻度传染性。中医称此病为"鼠乳"。

解毒消疣汤(《古今特效单验方》)

［组成］生薏苡仁30g,板蓝根15g,紫草15g,当归10g,蒲公英20g。

［功用］清解余毒

［适应证］传染性软疣。

［用法］水煎,日1剂,分2次服。

十二、脓疱疮

脓疱疮是皮损以脓疱为主要表现的皮肤病,又称"黄水疮"。夏秋季节儿童易患,有较强的接触传染性。自觉瘙痒,破后流出黄水,干燥后结成脓痂。中医称此病为"滴脓疮"。临床分湿热证和脾湿证两型。

1. **清热利湿汤**(《古今特效单验方》)

［组成］金银花15g,连翘12g,黄芩9g,山栀9g,泽泻9g,滑石9g,甘草6g。

［功用］清热利湿。

［适应证］湿热型脓疱疮病情重

范围广者。

［用法］水煎,日1剂,分2次服。

2. **加味二妙散**(《古今特效单验方》)

［组成］苍术12g,黄柏12g,厚朴10g,泽泻6g,焦白术10g,茯苓12g,陈皮9g。

［功用］清热利湿。

［适应证］脾湿型脓疱疮,流出脓液清稀。

［用法］水煎,日1剂,分2次服。

3. **止痒洗剂3号**(《中医外科外治法》)

［组成］马齿苋120g,蒲公英120g,白矾12g,黄柏60g,白鲜皮15g,地肤子30g。

［功用］清热解毒,除湿止痒。

［适应证］治脓疱疮(黄水疮)、多发性疖肿、急性湿疹、接触性皮炎等。

［用法］共为粗末,装纱布袋内,加水2 500ml,煮沸即可。用消毒纱布蘸药溻洗患处,或反复淋洗,每次洗30分钟左右,1日2~3次。

十三、脚湿气

脚部糜烂、奇痒、流水,并有特殊臭味称为"脚湿气"。本病指西医学的足癣。临床表现分水疱型、糜烂型及脱屑型三类,但水疱、肿烂、脱皮甚至裂口疼痛常同时并见。

1. **黄丁水洗剂**(《古今特效单验方》)

［组成］黄精30g,丁香15g。

[功用] 清热利湿。

[适应证] 糜烂型足癣。症见趾缝间糜烂、渗出,瘙痒剧烈。

[用法] 水煎泡洗患足,日 3 次,每次 15 分钟。也可单用丁香研末,将患足洗净后,撒于趾缝内。

2. 加味二妙汤(《古今特效单验方》)

[组成] 紫花地丁 12g,苍术 12g,黄柏 9g,金银花 15g,萆薢 9g,川牛膝 9g,防己 9g。

[功用] 清热利湿,燥湿杀菌。

[适应证] 足癣局部化脓者。

[用法] 水煎,日 1 剂,分 2 次服。

3. 足癣浸泡方(《古今特效单验方》)

[组成] 土槿皮 30g,蛇床子 30g,黄芩 30g,土茯苓 30g,苦参 30g,枯矾 20g,百部 12g。

[功用] 清热解毒,燥湿杀菌。

[适应证] 足癣伴有局部化脓者。

[用法] 水煎去渣趁热浸泡患足,日 2 次,每次 30 分钟。

4. 加味滑冰散(《中医外科外治法》)

[组成] 滑石 70g,冰片 5g,炉甘石 15g,密陀僧 10g。

[功用] 收湿,除臭,止痒。

[适应证] 治狐臭、脚癣等症。

[用法] 上药研极细末,拌匀,装密闭瓶内备用。有狐臭者,浴后擦干腋窝部,随即将药粉搽上。脚癣患者,在尚未溃烂时,将脚洗净,以药粉搽患处。均为每日 1~3 次。

十四、圆癣

皮损为圆形的癣,称“圆癣”。多发生在躯干、腹部、四肢及面颈部。若生于股部,则称“股癣”。中央常自愈消退,周围可见丘疹、水疱、糜烂、结痂等变化,形成环形。本病西医学称为“体癣”。

1. 丁香黄醋方(《古今特效单验方》)

[组成] 丁香 9g,生大黄 15g,食醋 90ml。

[功用] 解毒祛湿。

[适应证] 圆癣。

[用法] 将药浸泡在醋中 5~7 天后,滤出药汁,外搽,日 2~3 次。

2. 苦参酒(《古今特效单验方》)

[组成] 苦参 10g,当归 10g,白蒺藜 12g,海桐皮 12g,藿香 10g。

[功用] 清热祛湿。

[适应证] 圆癣。

[用法] 水煎,日 1 剂,分 2 次服。

3. 治癣方(《医部全录》)

[组成] 浮萍 6g,苍术 12g,苦参 10g,苍耳子 9g,黄芩 9g,香附 9g。

[功用] 清热祛湿。

[适应证] 股癣。

[用法] 水煎,日 1 剂,分 2 次服。

十五、疥疮

疥疮是疥虫染于皮肤引起的以瘙痒为主症的皮肤病。好发于指缝、肘窝、阴部等皮肤皱折处，重者遍及全身，以夜间皮肤剧烈瘙痒为特征，皮损为丘疹、水疱和隧道。

1. 硫黄膏(《古今特效单验方》)

[组成] 硫黄 20g，麻油 80g。

[功用] 解毒杀虫。

[适应证] 疥疮。

[用法] 将硫黄研细末，用麻油调膏涂擦，每日 1 次。

2. 疥疮洗方(《百病良方》[①])

[组成] 蛇床子 30g，地肤子 30g，白鲜皮 30g，苦参 30g，牛蒡子 30g，连翘 30g。

[功用] 杀虫止痒。

[适应证] 疥疮。

[用法] 水煎熏洗患处，日 2 次。

十六、毒虫螫伤

毒虫螫伤是指被毒虫咬伤后引起的症状。表现为伤处红肿剧痛或灼热。

1. 蜗牛方(《医宗金鉴》)

[组成] 大蜗牛 1 个。

[适应证] 蝎螫伤。大片红肿、剧痛。

[用法] 捣烂如泥，外涂伤处，日

1 次。

2. 马齿苋外敷方(《古今特效单验方》)

[组成] 鲜马齿苋 30g。

[功用] 清热祛湿。

[适应证] 蜂螫伤。叮咬部位见斑点、红肿、剧痛。

[用法] 捣烂如泥，外敷患处，日 2~3 次。

3. 豆豉油膏(《医宗金鉴》)

[组成] 豆豉 15g。

[功用] 清热散风。

[适应证] 刺毛虫伤。皮肤发红，先痒后痛，痛如火燎。

[用法] 将豆豉研细末，用植物油调成糊状，外敷患处，日 1 次。

十七、接触性皮炎

接触性皮炎是因接触某种物质所引起的皮炎。一般常见的有毛皮、化妆品、油漆、药物、汽油、日光等。临床特征为发病急，在接触过敏物质部位出现界线清楚的红斑、水肿，或丘疹水疱、大疱、糜烂等，重者波及全身，自觉灼热、瘙痒、疼痛。中医的漆疮、日晒疮、药毒、膏药风等属于本病范围。临床辨证以风热湿毒多见。

1. 化斑解毒汤加减(《古今特效单验方》)

[组成] 石膏 30g(先煎)，知母

---

① 贾河先.百病良方[M].重庆:科学技术文献出版社重庆分社,1984.

9g,玄参 9g,连翘 12g,栀子 9g,赤芍 10g,生甘草 6g。

[功用]清热解毒,凉血散风。

[适应证]接触性皮炎症见红斑、丘疹。

[用法]水煎,日 1 剂,分 2 次服。

[辨证加减]若出现水疱、糜烂加茯苓皮 15g、泽泻 10g。

2. 黄柏青黛膏(《古今特效单验方》)

[组成]黄柏、青黛各等份。

[功用]清热解毒。

[适应证]日晒疮。表现为暴露部位大片红斑,略肿胀,自觉瘙痒。

[用法]研细末,用麻油调成糊状,外涂患处,每日 2 次。

3. 除湿解毒汤(《赵炳南临床经验集》)

[组成]白鲜皮 15g,大豆黄卷 12g,生薏苡仁 12g,土茯苓 12g,山栀子 6g,牡丹皮 9g,金银花 15g,连翘 12g,紫花地丁 9g,木通 6g,滑石块 15g,生甘草 6g。

[功用]除湿利水,清热解毒。

[适应证]急性女阴溃疡、急性过敏性皮炎、急性接触性皮炎、下肢溃疡合并感染(湿毒以湿盛于毒者为佳)。

[用法]水煎,日 1 剂,分 2 次服。

十八、湿疮

湿疮是一种皮损呈多形性损害、对称分布、剧烈瘙痒、反复发作的皮肤病。西医学称为"湿疹"。中医分湿热、脾虚湿盛及血虚风燥三型。

1. 龙马汤(《古今特效单验方》)

[组成]龙胆草 9g,马齿苋 30g,苦参 15g,黄柏 9g,泽泻 9g,甘草 9g。

[功用]清热解毒利湿。

[适应证]湿热型湿疮。皮肤潮红、肿胀、瘙痒,继之出现水疱。

[用法]水煎,日 1 剂,分 2 次服。忌食鱼虾等发物。

[辨证加减]热盛、便秘可加石膏 15g,大黄 6g^(后下);湿象明显者加苍术 10g。

2. 健脾除湿汤(《古今特效单验方》)

[组成]苍术 10g,厚朴 6g,陈皮 10g,白术 10g,泽泻 10g,黄柏 10g。

[功用]健脾除湿。

[适应证]脾虚湿盛型湿疮。病程迁延,患处渗出减少,浸润肥厚,舌胖苔腻。

[用法]水煎,日 1 剂,分 2 次服。

3. 养血润肤汤(《古今特效单验方》)

[组成]生地 12g,当归 10g,丹参 15g,麦冬 9g,防风 9g,白鲜皮 12g。

[功用]养血润肤,祛风止痒。

[适应证]血虚风燥型湿疮。患处皮肤以增厚、皲裂、脱屑为主。

[用法]水煎,日 1 剂,分 2 次服。忌食腥荤、鱼虾、辛辣。

4. 收湿膏(《百病良方》)

[组成]煅石膏 10g,枯矾 10g,白

芷 2g,冰片 2g,雄黄 10g。

[功用]健脾除湿。

[适应证]婴儿湿疹湿烂者。

[用法]研细末,过筛混合后加等量凡士林调匀成膏,外敷患处,每日1次。

5. 湿疹散(《中医外科外治法》)

[组成]黄柏 50g,大黄 50g,石膏 50g^(火煅),滑石 50g^(水飞),青黛 20g,五倍子 20g,雄黄 30g,密陀僧 30g,冰片 5g,氧化锌 10g,炉甘石 10g,轻粉 10g。

[功用]清热、祛湿、止痒。

[适应证]主治湿疹、阴囊湿疹。

[用法]将前 9 味药分别研成极细末,加入后 3 味药,将各药充分混合,和匀后过 100 目筛即得。高压消毒,储瓶备用。用时患处先以 1∶5 000 高锰酸钾溶液清洗拭干后,用蓖麻油适量调散少许呈稠糊状,涂抹局部,每天 3~5 次,5 天为 1 疗程,必要时包扎,直至治愈。

6. 止痒洗剂 1 号(《中医外科外治法》)

[组成]苦参 120g,蛇床子 60g,百部 120g,威灵仙 60g,川椒 30g,苏叶 60g。

[功用]疏风止痒。

[适应证]治皮肤瘙痒症、阴囊湿疹(绣球风)、荨麻疹(痦瘤)、慢性湿疹等。

[用法]上药共为粗末,装纱布袋

内,置水中煮沸即可。用时先熏后洗,待温后软毛巾溻洗。每剂药可反复用3~4 天。

7. 止痒洗剂 2 号(《中医外科外治法》)

[组成]苦参 30g,蛇床子 30g,雄黄 9g,川椒 9g,老葱头 5 个,枯矾 9g,地肤子 30g。

[功用]燥湿,杀虫,止痒。

[适应证]治阴囊湿疹(绣球风)、会阴部瘙痒湿疹等。

[用法]上药共为粗末,装纱布袋内,置水中煮沸即可。用时先熏后洗,待温后坐浴,每次 30 分钟左右,每剂药可用 3~4 次,每天 1~2 次,有抓破流津者慎用。

8. 全虫方(《赵炳南临床经验集》)

[组成]全蝎 6g^(打),皂角刺 12g,猪牙皂角 6g,炒刺蒺藜 15~30g,槐花15~30g,威灵仙 12~30g,苦参 6g,白鲜皮 15g,黄柏 15g。

[功用]息风止痒,除湿解毒。

[适应证]慢性湿疹、慢性阴囊湿疹、神经性皮炎、结节性痒疹等慢性顽固瘙痒性皮肤病(蕴湿日久,风毒凝聚)。

[用法]水煎,日 1 剂,分 2 次服。

9. 健脾除湿汤(《赵炳南临床经验集》)

[组成]生薏苡仁 15~30g,生扁豆 15~30g,山药 15~30g,芡实 9~15g,

枳壳 9~15g，萆薢 9~15g，黄柏 9~15g，白术 9~15g，茯苓 9~15g，大豆黄卷 9~15g。

［功用］健脾除湿利水。

［适应证］慢性湿疹渗出较多，慢性下肢溃疡（湿臁疮），慢性足癣（脚蚓）渗出液较多者，下肢浮肿，盘状湿疹（脾虚湿盛）。

［用法］水煎，日 1 剂，分 2 次服。

10. 搜风除湿汤（《赵炳南临床经验集》）

［组成］全蝎 6~12g，蜈蚣 3~5 条，海风藤 9~15g，木槿皮 9~15g，炒黄柏 9~15g，炒白术 9~15g，炒薏苡仁 15~30g，枳壳 9~15g，白鲜皮 15~30g，威灵仙 15~30g。

［功用］搜内外风，除湿止痒。

［适应证］慢性湿疹、慢性顽固性神经性皮炎（顽癣），年久而致色素黯淡沉着及皮肤粗糙而瘙痒感显著的皮肤瘙痒症（隐症），皮肤淀粉样变（松皮癣）有明显痒感者，结节性痒疹（顽湿聚结）。

［用法］水煎，日 1 剂，分 2 次服。

11. 土槐饮（《赵炳南临床经验集》）

［组成］土茯苓 30g，生槐花 30g，生甘草 9g。

［功用］除湿清热解毒。

［适应证］亚急性湿疹、慢性湿疹、植物日光性皮炎、脂溢性皮炎、牛皮癣。

［用法］水煎，日 1 剂，分 2 次服。

12. 湿疹散（《郭士魁临床经验选集——杂病证治》[①]）

［组成］明矾、雄黄等份，苦参 15g。

［适应证］湿疹。

［用法］煎水调敷患处。

13. 青甘丹（《张赞臣临床经验选编》）

［组成］青黛 4.5g，煅石膏 30g，制炉甘石 30g，三梅片 4.5g。

［功用］清热收湿。

［适应证］皮肤湿疹、脂水不清、水火烫伤等症。

［用法］先将前三味药共研细末过筛，后加入梅片研匀，干掺或用麻油调成糊状，敷于患处。

14. 皮疾蠲（周信有验方[②]）

［组成］白鲜皮 20g，地肤子 9g，苦参 20g，板蓝根 20g，土茯苓 20g，浮萍 9g，蝉蜕 9g，赤芍 20g，丹参 20g，紫草 20g，防风 9g，白蒺藜 20g，何首乌 20g。

［功用］疏风祛湿、清热解毒、凉血和营。

［适应证］临床常见的湿疹、荨麻

① 翁维良，于英奇．郭士魁临床经验选集——杂病证治［M］．北京：人民卫生出版社，2005.

② 周信有．皮疾蠲［N］．中国中医药报，2017-03-09（4）.

疹、风疹、脓疱疮、带状疱疹等以瘙痒症状为主的皮肤病。

[用法] 水煎服,日1剂,分早、晚2次温服。

[辨证加减] 若热毒壅盛,皮肤呈潮红、灼热、化脓,加金银花20g、连翘20g;皮疹瘙痒难忍,加蛇床子20g、全蝎6g。

十九、药疹

药疹是口服、注射或外用药物后引起的皮肤反应。发病前多有用药史。临床表现复杂多样,疹形各异,自觉症状以灼热感及瘙痒为主。中医将药物引起的皮炎称为中药毒。临床分风热证、湿热证、血热证、火毒证及气阴两伤证。

1. 茵陈茅根汤(《古今特效单验方》)

[组成] 白茅根30g,茵陈15g,滑石12g,生石膏20g^(先煎),黄芩10g,茯苓12g,甘草6g。

[功用] 清热化湿。

[适应证] 湿热型药疹。皮肤肿胀、红斑、水疱、渗出。

[用法] 水煎,日1剂,分2次服。

2. 解毒凉血汤(《古今特效单验方》)

[组成] 生地黄15g,赤芍12g,牡丹皮9g,生石膏30g,玄参9g,金银花30g,栀子9g,甘草6g。

[功用] 清热解毒。

[适应证] 火毒型药疹。皮疹发红或发紫、紫癜、皮肤剥脱糜烂,高热、烦渴、尿赤、便秘,舌红绛、脉细数。

[用法] 水煎,日1剂,分2次服。

[辨证加减] 重证者加水牛角3g、西洋参6g;神昏者需加服安宫牛黄丸。

3. 气阴两伤方(《古今特效单验方》)

[组成] 生地黄15g,麦冬10g,玄参12g,黄芪15g,当归10g,五味子9g。

[功用] 益气养阴生津。

[适应证] 气阴两伤型药疹。后期皮肤大片鳞屑脱落,口干唇燥。

[用法] 水煎,日1剂,分2次服。

二十、瘾疹

瘾疹,俗称"风疹块",是皮肤上突然出现瘙痒的风团。其特征为随起随落,不留痕迹,自觉瘙痒,西医学称本病为"荨麻疹"。临床多见风寒证、风热证、肠胃实热证及气血两虚证。

1. 麻桂汤(《古今特效单验方》)

[组成] 麻黄6g,桂枝6g,白芍10g,葛根10g,羌活10g,甘草6g。

[功用] 发散风寒。

[适应证] 风寒型荨麻疹。风团色淡或白,遇冷加重,冬重夏轻。

[用法] 水煎,日1剂,分2次温服。避风寒。

[辨证加减] 痒甚者加白鲜皮

12g。

2. 荆防薄荷汤(《古今特效单验方》)

[组成]荆芥10g,防风10g,薄荷6g[后下],蝉蜕6g,浮萍10g,僵蚕6g,牛蒡子10g。

[功用]凉血散风。

[适应证]风热型荨麻疹。皮疹色红,得热加重,手按有热感。

[用法]水煎,日1剂,分2次服。

3. 祛风导滞汤(《古今特效单验方》)

[组成]荆芥10g,枳实6g,厚朴6g,槟榔6g,茵陈10g,白鲜皮15g。

[功用]祛风导滞。

[适应证]胃肠实热型荨麻疹。风团发作时伴有脘腹疼痛,便秘或泄泻。

[用法]水煎,日1剂,分2次服。

4. 加味玉屏风散(《古今特效单验方》)

[组成]黄芪15g,白术12g,防风10g,当归10g,白芍12g,生地黄12g。

[功用]益气养血。

[适应证]气血两虚型荨麻疹。病程迁延日久,反复发作。

[用法]水煎,日1剂,分2次服。

5. 四物清疹汤(《张子琳医疗经验选辑》[①])

[组成]当归9g,生地黄15g,赤芍9g,川芎6g,苦参9g,白鲜皮12g,蛇床子9g,地肤子9g。

[功用]养血润肤,清热燥湿,杀虫止痒。

[适应证]皮肤瘙痒症、湿疹、荨麻疹等属湿热为患。

[用法]水煎,日1剂,早晚分服。

6. 荆防方(《赵炳南临床经验集》)

[组成]荆芥穗6g,防风6g,僵蚕6g,金银花12g,牛蒡子9g,牡丹皮9g,紫背浮萍6g,干地黄9g,薄荷4.5g,黄芩9g,蝉蜕4.5g,生甘草6g。

[功用]疏风解表,清热止痒。

[适应证]急性荨麻疹(偏于风热)、血管神经性水肿。

[用法]水煎,日1剂,早晚分服。

7. 麻黄方(《赵炳南临床经验集》)

[组成]麻黄3g,杏仁4.5g,干姜皮3g,浮萍3g,白鲜皮15g,陈皮9g,牡丹皮9g,白僵蚕9g,丹参15g。

[功用]开腠理,和血止痒。

[适应证]慢性荨麻疹。

[用法]水煎,日1剂,早晚分服。

8. 多皮饮(《赵炳南临床经验集》)

[组成]地骨皮9g,五加皮9g,桑白皮15g,干姜皮6g,大腹皮9g,白鲜皮15g,牡丹皮9g,赤苓皮15g,冬瓜皮15g,扁豆皮15g,木槿皮9g。

---

① 赵尚华,张俊卿.张子琳医疗经验选辑[M].太原:山西科学技术出版社,1996.

［功用］健脾除湿,疏风和血。

［适应证］亚急性、慢性荨麻疹。

［用法］水煎,日1剂,早晚分服。

二十一、风瘙痒

风瘙痒是因自觉皮肤瘙痒而搔抓后出现抓痕、血痂、皮肤肥厚的一种皮肤病。以夜间皮肤剧烈瘙痒为特征,并无原发的皮损,所见多为抓痕。西医学称之为"皮肤瘙痒症"。中医分血热夹风证及血虚风燥证。

1. 牛蒡薄荷汤(《古今特效单验方》)

［组成］牛蒡子9g,薄荷6g^(后下),僵蚕9g,蝉蜕10g,生地黄15g,生白芍10g,牡丹皮9g。

［功用］凉血散风。

［适应证］血热夹风证。皮肤潮红而痒。

［用法］水煎,日1剂,分2次服。

2. 润燥止痒方(《古今特效单验方》)

［组成］当归12g,熟地黄15g,生地黄10g,黄精10g,制首乌12g,麦冬10g,蝉蜕6g。

［功用］养血润燥止痒。

［适应证］血虚风燥证,以皮肤干痒为主。

［用法］水煎,日1剂,分2次服。

二十二、风热疮

风热疮是皮肤上出现玫瑰色斑片,并有糠秕样脱屑的皮肤病。多发于躯干及四肢近端,其发病过程为先在躯干部出现一个指甲大小的玫瑰色红斑逐渐增大,斑片中央见糠秕样脱屑,称为母斑,以后相继出现许多色泽不一的子斑,自觉瘙痒。西医学中的玫瑰糠疹属于本病范围。中医辨证为血热风燥。

1. 清热退疹方(《古今特效单验方》)

［组成］石膏15g^(先煎),知母9g,生地黄15g,玄参12g,赤芍12g,黄芩9g,板蓝根15g。

［功用］清热凉血,祛风润燥。

［适应证］血热风燥。斑疹初起色泽鲜红刺痒。痒甚可加白鲜皮12g、地肤子15g。

［用法］水煎,日1剂,分2次服。

2. 凉血五花汤(《赵炳南临床经验集》)

［组成］红花9~15g,鸡冠花9~15g,凌霄花9~15g,玫瑰花9~15g,野菊花9~15g。

［功用］凉血活血,疏风解毒。

［适应证］盘状红斑性狼疮初期、玫瑰糠疹(风癣)、多行性红斑(血风疮)及一切红斑性皮肤病初期。偏于上半身或全身散在分布者。

［用法］水煎,日1剂,分2次服。

二十三、白疕

白疕,也称"松皮癣",是在皮肤

上出现多层银白色鳞屑覆盖于红斑上的一种反复发作的皮肤病。其特点为刮去表面的鳞屑，露出光滑的薄膜，刮去薄膜又呈现出细小的出血。西医学称本病为"银屑病"。中医辨证分外感风热型、湿热内蕴型、血虚风燥型和血热风燥型。

1. 牛蒡解肌汤加减（《古今特效单验方》）

［组成］牛蒡子 6g，芦根 10g，黄芩 9g，连翘 12g，蝉蜕 9g，葛根 10g，半枝莲 12g，薄荷 6g，白花蛇舌草 15g。

［功用］疏风清热。

［适应证］外感风热型白疕。皮肤损害进展迅速，皮疹发红隆起，瘙痒剧烈，伴口干尿赤，舌红苔薄白或黄，脉浮数。

［用法］水煎，日 1 剂，分 2 次服。

2. 麻杏苡甘汤加味（《古今特效单验方》）

［组成］麻黄 5g，杏仁 9g，生薏苡仁 30g，甘草 6g，苦参 10g，土茯苓 20g，白鲜皮 10g，茵陈 12g，黄连 6g。

［功用］清热利湿。

［适应证］湿热内蕴型白疕。皮损呈片状，基底潮红，痂皮肥厚，瘙痒，阴雨天加剧，伴口干苦、纳差，苔厚腻，脉滑。

［用法］水煎，日 1 剂，分 2 次服。

3. 蛇蚣四物汤加减（《古今特效单验方》）

［组成］乌梢蛇 9g，蜈蚣 6g，全蝎 6g，当归 9g，川芎 6g，白芍 9g，熟地黄 12g，黄芪 15g，白蒺藜 10g。

［功用］养血祛风，扶正祛邪。

［适应证］血虚风燥型白疕。病程长，皮损呈大片状，色浅、干燥，舌淡苔薄白，脉沉缓。

［用法］水煎，日 1 剂，分 2 次服。

4. 苦参汤（《疡科心得集》）

［组成］苦参 60g，蛇床子 30g，白芷 15g，金银花 30g，菊花 60g，黄柏 15g，地肤子 15g，大菖蒲 9g。

［功用］祛风除湿，杀虫止痒。

［适应证］用于阴痒、阴蚀、松皮癣（银屑病）、麻风等症。

［用法］水煎去渣，临用时亦可加猪胆汁 4 至 5 滴，一般洗 2~3 次即可。

5. 土槐丹四物汤（赵尚华验方[①]）

［组成］生地黄 30g，当归 10g，白芍 10g，牡丹皮 30g，生槐花 18g，生薏苡仁 30g，土茯苓 30g，金银花 30g，蝉蜕 10g，熟地黄 9g，白花蛇舌草 30g，地龙 12g，甘草 6g。

［功用］凉血解毒，滋阴润燥，通络止痒。

［适应证］寻常型银屑病。

［用法］水煎，日 1 剂，早晚分服。

① 贾颖，赵晓转，赵尚华．土槐丹四物汤加味治疗寻常型银屑病的经验[J]．山西中医学院学报，2012，13(6):42-43.

6. 养血润肤饮(《外科证治全书》)

[组成] 生地黄 9g,熟地黄 9g,当归 9g,黄芪 9g,天冬 6g,麦冬 6g,桃仁 6g,红花 6g,天花粉 9g,黄芩 6g,升麻 3g。

[功用] 养血润肤,滋阴生津。

[适应证] 牛皮癣静止期(血燥型白疕风)、慢性瘙痒性皮肤病、角化性皮肤病。

[用法] 水煎,日 1 剂,早晚分服。药后禁食腥荤或辣椒、姜等刺激性饮食。

7. 土茯苓丸(《朱仁康临床经验集》[①])

[组成] 土茯苓 310g,白鲜皮 125g,山豆根 250g,草河车 250g,黄药子 125g,夏枯草 250g。

[功用] 清热解毒。

[适应证] 银屑病进行期。

[用法] 上药研成细末,炼蜜为丸,每丸重 6g;每日服 2 次,每次 3 丸,温开水送服。

8. 山白草丸(《朱仁康临床经验集》)

[组成] 山豆根 40g,白鲜皮 90g,草河车 90g,夏枯草 45g,鱼腥草 90g,炒三棱 45g,炒莪术 45g,王不留行 45g,大青叶 45g。

[功用] 清热解毒,散风软坚。

[适应证] 银屑病静止期,皮损较厚者。

[用法] 上药研成细末,加蜂蜜为丸,每丸重 9g;每日服 2 次,每次 3 丸,温开水送服。

9. 白疕 1 号(《赵炳南临床经验集》)

[组成] 生槐花 30g,紫草根 15g,赤芍 15g,白茅根 30g,大生地 30g,丹参 15g,鸡血藤 30g。

[功用] 清热凉血活血。

[适应证] 银屑病进行期。

[用法] 上药研成细末,加蜂蜜为丸,每丸重 9g;每日服 2 次,每次 3 丸,温开水送服。

10. 白疕 2 号(《赵炳南临床经验集》)

[组成] 鸡血藤 30g,土茯苓 30g,当归 15g,干地黄 15g,威灵仙 15g,蜂房 15g。

[功用] 养血润肤,活血散风。

[适应证] 银屑病静止期。

[用法] 上药研成细末,加蜂蜜为丸,每丸重 9g;每日服 2 次,每次 3 丸,温开水送服。

二十四、白屑风

白屑风多发生在头面部,瘙痒而有白屑脱落。皮损一般在头皮、前额、眉弓、鼻旁、耳后、胸背部、腋下,甚至

---

① 中医研究院广安门医院.朱仁康临床经验集[M].北京:人民卫生出版社,1979.

泛发全身,其特征为干燥的或油腻的鳞屑脱落,可伴有脱发和眉毛脱落。西医学的脂溢性皮炎相当于本病。干性损害多见于风热血燥型,湿性损害多见于肠胃湿热型。

1. 润燥止屑汤(《古今特效单验方》)

[组成]生地黄 12g,白芍 10g,何首乌 10g,薄荷 6g^(后下),小胡麻 9g,牛蒡子 10g,苦参 10g。

[功用]祛风清热,养血润燥。

[适应证]风热血燥型白屑风。皮损为片状,表面有干燥的糠秕样鳞屑,在头部于梳头时可见飘落,皮肤毛发干枯,脱发。

[用法]水煎,日 1 剂,分 2 次服。忌食辛辣、油腻。

2. 清热祛湿方(《古今特效单验方》)

[组成]茵陈 10g,黄芩 10g,薏苡仁 15g,茯苓 12g,黄连 6g,当归 12g,甘草 6g。

[功用]清热除湿。

[适应证]肠胃湿热型白屑风。脱屑为油腻性的或有结痂形成,甚至流液。

[用法]水煎,日 1 剂,分 2 次服。忌食油腻,经常保持皮肤清洁。

[辨证加减]若痒甚加生牡蛎 30g^(先煎)、白鲜皮 15g。

二十五、油风

头发突然呈斑片状脱落,头皮光亮而红,称油风,俗称"鬼剃头"。表现为大小不等的圆形脱发,或不规则形脱发,西医学称本病为"斑秃"。中医辨证分血虚风燥型、气滞血瘀型及肝肾不足型。

1. 养血生发汤(《古今特效单验方》)

[组成]熟地黄 12g,当归 10g,白芍 12g,羌活 10g,赤芍 10g,山茱萸 10g,牡丹皮 10g。

[功用]养血活血化瘀。

[适应证]血虚风燥型油风。脱发初起,伴头皮痒而热。

[用法]水煎,日 1 剂,分 2 次服。

2. 桃红四物汤加减(《古今特效单验方》)

[组成]赤芍 12g,川芎 6g,桃仁 10g,红花 10g,当归 12g,枳壳 10g,柴胡 6g。

[功用]养血活血。

[适应证]气滞血瘀型油风。脱发伴有头痛、头皮刺痛或胸胁胀满而痛。

[用法]水煎,日 1 剂,分 2 次服。

3. 滋肾生发汤(《古今特效单验方》)

[组成]何首乌 15g,当归 10g,白芍 12g,补骨脂 10g,枸杞子 15g,黑芝麻 30g,生地黄 12g,川芎 6g。

[功用]活血化瘀。

[适应证]肝肾不足型油风。头发大片脱落,甚至眉毛、阴毛脱落,伴

头晕耳鸣,腰膝酸软。兼有失眠者加远志 12g、炒枣仁 30g。

[用法]水煎,日 1 剂,分 2 次服。

4. 除湿健发汤(《赵炳南临床经验集》)

[组成]炒白术 15g,泽泻 9g,猪苓 15g,萆薢 15g,车前子 9g^(包煎),川芎 9g,赤石脂 12g,白鲜皮 15g,桑椹 9g,干地黄 12g,熟地黄 12g,首乌藤 15g。

[功用]健脾除湿,滋阴固肾,乌须健发。

[适应证]脂溢性脱发。

[用法]水煎,日 1 剂,分 2 次服。

5. 苣胜子方《赵炳南临床经验集》

[组成]苣胜子 9g,黑芝麻 9g,桑椹 9g,川芎 9g,菟丝子 12g,何首乌 12g,酒当归 9g,炒白术 15g,木瓜 6g,白芍 12g,甘草 9g。

[功用]养阴补血,乌须生发。

[适应证]斑秃,脱发。

[用法]水煎,日 1 剂,分 2 次服。

二十六、内痔

内痔,是生于肛门齿线上的静脉团,以无痛性便血为特征。好发于截石位的 3、7、11 点处,临床分实证、虚证两类,病程分三期。

Ⅰ期:以便血为特征,血色鲜红,一线如箭或点滴不已,无疼痛,不脱出。

Ⅱ期:便血或多或少,大便时痔核可脱出肛外,便后可自行还纳。

Ⅲ期:痔核大,便血少或不便血,大便时脱出肛外,甚至行走、用力等也可脱出,须用手推纳才能送回肛内。

1. 减味凉血地黄汤(《古今特效单验方》)

[组成]生地黄 15g,当归 12g,地榆 12g,黄连 6g,花粉 9g,升麻 6g,赤芍 9g,枳壳 9g,黄芩 9g。

[功用]清热凉血。

[适应证]实证内痔。便血鲜红,或射或滴。

[用法]水煎,日 1 剂,分 2 次服。

[辨证加减]若便秘加大黄 6g^(后下);若便血量多去花粉、枳壳、地榆,加地榆炭 12g、侧柏叶 12g。

2. 补中益气汤(《东垣十书》)

[组成]黄芪 15g,党参 12g,白术 12g,陈皮 6g,当归 9g,升麻 6g,柴胡 6g,甘草 6g。

[功用]补益中气,升阳举陷。

[适应证]虚证内痔。痔核容易脱出,肛门有下坠感,下血色淡而清,食少乏力,气短懒言,舌淡红,脉弱无力。

[用法]水煎,日 1 剂,分 2 次服。

[辨证加减]若面色苍白,头晕目眩,加阿胶 9g^(烊化服);若便秘加火麻仁 15g、郁李仁 15g。

3. 痔漏洗剂 3 号(《中医外科外治法》)

[组成]芒硝 30g,红花 30g,苏木

30g,蒲公英 30g,苦参 30g,槐花 30g,防风 15g,蛇床子 30g。

　　[功用]活血通络,清热燥湿。

　　[适应证]用于内痔、外痔、肛窦炎等症。

　　[用法]共为粗末,装入纱布袋内,加水 2 500ml,煮开后先熏,再洗,后坐浴,每次 30 分钟,每日 1 次,每剂药可连续用 3~5 天。

二十七、结缔组织外痔

　　结缔组织外痔,是指肛缘赘生的皮瓣。质软无痛,不出血,肛门有异物感。可因炎证反复刺激逐渐增大,位于 6、12 点处的皮瓣多伴有肛裂,当发炎肿痛时,多表现为湿热证。

　　1. 外痔消肿方(《古今特效单验方》)

　　[组成]朴硝 30g,五倍子 15g,马齿苋 30g,川椒 15g,苦参 30g,黄柏 15g,蒲公英 30g,紫花地丁 20g。

　　[功用]清热利湿消肿。

　　[适应证]湿热型外痔,痔核肿胀疼痛。

　　[用法]水煎,日 1 剂,分 2 次坐浴,便后进行,可先熏后坐浴。忌食辛辣。

　　[辨证加减]若肿硬时间较长可加枳壳 15g、艾叶 15g。

　　2. 痔疮外洗方(《郭士魁临床经验选集——杂病证治》)

　　[组成]黄柏 15g,苍术 15g,金银花 12g,连翘 15g,山葱 15g,制马钱子 8g,艾叶 20g,川椒 12g,苦参 12g,地肤子 15g,败酱草 15g。

　　[功用]清热利湿消肿。

　　[适应证]外痔或混合痔。

　　[用法]压粗末,布包煎水,日两次温洗患处。

二十八、静脉曲张性外痔

　　静脉曲张性外痔,位于肛管齿线下,表面光滑色青紫。便后肛门有坠胀感,肿胀疼痛时,多见瘀血证。

　　活血消痔汤(《古今特效单验方》)

　　[组成]红花 30g,桃仁 15g,皂角刺 30g,大黄 15g^(后下),乳香 9g,没药 9g,苏木 15g,川芎 15g,王不留行 30g。

　　[功用]活血化瘀止痛。

　　[适应证]瘀血阻滞型外痔。

　　[用法]水煎,日 1 剂,分 2 次坐浴,便后进行。

二十九、嵌顿痔

　　内痔脱出肛外不能回纳,称嵌顿痔。常发生水肿、糜烂,引起持续性剧烈疼痛,甚至小便困难、欲坐不能。临床多表现为湿热下注证。

　　1. 加减止痛如神汤(《古今特效单验方》)

　　[组成]秦艽 9g,桃仁 9g,皂角 6g,苍术 12g,黄柏 12g,当归 9g,泽泻

9g,栀子 9g,地榆 15g。

〔功用〕清热利湿。

〔适应证〕湿热下注。痔核嵌顿、疼痛剧烈。

〔用法〕水煎,日 1 剂,分 2 次服。

〔辨证加减〕若肿甚、小便不通,去栀子、地榆,加生薏苡仁 30g、车前子 12g^(包煎)。

2. 痔漏洗剂 2 号(《中医外科外治法》)

〔组成〕芒硝 30g,苦参 30g,黄柏 30g,地肤子 30g,地榆 30g,槐角 30g,蛇床子 30g,金银花 30g,蒲公英 30g。

〔功用〕清热解毒,止痒止血。

〔适应证〕用于内痔嵌顿、外痔发炎、漏疮肿痛、肛窦炎等肛门部红肿热痛,渗液有滋水者。

〔用法〕共为粗末,装入纱布袋内,加水 2 500ml,煎开即可。用时先熏、再洗、后坐浴,每日 1 次,每次 30 分钟。

三十、肛门直肠周围脓肿

肛门直肠周围脓肿主要表现为肛门周围肿胀疼痛,逐日加重,以致破溃流脓。中医称本病为脏毒、悬痈等。临床辨证多为实热证。

肛痈解毒汤(《古今特效单验方》)

〔组成〕败酱草 30g,金银花 30g,蒲公英 30g,紫花地丁 30g,赤芍 12g,黄柏 12g,马齿苋 30g,川连 9g,当归

10g,黄芩 12g。

〔功用〕清热解毒利湿。

〔适应证〕肛周脓肿初起。局部红、肿、热、痛。

〔用法〕水煎,日服 2~3 次。忌食油腻、辛辣等物。

〔辨证加减〕便秘者加大黄 6g^(后下)、元明粉 5g^(冲服)。

三十一、脱肛

脱肛指肛管和直肠黏膜脱出肛外。严重者下蹲、咳嗽时也可脱出,日久造成黏膜充血、水肿、糜烂,不易自行回纳。临床辨证多见气虚下陷。

1. 提肛汤(《古今特效单验方》)

〔组成〕黄芪 30g,党参 12g,当归 9g,升麻 6g,柴胡 9g,白术 12g,诃子 9g,石榴皮 9g。

〔功用〕益气固脱。

〔适应证〕气虚下陷。便时部分直肠黏膜及肛管脱出,便后不易自行回纳。

〔用法〕水煎,日服 1 剂,分 2 次服。

2. 槐角散(《外科集验方》)

〔组成〕槐角 50g,防风 25g,地榆 25g,枳壳 25g,当归 25g,黄芩 25g。

〔功用〕清热止血固脱。

〔适应证〕治疗诸痔及肠风下血脱肛。

〔用法〕上细末,酒糊为丸,如梧桐子大。每服五十丸,空心用米饮

送下。

3. 痔漏洗剂 1 号(《中医外科外治法》)

[组成] 朴硝 30g,莲房 30g,五倍子 30g,地榆 30g,槐角 30g,防风 30g。

[功用] 消肿止痛,收敛止血。

[适应证] 主治内痔脱出、出血,脱肛等症。

[用法] 共为粗末,装入纱布袋内,加水 5 000ml,煮沸即可。用时先熏再洗,后坐浴。每次 30 分钟,每日 1~2 次。每剂药可用 2~3 天。

三十二、肛门瘙痒症

肛门瘙痒症是指肛门局部潮湿、瘙痒,甚至糜烂。临床多见湿热证。

苦参汤加减(《古今特效单验方》)

[组成] 苦参 30g,蛇床子 30g,地肤子 15g,黄柏 15g,苍术 15g,土茯苓 30g,白鲜皮 15g,百部 15g。

[功用] 祛湿止痒。

[适应证] 湿热型肛门瘙痒症。肛门局部瘙痒、潮湿不洁。

[用法] 水煎去渣外洗,日 1 剂,分 2 次使用。

[辨证加减] 如溃烂加五倍子 20g。

三十三、子痈

睾丸及附睾的急性化脓性疾病称为子痈。其特征为一侧睾丸突然肿大

疼痛甚至阴囊红肿,化脓时,脓液经阴囊排出。初起多见湿热下注证。着重于初期未化脓时的治疗。

1. 龙胆泻肝汤加减(《古今特效单验方》)

[组成] 龙胆草 9g,山栀 9g,黄芩 9g,柴胡 6g,生地黄 12g,川楝子 6g,赤芍 9g,蒲公英 30g。

[功用] 清肝利湿。

[适应证] 湿热下注。睾丸肿痛,或有阴囊发热,全身不适,小便赤黄。

[用法] 水煎,日 1 剂,分 2 次服。

[辨证加减] 若有阴囊水肿加泽泻 9g、车前子 9g^(包煎);睾丸较硬者加夏枯草 9g;外伤引起者加桃仁 9g、红花 15g;溃脓期加炮山甲 12g、皂角刺 12g。

2. 附睾汤(《外科病临床诊治》)

[组成] 虎杖 20g,夏枯草 10g,萆薢 10g,乳香 10g,没药 10g,川芎 10g,白芍 10g,桃仁 10g,当归 10g。

[功用] 解毒活血,软坚散结。

[适应证] 用于慢性附睾炎,阴囊部坠胀,固定不移疼痛,局部纤维化。

[用法] 日 1 剂,每日 2 服,每服 150ml,10 日为 1 个疗程。

[辨证加减] 舌红苔黄腻,脉滑或数,加滑石 10g、瞿麦 10g、金银花 10g。若肾阴不足者,原方去萆薢、夏枯草,加熟地黄 20g、石斛 10g、续断 10g。

三十四、水疝

水疝，是指阴囊肿大亮如水晶，坠胀不适。用手电筒做透光试验阳性。本病分先天性和继发性两类。先天性水疝多见于婴儿，有自愈的可能。继发性水疝多见于成人。西医学中睾丸鞘膜积液属于本病。临床分湿热下注和寒湿凝聚两型。

1. 丝瓜络汤（《古今特效单验方》）

［组成］丝瓜络 30g，路路通 15g，白茅根 20g，萆薢 12g。

［功用］清热利湿。

［适应证］湿热下注型水疝。发病迅速，阴囊潮湿、发红、胀大。

［用法］水煎，日 1 剂，分 2 次服。

2. 温囊汤（《古今特效单验方》）

［组成］肉桂 5g，吴茱萸 5g，小茴香 5g，橘核 10g，荔枝核 15g，猪苓 10g，泽泻 10g。

［功用］温化寒湿。

［适应证］寒湿凝聚型水疝。发病较缓，阴囊发凉。

［用法］水煎，日 1 剂，分 2 次服。

3. 五倍子枯矾煎剂（《中医外科外治法》）

［组成］五倍子 10g，枯矾 10g。

［功用］散结消肿。

［适应证］主治水疝（鞘膜积液）。

［用法］上药加水 300ml，煎半小时，晾至微温，以不烫皮肤为宜，将阴囊放入药液内浸洗，并用纱布湿敷患处，每日 2~3 次，每次约 20~30 分钟。用药前先洗净患部，如下次用药仍需将药液加温，1 剂药可用 1 天（上方加入苏木、红花效亦佳）。

三十五、前列腺炎

急性前列腺炎以尿急、尿频、尿痛，会阴部痛，尿道滴白为主；慢性前列腺炎症状复杂而不一致，其典型症状为少腹、会阴及睾丸部不适，尿排不尽及尿道滴白，常伴有性功能障碍。本病属于中医的淋浊、精浊、劳淋范围。临床分型以湿热壅滞、阴虚火动、肾阳不足及气血瘀滞四证多见。

1. 清热利湿汤（《古今特效单验方》）

［组成］黄柏 10g，龙胆草 6g，山栀 10g，连翘 15g，茯苓 12g，泽泻 10g，海金沙 15g。

［功用］清利下焦湿热。

［适应证］湿热壅滞证。尿急、尿频、排尿灼热疼痛，尿末有白浊滴出，会阴、腰骶、睾丸坠胀隐痛，舌红苔黄腻，脉滑数。

［用法］水煎，日 1 剂，分 2 次服。忌食辛辣、酒类等刺激食品。

［辨证加减］若见血尿加白茅根 30g、瞿麦 15g；血精加槐花 15g、生地黄 15g；尿浊去茯苓，加土茯苓 30g、萆薢 15g。

2. 滋阴益肾汤(《古今特效单验方》)

[组成] 生地黄 12g,牡丹皮 10g,茯苓 12g,泽泻 9g,黄柏 10g,知母 10g,萆薢 10g。

[功用] 滋阴降火。

[适应证] 阴虚火动证。腰酸腿软,失眠多梦,遗精,滴白。

[用法] 水煎,日 1 剂,分 2 次服。服药间宜忌房事。

3. 益肾止遗汤(《古今特效单验方》)

[组成] 熟地黄 12g,茯苓 12g,菟丝子 15g,山药 12g,丹参 30g,淫羊藿 15g,桑螵蛸 12g,沙苑子 12g。

[功用] 温肾养阴。

[适应证] 肾阳不足证。头晕神疲,腰酸膝冷,性功能减退,稍劳即有滴白现象,舌淡,脉细弱。

[用法] 水煎,日 1 剂,分 2 次服。

[辨证加减] 遗精者加金樱子 15g、芡实 12g。

4. 清解消瘀汤(《古今特效单验方》)

[组成] 当归 10g,赤芍 10g,桃仁 10g,川楝子 10g,王不留行 30g,败酱草 30g,蒲公英 20g,海金沙 12g。

[功用] 清热解毒,活血化瘀。

[适应证] 气滞血瘀证。少腹、会阴胀痛,痛引睾丸,或出现血尿、血精,舌有瘀点。

[用法] 水煎,日 1 剂,分 2 次服。

[辨证加减] 若见血尿加生地黄 12g、白茅根 30g;睾丸坠胀明显者加枳壳 10g、升麻 6g。

三十六、前列腺增生症

前列腺增生症,指前列腺良性肥大,大多发生在 50~70 岁之间的老年男性。其临床特征为逐渐加重的排尿困难,夜尿增多,并有排尿不尽之感,甚至出现点滴淋沥、尿流变细或尿闭。本病属于中医的癃闭范围。一般分为湿热下注、肾阴不足、肾阳不足及下焦蓄血证四型。

1. 滋肾通闭汤(《古今特效单验方》)

[组成] 生地黄 12g,知母 12g,黄柏 10g,泽泻 10g,黄连 10g,鱼腥草 30g,蒲公英 30g,紫花地丁 20g。

[功用] 滋阴清热解毒。

[适应证] 肾阴不足型癃闭。尿频而少,排尿点滴难下,甚至尿闭,兼有头晕、咽干,舌红苔少,脉细数。

[用法] 水煎,日 1 剂,分 2 次服。

[辨证加减] 小便刺痛加滑石 15g;小腹坠痛加丹参 30g;大便秘结者加川军 6g。

2. 升阳通闭汤(《古今特效单验方》)

[组成] 黄芪 30g,白术 12g,升麻 6g,肉桂 4g,桔梗 10g,王不留行 15g,泽泻 10g,车前子 10g(包煎)。

[功用] 温肾通闭。

［适应证］肾阳不足型癃闭。小便失禁或尿闭，精神倦怠，腰膝酸冷，畏寒喜暖。

［用法］水煎，日 1 剂，分 2 次服。

［辨证加减］若小便失禁加桑螵蛸 15g、煅牡蛎 15g。

3. 活血通闭汤（《古今特效单验方》）

［组成］桃仁 12g，红花 10g，川牛膝 12g，大黄 6g，当归 12g，炮山甲 10g，车前子 15g^(包煎)，桂枝 6g。

［功用］活血化瘀通闭。

［适应证］下焦蓄血型癃闭。小腹胀痛，便秘，小便淋沥不爽，有时见血尿或血精，舌或有瘀斑。

［用法］水煎，日 1 剂，分 2 次服。

［辨证加减］若见血尿或血精加瞿麦 15g、萹蓄 15g。

三十七、冻疮

冻疮，是因外受冷风严寒引起局部气血凝滞，皮肉受损的疾病。多发生于手足、耳廓及面鼻部。其特点是局部黯红而肿，灼痛或痒或麻木，用手压之苍白，放手后红色恢复很慢，重者出现水疱，疼痛剧烈。临床一般多用外治法。

洗冻疬（《串雅外编》）

［组成］黄柏、皮硝各等份。

［适应证］冻疮初起，未破、已破均可。

［用法］两药共研细末，用冷水调擦，干则用热水洗去，再擦，如此 3 次，连用 3 日。已破者黄柏 7 份，皮硝 3 份；未破红肿者柏、硝各半。初起者皮硝 7 份，黄柏 3 份。

三十八、臁疮

臁疮，指小腿下部内外侧的慢性溃疡。其特点为溃疡久不愈合，以内侧多见。西医学的下肢慢性溃疡属于本病范围。急性发作时以湿热证为主，慢性期以气虚寒湿证多见。

1. 加味三妙汤（《古今特效单验方》）

［组成］黄柏 10g，苍术 10g，川牛膝 12g，萆薢 10g，金银花 30g，蒲公英 30g，土茯苓 12g，泽泻 10g。

［功用］清热利湿。

［适应证］湿热型臁疮。局部焮红漫肿，渗水淋漓，瘙痒作痛。

［用法］水煎，日 1 剂，分 2 次服。

2. 海螵蛸膏（《奇难杂证古方选》^①）

［组成］海螵蛸 60g。

［功用］温化寒湿。

［适应证］寒湿型臁疮，日久不愈者。

［用法］将海螵蛸煅黑，研极细末，用花椒油调涂患处，每日 2 次，外用消毒纱布包扎。

---

① 潘文昭. 奇难杂证古方选［M］. 哈尔滨：黑龙江科学技术出版社，1990.

三十九、脱疽

手足指(趾)端紫黯剧痛,甚至肉腐骨脱,称为脱疽。以下肢为多见。其特点为患指(趾)怕冷疼痛,间歇性跛行,甚者剧痛、紫黑、腐烂、脱落。西医学的血栓闭塞性脉管炎属于本病范围。中医分寒湿型、血瘀型、热毒型、气血两虚型。

1. 温阳通脉汤(《古今特效单验方》)

〔组成〕熟地黄15g,炮姜6g,肉桂6g,鸡血藤30g,黄芪15g,红花30g,木瓜15g,川牛膝12g,薏苡仁30g。

〔功用〕温化寒湿。

〔适应证〕寒湿型脱疽。患肢麻木沉重,抽痛,足部皮肤青紫冰冷,遇寒加重,趺阳脉搏动减弱或消失。

〔用法〕水煎,日1剂,分2次服。

2. 活血通络汤(《古今特效单验方》)

〔组成〕当归15g,丹参30g,红花30g,川牛膝15g,桃仁9g,乳香9g,没药9g。

〔功用〕活血化瘀。

〔适应证〕血瘀型脱疽。患肢黯红或青紫,持续性疼痛,夜间加重,不能入睡,皮肤肌肉萎缩,趾甲变厚,舌质紫黯,脉沉细涩。

〔用法〕水煎,日1剂,分2次服。

3. 清解通脉汤(《古今特效单验方》)

〔组成〕金银花30g,蒲公英30g,紫花地丁20g,玄参20g,石斛15g,赤芍12g,当归15g,丹参30g。

〔功用〕清热解毒。

〔适应证〕热毒型脱疽。患肢黯红而肿,局部灼热,足趾痛不可近,皮肤上可见黄疱,甚至溃破腐烂,舌红苔黄燥。

〔用法〕水煎,日1剂,分2次服。

4. 补益通脉汤(《古今特效单验方》)

〔组成〕党参10g,黄芪15g,当归12g,白芍15g,茯苓12g,熟地黄15g,白术12g,甘草6g,丹参30g。

〔功用〕补益气血。

〔适应证〕气血两虚型脱疽。患肢肌肉萎缩,皮肤干燥脱屑,趾甲及疮面生长缓慢,汗毛脱落,神疲乏力,面色萎黄。

〔用法〕水煎,日1剂,分2次服。

5. 椒艾洗药(《中医外科心得集》)

〔组成〕川椒10g,艾叶30g,桂枝15g,防风15g,透骨草30g,槐枝10节,蒜瓣半挂,当归30g,苏木30g,红花15g,桑枝30g,生川乌(先煎)10g。

〔功用〕温经散寒,活血祛风。

〔适应证〕用于脱疽初期属寒凝经脉闭阻者。

〔用法〕以大盆煎汤,熏洗患处,每次半小时,每日1~2次,每剂药可连用 3 日。

6. 温经通络汤(《赵炳南临床经验集》)

[组成] 鸡血藤 15~30g,海风藤 9~15g,全丝瓜 15~30g,鬼见愁 6~12g,鬼箭羽 15~30g,路路通 9~15g,桂枝 9~15g,蕲艾 9~15g,全当归 9~15g,赤白芍 15~30g。

[功用] 温经通络,活血止痛。

[适应证] 血栓闭塞性脉管炎初期(脱疽)、雷诺病初期、静脉曲张(炸筋腿)、象皮腿、关节痛(痹症)。

[用法] 水煎,日 1 剂,分 2 次服。

[辨证加减] 关节固定性痛者加透骨草;游走性痛者加橘络、伸筋草。

四十、肠痈

痈肿生于肠道而引起少腹部疼痛的一类疾患,称为肠痈。其主要症状为转移性右下腹痛,压痛明显、拒按。西医学的阑尾炎、阑尾周围脓肿属于本病。中医治疗着重于初期、酿脓期。

1. 肠痈清化汤(《古今特效单验方》)

[组成] 大黄 10g(后下),牡丹皮 12g,芒硝 6g(冲服),桃仁 10g,败酱草 30g,广木香 10g,蒲公英 30g,生薏苡仁 30g。

[功用] 通腑泄热,解毒透脓。

[适应证] 肠痈初期。始为脐周作痛,渐移至右下腹疼痛、拒按,阑尾点有压痛,轻度发热、恶心,便秘尿黄,苔黄厚腻,脉滑数。

[用法] 水煎,日 1 剂,分 2 次服。

[辨证加减] 若病情发展,腹痛渐加剧,右下腹可触到包块,腹皮挛急,壮热不退,呕吐,是为痈脓已成,宜通腑泄热、解毒透脓为主,于方中加乳香 9g、没药 9g、天花粉 12g。

2. 大黄牡丹皮汤(《金匮要略》)

[组成] 大黄 12g(后下),牡丹皮 3g,桃仁 9g,冬瓜仁 30g,芒硝 9g(冲服)。

[功用] 清热解毒,活血化瘀。

[适应证] 右少腹疼痛拒按,按之其痛如淋,甚则局部肿痞,或右足屈而不伸,伸则痛剧,小便自调,或时时发热,自汗恶寒,舌苔薄腻而黄,脉滑数。

[用法] 水煎服,每日 1 剂,早晚温服。

3. 红藤煎方(《实用中医外科学》[①])

[组成] 红藤 30g,赤芍 15g,枳壳 9g,木香 9g,败酱草 15g,甘草 6g。

[功用] 清热解毒,活血化瘀,消肿排脓。

[适应证] 急慢性阑尾炎、阑尾脓肿。

[用法] 水煎服,每日 1 剂,早晚温服。

四十一、疮疡、瘰疬

1. 回阳熏药卷(《中医外科心得集》)

[组成] 肉桂 9g,炮姜 9g,人参芦

---

① 顾伯华. 实用中医外科学[M]. 上海:上海科学技术出版社,1985.

9g,川芎9g,当归9g,白芥子30g,蕲艾30g,白蔹15g,黄芪15g。

［功用］回阳生肌,益气养血。

［适应证］用于阴疽寒证、瘘管、慢性溃疡、结核性溃疡等。

［用法］上九味药混合,共研成粗末,用草纸卷成药卷,点燃后烟熏疮口,每日1~2次,每次15~30分钟。

2. 玉露散(膏)(《中医外科外治法》)

［组成］芙蓉叶适量。

［功用］清热解毒,凉血退肿。

［适应证］治疮疡阳证。

［用法］研极细末,水、蜂蜜调煮热敷,或麻油、菊花露调,冷敷。亦可用凡士林八份,玉露散二份调成芙蓉膏。

［用法］共捣成膏,为丸如绿豆大。每用一粒,放于膏药上,贴于疮疡中心。

3. 解毒洗方(《中医外科外治法》)

［组成］蒲公英30g,苦参12g,黄柏12g,连翘12g,木鳖子12g,金银花9g,白芷9g,赤芍9g,牡丹皮9g,生甘草9g。

［功用］清热、解毒、止痛。

［适应证］用于溃疡局部红肿疼痛,脓液多者。

［用法］上药煎汤,温洗患处,每日1~2次。

4. 二宝丹(《中医外科外治法》)

［组成］煅石膏240g,升丹60g。

［功用］排脓提毒。

［适应证］治一切溃疡,脓流不畅,腐肉不化。

［用法］将二药共为极细末,将药粉掺入疮口中,或黏附于药线上,插入疮口中。

5. 腐尽生肌散(《医宗金鉴》)

［组成］儿茶9g,乳香9g,没药9g,血竭9g,旱三七9g,冰片3g,麝香0.6g。

［功用］生肌长皮敛口。

［适应证］溃孔流滋,历久不愈。但余毒未尽者,不宜过早使用。

［用法］共研细末,撒布溃口或瘘管。

6. 甲状腺瘤方(《国医大师何任经验良方赏析》[①])

［组成］姜半夏9g,厚朴9g,茯苓15g,生姜6g,紫苏梗9g,黄药子9g,夏枯草15g,昆布15g,桃仁12g。

［功用］行气开郁,化痰散结。

［适应证］甲状腺腺瘤。

［用法］水煎,日1剂,早晚分服。

7. 颈前血管瘤方(《国医大师何任经验良方赏析》)

［组成］姜半夏6g,厚朴6g,茯苓12g,生姜6g,紫苏梗6g,桂枝6g,牡丹皮6g,桃仁6g,赤芍9g。

［功用］化痰散结,活血化瘀。

［适应证］血管瘤。

［用法］水煎,日1剂,早晚分服。

---

① 卢祥之.国医大师何任经验良方赏析[M].北京:人民军医出版社,2012.

第三章

妇科病症

一、月经先期

月经周期提前 7 天以上,甚则一月两次者,称为"月经先期",亦称"经行先期""经期超前""经早"。

1. 龟鹿补冲汤(《中医妇科治疗学》[1])

[组成] 党参 30g,黄芪 18g,龟甲 12g$^{(先煎)}$,鹿角胶 9g$^{(烊化)}$,海螵蛸 30g$^{(先煎)}$。

[功用] 益气养血,固冲调经。

[适应证] 经期先期,经量或多或少,经色黯淡而稀薄,并可伴见面色无华,身倦乏力,腰膝酸软,或夜尿频多,舌淡苔白,脉细弱。

[用法] 水煎服,每日 1 剂,早晚温服。

2. 石榴汤(《古今特效单验方》)

[组成] 石榴皮 20g,黄芪 60g。

[功用] 益气收敛止血。

[适应证] 气虚型月经先期,量多质稀,面色萎黄,精神倦怠,心悸气短,小腹有空坠感等。

[用法] 水煎,每日 1 剂,分 3 服。避免重体力劳动及剧烈运动。

二、月经后期

月经周期延后 7 天以上,甚或四五十日一至,也有 2~3 个月一行,连续出现 3 个周期以上者,称"月经后期"。

1. 温经汤(《校注妇人良方》)

[组成] 当归 15g,川芎 15g,芍药 15g,桂心 15g,牡丹皮 15g,莪术 15g,人参 30g,甘草 30g,牛膝 30g。

[功用] 温经散寒,祛瘀养血。

[适应证] 月经延后,色黯,有血

① 卓雨农. 中医妇科治疗学[M]. 成都:四川人民出版社,1961.

块,少腹冷痛,遇冷加重,得热则缓,畏寒肢冷,舌淡苔白,脉沉紧。

〔用法〕水煎服,每日1剂,早晚温服。

〔辨证加减〕经量过多去莪术、牛膝,加炮姜、艾叶温经止血;腹痛拒按,时下血块,加蒲黄、桃仁、玄胡、红花等活血化瘀止痛。

2. 益母煎(《古今特效单验方》)

〔组成〕益母草30g,干姜5g,红糖20g。

〔功用〕温经逐瘀。

〔适应证〕血寒型月经后期,量少,色黯有块,少腹冷痛,得热减轻,畏寒肢冷等。

〔用法〕水煎,每日1剂,分3次服。忌生冷、油腻。

3. 归芪补血汤(《古今特效单验方》)

〔组成〕当归20g,黄芪60g,郁金15g。

〔功用〕益气补血。

〔适应证〕血虚型月经后期,量少,色淡红,无块,头晕眼花,心悸失眠。

〔用法〕水煎,日1剂,分3次服。

4. 丹郁饮(《古今特效单验方》)

〔组成〕丹参30g,郁金15g。

〔功用〕补气活血,逐瘀生新。

〔适应证〕肝气郁滞型月经后期。量少,色黯有块,小腹作胀,胸胁乳房胀痛等。

〔用法〕水煎,每日1剂,分3次服。

三、月经先后不定期

月经不按正常周期来潮,时或提前,时或延后在7天以上,且连续3个月经周期以上者,称为"月经先后不定期"。

1. 益肾调肝汤(《古今特效单验方》)

〔组成〕柴胡10g,当归10g,白芍15g,紫河车10g,山茱萸10g,香附10g,益母草15g。

〔功用〕疏肝解郁,补肾调经。

〔适应证〕经期先后不定,经量或多或少,经行不畅,经色黯淡,经前乳房胀痛,连及腰骶,舌质正常,或偏淡,脉沉细或弦。

〔用法〕水煎服,每日1剂,早晚温服。

2. 疏肝调经汤(《古今特效单验方》)

〔组成〕柴胡10g,郁金10g,川楝子10g,乌药10g,青皮6g,陈皮6g,白芍10g,当归10g,川芎6g,荔枝核10g。

〔功用〕疏肝解郁。

〔适应证〕月经先后不定期,经量或多或少,经色紫黯有块,经前乳房胀痛,甚者可触及肿块,胸闷胁痛,少腹胀滞或经行腹痛,烦躁抑郁。

〔用法〕水煎服,每日1剂,早晚温服。

［辨证加减］经前腹痛、乳房胀痛者加橘叶 10g、橘核 10g；乳房有块者，加路路通 15g、王不留行 10g；兼血虚者加桑椹 10g、枸杞子 10g、女贞子 10g。

3. 柴合汤（《古今特效单验方》）

［组成］柴胡 15g，百合 30g，乌药 10g。

［功用］疏肝理气。

［适应证］肝气郁滞型月经先后无定期。月经或先或后，量少，胸胁胀闷，乳房胀痛，善太息，脉弦。

［用法］水煎，日 1 剂，分 3 次服。

四、月经过多

月经过多是指连续数个月经周期中月经期出血量多，但月经间隔时间及出血时间皆规则。

1. 平肝开郁止血汤（《傅青主女科》）

［组成］白术 30g，白芍 30g，当归 30g，牡丹皮 9g，三七 9g$^{(冲服)}$，生地黄 9g，甘草 6g，黑芥穗 6g，柴胡 3g。

［功用］疏肝解郁，调经止血。

［适应证］月经量多，色正常，有血块，甚者胁肋疼痛，脘腹胀痛，舌红，脉弦。

［用法］水煎服，每日 1 剂，早晚温服。

2. 上海甲方（《中西医结合资料选编》^{①}）

［组成］生地黄 12g，白芍 12g，女贞子 12g，墨旱莲 12g，大蓟 15g，小蓟 15g，槐花 9g，茜草 9g，蒲黄 6g$^{(包煎)}$。

［功用］滋阴止血。

［适应证］月经量过多，经色淡，质清稀，面色无华，神疲倦怠，五心烦热，甚则潮热盗汗，舌红苔少，脉细。

［用法］水煎服，每日 1 剂，早晚温服。

3. 两地汤（《傅青主女科》）

［组成］生地黄 12g，地骨皮 10g，玄参 12g，麦冬 10g，阿胶 6g$^{(烊化)}$，白芍 20g。

［功用］清热凉血。

［适应证］血热型月经过多，质稠，色红，或有口苦，渴而不欲多饮。

［用法］水煎，日 1 剂，分 3 次服。空腹服为宜。忌辛辣酒。

五、月经延长

月经周期基本正常，行经时间超过 7 天以上，甚或淋漓半月方净者，称为"月经延长"。

1. 加味归芎饮（《医学集成》）

［组成］焦白术 30g，生地黄 30g，川芎 15g，升麻 3g。

［功用］健脾益气，补血养血。

［适应证］月经经期延长，经色

① 福建省卫生局中西医结合办公室 . 中西医结合资料选编［M］. 福州：福建省卫生局中西医结合办公室，1978.

淡,面色萎黄,舌淡苔白,脉弱。

〔用法〕水煎服,每日1剂,早晚温服。

2. 八物汤(《女科切要》)

〔组成〕熟地黄6g,川芎6g,白芍6g,当归6g,人参4.5g,白术9g,陈皮3g,半夏6g。

〔功用〕益气养血。

〔适应证〕月经经期延长,经色淡,面色无华,神疲倦怠,舌淡苔白,脉细无力。

〔用法〕水煎服,每日1剂,早晚温服。

3. 姜苓阿胶汤(《四圣心源》)

〔组成〕牡丹皮9g,丹参9g,桂枝9g,茯苓9g,干姜9g,何首乌9g,阿胶9g(烊化),甘草6g。

〔功用〕温经散寒,调经通络。

〔适应证〕月经经期延长,小腹疼痛拒按,得温则减,经色紫黯,有血块,甚则手脚冰冷,舌黯,脉沉。

〔用法〕水煎服,每日1剂,早晚温服。

4. 归芍六君子(《笔花医镜》)

〔组成〕当归6g,白芍6g,人参4.5g(冲服),茯苓4.5g,白术4.5g,陈皮3g,半夏3g,炙甘草1.5g。

〔功用〕健脾养胃,化痰祛湿。

〔适应证〕患者平素食少,胸脘痞满,口中自觉痰多,月经色淡,质稀,经期延长,舌红苔滑,脉弦。

〔用法〕水煎服,每日1剂,早晚

温服。

5. 牡兔散(《备急千金要方》)

〔组成〕牡蛎60g,兔骨60g。

〔功用〕滋阴止血。

〔适应证〕阴虚型经期延长,潮热盗汗,手足心热,腰膝酸软。

〔用法〕上两味,兔骨煨干共为末,每服5g,日3服,黄酒送下。

6. 桃麻酒(《备急千金要方》)

〔组成〕桃仁50g,麻子仁50g。

〔功用〕活血逐瘀。

〔适应证〕瘀血阻滞型经期延长,色黑有块,小腹胀痛拒按,舌质黯红,舌边尖有瘀点等。

〔用法〕上两味,以好酒500g,浸五天,每服20ml,日3服。

六、经间期出血

经间期出血是指在两次月经之间,即在排卵期,有周期性出血的病证。临床以肾虚、湿热、血瘀三型为常见。

1. 寄生散(《古今特效单验方》)

〔组成〕桑寄生100g。

〔功用〕补肾固冲止血。

〔适应证〕肾虚经间期出血。量少或稍多,腰膝酸软,头晕,畏寒,脉沉细。

〔用法〕将桑寄生研末,浓红糖水送服,每服3g,1日2次。于月经净后服七天,连服三个月经周期。

2. 元胡当归散(《普济方》)

〔组成〕延胡索9g,当归9g。

［功用］养血活血祛瘀。

［适应证］血瘀型经间期出血。量少或多，色紫黑有血块，胸胁、少腹刺痛，舌质有瘀点，脉细弦。

［用法］上二味研末，用生姜3片煎汤送服，每服9g，1日2次。

七、痛经

痛经又称"经行腹痛"。中医认为本病多由情志不舒或经期冒雨涉水，感寒饮冷导致气机不畅，经血凝滞胞宫，或气血不足，胞脉失养，血行不畅而致的经行腹痛。本病多发生在月经前后，或正值月经期间，可见小腹疼痛及腰部酸痛，甚至剧痛难忍。常伴有面色苍白，头面冷汗淋漓，手足厥冷，泛恶呕吐等症，并随月经周期反复发作。

1. 清热调经汤（《古今特效单验方》）

［组成］败酱草20g，金铃子10g，丹参15g，五灵脂9g。

［功用］清热解毒，活血止痛。

［适应证］湿热下注型痛经。经前或经期小腹疼痛拒按，有灼热感，经色黯红，质稠有块，低热起伏，带下黄，舌红苔黄腻，脉弦数。

［用法］水煎服，每日1剂，分2次服，忌食辛辣。

2. 当归芍药散（《金匮要略》）

［组成］当归15g，白芍10g，川芎6g，茯苓6g，白术12g，泽泻6g。

［功用］补虚扶正，健脾利水，行气活血。

［适应证］气血虚弱型痛经。症见经期或经后小腹隐隐作痛，喜揉喜按，月经量少，色淡，伴面色不华，乏力，纳少。舌质淡，脉细弱。

［用法］将上药研末，每服9g，温开水送服，于经期或经后服，七天为一疗程，共服三个月经周期，亦可水煎服。

3. 甘橘调经饮（《古今特效单验方》）

［组成］甘松10g，蚕沙10g，荔枝核12g，山楂6g，清橘叶6g。

［功用］疏肝解郁，调经止痛。

［适应证］经前或经期小腹胀痛，拒按，甚则乳房胀痛，胸胁胀痛，烦躁易怒，情绪欠佳，舌红，脉弦。

［用法］水煎服，每日1剂，早晚温服。

4. 化膜汤（《朱南孙验方》[①]）

［组成］生蒲黄24g[(包)]，炒五灵脂15g[(包)]，三棱12g，莪术12g，炙乳香3g，没药3g，生山楂12g，青皮6g，血竭粉2g[(冲服)]。

［功用］破气行滞，活血化瘀。

［适应证］妇女痛经，尤其膜样痛经和子宫内膜异位症、盆腔炎等引起

---

① 朱南孙．朱南孙验方［M］．北京：中国中医药出版社，2014.

的痛经。

[用法] 月经间期起服,连服 10 帖。水煎服,每日 1 剂,早晚温服。

八、崩漏

功能性子宫出血,属中医之"崩漏"范畴。本病系因脏腑气血亏损引起脾不统血、肾失固摄、肝失藏血而致妇女经血妄行。崩证发病多急骤,其暴下如注,大量出血,颜色紫红,兼有瘀块,腹痛拒按,大便秘结,口干作渴;漏证发病势缓,其出血量少,淋漓不断,血色淡或晦黯,少腹冷痛,喜热欲按,面色㿠白,形寒畏冷,倦怠嗜卧。若漏下不止或崩久不愈,可出现晕厥,面色苍白,汗出如油,呼吸气促,四肢厥逆等危症。

1. 将军斩关汤(《朱南孙验方》)

[组成] 蒲黄炭 12g$^{(包)}$,炒五灵脂 12g$^{(包)}$,大黄炭 6g,炮姜炭 6g,茜草 12g,益母草 12g,仙鹤草 15g,桑螵蛸 12g,海螵蛸 12g,三七末 2g$^{(包吞)}$。

[功用] 补气血而祛余邪,祛瘀而不伤正。

[适应证] 崩漏不止属虚中夹实,瘀热内滞者。

[用法] 水煎温服,日 1 剂,分 2 次服。

2. 固本止崩汤(《傅青主女科》)

[组成] 熟地黄 12g,白术 9g,黄芪 15g,当归 12g,黑姜 4.5g,人参 12g。

[功用] 补气养血固崩。

[适应证] 脾虚崩漏。症见出血不止,色淡质黄,面白气短,舌淡脉弱等。

[用法] 水煎温服,日 1 剂,分 2 次服。

3. 血应散(《古今特效单验方》)

[组成] 生地黄、棕榈皮、云南白药各等份。

[功用] 凉血止血。

[适应证] 血热夹瘀引起的崩漏。症见阴道大量出血、色质鲜红,或夹瘀块,面红口渴,脉数。

[用法] 前两药炒黑存性,研细末后,三药混匀,空心淡醋汤调下。每次 6g,日 3 次。

九、经行乳房胀痛

经前或经期出现的乳房胀痛称"经行乳房胀痛",属西医学经前期紧张综合征范畴。经前期紧张综合征,中医认为多由肝气郁滞,经脉壅阻,或肝肾不足,血脉不荣,阴虚火旺而引起的一系列经前不适症状。月经过后可自行逐渐消失。

患者多见经前乳房、乳头胀痛,甚至不能触衣,少腹胀满连及胸胁,烦躁易怒,经期或先或后,经量或多或少。亦有的患者出现头痛,发热,口苦口干,烦躁失眠。亦有出现面肢浮肿,头晕体倦,纳少便溏,或泄泻,脘腹胀满,腰酸腿软,经量较多,色淡质薄。严重者还可出现心悸恍惚等症。临床多见肝郁气滞型。

1. 四橘饮（《古今特效单验方》）

［组成］橘皮、橘叶、橘络、橘核各等份。

［功用］疏肝理气，通络散结。

［适应证］肝气不疏引起的经行乳房胀痛。

［用法］上四味各适量，放入瓷杯中，以沸水冲泡，热浸20分钟，代茶频饮，日数次。

2. 疏肝解郁降火方（《特效按摩加小方治病法》）

［组成］柴胡9g，路路通10g，赤芍15g，黄芩7g，生麦芽20g。

［功用］疏肝理气。

［适应证］经前乳房、乳头胀痛，甚至不能触衣，少腹胀满连及胸胁，烦躁易怒，脉弦数。

［用法］清水煎，二煎混合，分作2次服，每日1剂。

十、经行发热

经行发热是指妇女每值经期或经行前后，出现以发热为主的病证。

1. 六神汤（《御院药方》）

［组成］生地黄15g，当归10g，白芍10g，黄芪12g，地骨皮15g。

［功用］清热凉血养阴。

［适应证］血热经行发热。经前或经期身热面赤，或心烦易怒，口干喜饮，尿黄便燥，唇红舌赤，脉滑数。

［用法］水煎服，每日1剂，分2次服。

2. 清热二妙饮（《古今特效单验方》）

［组成］地骨皮6g，嫩青蒿6g。

［功用］滋阴清热。

［适应证］肝肾阴虚型，经期或经后发热，五心烦热，两颧红赤，舌红而干，脉细数。

［用法］将药放入瓷杯中，沸水冲泡约半小时，滤汁频频饮服，不拘时服。外感发热忌服。

十一、经行口糜

经行口糜是指每值临经或经行时，口舌糜烂，每月如期反复发作者。可分为阴虚火旺、胃热熏蒸两型。

1. 黄连鸡黄汤（《古今特效单验方》）

［组成］黄连15g，鸡子黄9g。

［功用］清热坚阴。

［适应证］阴虚火旺之经行口糜。症见口燥咽干，五心烦热，尿少色黄，舌红少苔。

［用法］黄连煎汤去渣，稍温，将鸡子去白留黄，和于药汁，分2次服，每日1剂。

2. 大黄黄连泻心汤（《伤寒论》）

［组成］大黄10g，黄连10g，黄芩10g。

［功用］清心火，清胃热。

［适应证］胃热熏蒸型经行口舌生疮。口臭，口干喜饮，尿黄便结，舌

苔黄厚,脉滑数等。

〔用法〕上 3 味,水煎 10 分钟,去渣分 2 次服,每日 1 剂。

十二、经行风疹块

经行风疹块是每值临经时或行经期间,周身皮肤突起红疹,或起风团,瘙痒异常,经净渐退者。本病多因风邪为患,可分血虚生风、风邪外袭两型。

养血消疹汤(《古今特效单验方》)

〔组成〕当归 20g,浮萍草 30g,苍耳子 30g。

〔功用〕养血散风去湿。

〔适应证〕各种经行风疹块。

〔用法〕上 3 味,水煎去滓,分 3 次温服,每日 1 剂。忌辛辣油腻。避免受风。

十三、经行眩晕

经行眩晕是指经行前后,或正值经期,出现头目眩晕、视物昏花并伴随月经周期发作的病证。一般分为血虚、阴虚阳亢和脾虚夹痰三型。

生地麦冬饮(《古今特效单验方》)

〔组成〕生地黄 30g,麦冬 70g,黄芩 18g。

〔功用〕滋阴潜阳。

〔适应证〕阴虚阳亢型经行眩晕。临床症见经行头晕目眩,量多色鲜红,烦躁易怒,口干咽燥,舌红苔黄,脉弦细数。

〔用法〕水煎,日 1 剂,分 3 次服。

十四、经行浮肿

经行浮肿是指妇女经行前后或正值经期,头面四肢浮肿的病证。一般分为脾肾阳虚和气滞血瘀两个类型。

1. 苓桂术甘汤(《伤寒论》)

〔组成〕茯苓 12g,桂枝 6g,白术 12g,甘草 3g。

〔功用〕温肾健脾,化气利水。

〔适应证〕脾肾阳虚型经行浮肿。症见经行面浮肢肿,腹胀纳呆,腰膝酸软,经行量多,色淡质稀,脉沉缓。

〔用法〕水煎温服,日 1 剂,日服 2~3 次。

2. 加味失笑散(《太平惠民和剂局方》)

〔组成〕生蒲黄 12g,生五灵脂 12g,泽兰 10g,茯苓皮 15g。

〔功用〕活血逐瘀,通络利水。

〔适应证〕气滞血瘀型经行浮肿,症见经行肢体肿胀、脘闷胁胀,善太息,苔薄白,脉弦细。

〔用法〕水煎温服,日 1 剂,用童便为引,日服 2~3 次,经行浮肿伴腰困甚者切记慎用。

十五、经行情志异常

经行情志异常是指经行前后,或正值经期烦躁易怒或悲伤啼哭,或情志抑郁、喃喃自语、彻夜不眠的病证。西医学中周期性精神病属本病范围。一般分为肝气郁结和痰火上扰两个类型。

一味香附散(《古今特效单验方》)

[组成]香附60g。

[功用]疏肝解郁,安神镇静。

[适应证]肝气郁结型经行情志异常。症见精神郁闷不乐、情绪不宁、胸闷胁胀、不思饮食,苔薄腻、脉弦细。

[用法]醋炒香附为末,每服6g,黄酒为引,日服2次。

十六、经行头痛

每遇经行前后或正值经期,出现以头痛为主要症状者,称"经行头痛"。

1. 夏枯六味汤(《古今特效单验方》)

[组成]熟地黄18g,山茱萸12g,山药12g,泽泻9g,牡丹皮9g,茯苓9g,夏枯草9g,白蒺藜9g。

[功用]滋补肝肾。

[适应证]经前或经期头痛、头胀,头晕目赤,腰膝酸软,舌红少苔,脉弱。

[用法]水煎服,每日1剂,早晚温服。

2. 朱氏经行头痛方(《古今特效单验方》)

[组成]党参12g,黄芪12g,山药12g,茯苓12g,震灵丹12g,淮小麦30g,玉米须30g,焦山楂9g,炮姜炭4.5g,炙甘草6g。

[功用]益气健脾。

[适应证]经行头痛,头痛隐隐,心悸失眠,疲乏无力,遇劳加重,舌质淡,苔薄白,脉细弱。

[用法]水煎服,每日1剂,早晚温服。

3. 黄氏经行头痛方(《古今特效单验方》)

[组成]佩兰6g,薤白6g,瓜蒌15g,生龙骨24g(先煎),细辛1.5g,川楝子10g,牡丹皮10g,丹参20g,白芥子3g,荷叶3g。

[功用]理气化痰,化浊止痛。

[适应证]经行头痛,头痛昏蒙,胸脘满闷,纳呆呕恶,舌苔白腻,脉滑或弦。

[用法]水煎服,每日1剂,分两次早晚温服。

4. 蔡氏经行头痛方(《古今特效单验方》)

[组成]生地黄12g,山茱萸9g,僵蚕9g,白蒺藜9g,怀牛膝9g,泽泻9g,菊花6g,石决明15g,龙胆草4.5g,生麦芽30g。

[功用]清肝泻火,滋阴潜阳。

[适应证]经行头痛,头晕胀痛,两侧为重,心烦易怒,夜寐不宁,舌红苔黄,脉弦数。

[用法]水煎服,每日1剂,分两次早晚温服。

5. 当归羊肉汤(《古今特效单

验方》)

[组成] 当归 30g,羊肉 500g。

[功用] 温养补血。

[适应证] 血虚经行头痛。经期或经后,头晕头痛,心悸少寐,神疲乏力,舌淡苔薄,脉虚细。

[用法] 将二药文火煮熟,食肉饮汤。每日 2 次。于月经净后服 7 天。服三至五个月经周期可愈。

6. 丹栀逍遥散(《内科摘要》)

[组成] 牡丹皮 15g,栀子 12g,当归 9g,芍药 6g,白术 9g,茯苓 6g,薄荷 3g(后下),甘草 6g。

[功用] 清肝泻火,疏肝止痛。

[适应证] 肝火经行头痛,甚或颠顶掣痛,头晕目眩,烦躁易怒,口苦咽干,舌红苔薄黄,脉弦数细。

[用法] 水煎,每日 1 剂,分 3 次服。

7. 桃红四物汤(《医宗金鉴》)

[组成] 桃仁 9g,红花 9g,当归 12g,川芎 9g,赤芍 12g,生地黄 9g。

[功用] 化瘀活血止痛。

[适应证] 血瘀经行头痛。每逢经前、经期头痛剧烈,固定不移。经色黯紫有块,伴小腹疼痛拒按,舌黯或边尖有瘀点,脉细涩或弦涩。

[用法] 水煎服,每日 1 剂,分 2 次,食后服。

十七、经行身痛

每遇经行前后或正值经期,出现以身体疼痛为主要症状者,称"经行身痛"。

1. 起痛汤(《嵩崖尊生全书》)

[组成] 当归 6g,甘草 1g,白术 2.4g,牛膝 2.4g,独活 2.4g,肉桂 2.4g,薤白 18g,生姜 9g。

[功用] 温经止痛。

[适应证] 行经时身体疼痛、拘挛,痛处不减,得温痛减,舌红苔白,脉紧。

[用法] 水煎服,每日 1 剂,早晚温服。

2. 黄芪桂枝五物汤(《医宗金鉴》)

[组成] 黄芪 15g,桂枝 15g,白芍 10g,姜 10g,大枣 9g,饴糖 15g。

[功用] 养血通痹。

[适应证] 血虚型经行身痛。经行时肢体疼痛麻木,肢软乏力,月经量少,色淡质薄,舌质淡红,苔白,脉细弱。

[用法] 水煎温服,每日 1 剂,分 3 次服。

3. 羌桂四物汤(《医宗金鉴》)

[组成] 羌活 10g,桂枝 10g,当归 12g,白芍 12g,熟地黄 10g,川芎 6g。

[功用] 养血活血,疏通经脉。

[适应证] 血瘀型经行身痛。经行时腰膝关节疼痛,得热痛减,遇寒痛甚,经行量少色黯,或有血块,苔薄白,脉沉紧。

[用法] 水煎,分温 2 服,每日

1 剂。

十八、经行泄泻

每于行经前后或正值经期,出现周期性的大便溏薄,甚或清稀如水,日解数次者,称为"经行泄泻"。

1. 术苓固脾饮(《辨证录》)

[组成]白术 30g,茯苓 15g,人参 15g,山药 15g,芡实 15g,肉桂 1.5g,肉豆蔻 6g。

[功用]健脾益气,涩肠止泻。

[适应证]经行大便溏泄,偶有腹痛,喜温喜按,经色黯,舌红苔白,脉沉紧。

[用法]水煎服,每口 1 剂,早晚温服。

2. 四神丸(《内科摘要》)

[组成]肉豆蔻 60g,补骨脂 120g,五味子 60g,吴茱萸 30g。

[功用]温肾散寒,涩肠止泻。

[适应证]经行泄泻,常于五更时出现,不思饮食,食不消化,或久泻不愈,腹痛喜温,腰酸肢冷,神疲乏力,舌淡,苔薄白,脉沉迟无力。

[用法]水煎服,每日 1 剂,早晚温服。

3. 白术干姜汤(《古今特效单验方》)

[组成]白术 30g,干姜 20g,乌梅 10g。

[功用]健脾燥湿,温中散寒。

[适应证]脾肾虚寒之经行泄泻。

症见经行大便溏泄,时而腹痛喜按,神疲肢软,经行量多,色淡质薄,舌淡白,苔白。

[用法]上三味,水煎去渣分 2 次服,每日 1 剂。忌食生冷、油腻之物。

十九、经行吐衄

经行吐衄是指每逢经行前后或正值经期出现有规律的吐血或衄血者。本病分为血热和阴虚火旺两型。

韭菜童便饮(《古今特效单验方》)

[组成]韭菜捣汁 20ml,童便 10ml。

[功用]凉血止血,潜阳滋阴。

[适应证]阴虚有热之经行吐衄。手足心热,咽干口渴,舌红少苔等。

[用法]将韭菜汁和童便和在一起,蒸热分 3 次服。也可以陈墨磨汁,每服 10ml。

二十、闭经

妇女月经曾经如期来潮,但忽而中断,达 3 个月以上者,称为"闭经"。中医认为本病多因肝肾不足,精血两亏;或因气血虚弱,血海空虚;亦有因气血瘀滞,痰湿阻滞,经血不行而致。

妇女月经量少色淡,渐至闭经,常伴头晕耳鸣,腰膝酸软,口咽干燥,五心烦热,潮热盗汗。有的患者月经后期量少而渐至停闭,常伴见面色苍白或萎黄,头晕目眩,心悸怔忡,神疲肢软,纳少便溏。还有的患者月经数月不行,精神郁滞,烦躁易怒,胸胁胀满,少腹胀痛。

1. 养血通脉汤(《班秀文临床经验辑要》[①])

[组成]鸡血藤 20g,桃仁 10g,红花 6g,赤芍 10g,当归 10g,川芎 6g,丹参 15g,皂角刺 10g,路路通 10g,香附 6g,穿破石 20g,甘草 6g。

[功用]补气养血,通脉止痛。

[适应证]冲任损伤,瘀血停滞所致月经不调,痛经,闭经,血积。

[用法]水煎服,每日 1 剂,早晚温服。

2. 桑椹子膏(《素问病机气宜保命集》)

[组成]桑椹 1 000g。

[功用]补益肝肾,养血润燥。

[适应证]适用于肝肾不足,头昏眼花,头发早白,以及老年血虚津枯,大便秘结等证候。

[用法]煎熬而成膏剂。每服 1 匙,日服 2 次。

3. 蚕沙酒(《单验方选粹》[②])

[组成]晚蚕沙 125g[(炒黄)],黄酒 250ml。

[功用]活血通经。

[适应证]主治闭经。

[用法]晚蚕沙 125g[(炒黄)],黄酒 250ml 共煎至沸,滤去蚕沙,日服 2 次,每次 50~100ml。

二十一、绝经前后诸证

绝经前后诸证是指部分妇女在绝经期前后出现一些与绝经有关的证候,如眩晕耳鸣,烘热汗出,心悸失眠,烦躁易怒,潮热浮肿,纳呆便溏,或月经紊乱、情志不宁等的病证,西医学中更年期综合征属本病范围。临床一般分为肾阴虚和肾阳虚两型。

1. 滋阴更年康(《古今特效单验方》)

[组成]黄连 3g,麦冬 9g,白芍 9g,甘草 6g,白薇 9g,龙骨 15g[(先煎)],枣仁 15g[(打碎)]。

[功用]滋阴养心,调摄心神。

[适应证]肾阴虚型绝经前后诸证。临床症见头晕耳鸣、面颊部阵发性烘热、汗出、腰膝酸困,经量或多或少,心烦失眠,情绪不宁,舌红少苔脉细数。

[用法]水煎温服,日 1 剂,每日 2 次。3 剂取效。

2. 调更汤(周信有验方[③])

[组成]淫羊藿 20g,当归 9g,丹参 20g,生地黄 20g,杭白芍 15g,菊花 15g,

---

① 班秀文.班秀文临床经验辑要[M].北京:中国医药科技出版社,2000.

② 南京军区后勤卫生部.单验方选粹[M].南京:南京军区后勤卫生部,1970.

③ 殷世鹏.调更汤[N].中国中医药报,2018-09-14(4).

山栀子9g,黄芩9g,炒枣仁20g^(打碎),夜交藤20g,五味子20g,生龙骨30g^(先煎),生牡蛎30g^(先煎),珍珠母30g,紫草9g。

[功用]补益肝肾,调理阴阳,温下清上,育阴潜阳。

[适应证]更年期综合征。烦躁易怒,情志不宁,抑郁多虑,头晕耳鸣,失眠健忘,心悸胸闷,烘热汗出,潮热盗汗等。

[用法]水煎服,每日1剂。

[辨证加减]伴有白带者,加苍术9g、椿根皮15~20g;肝肾阴虚明显者,加桑椹15g、枸杞20g;发热症状明显者,加知母9g、黄柏9g、青蒿9~15g、地骨皮15g。

3.怡情更年汤(朱南孙验方^①)

[组成]女贞子12g,墨旱莲12g,桑椹12g,巴戟天12g,肉苁蓉12g,紫草30g,玄参12g,首乌藤15g,合欢皮12g,淮小麦30g,炙甘草6g。

[功用]补益肝肾,调理阴阳,温下清上,育阴潜阳。

[适应证]更年期综合征属肾虚肝旺,症见心烦易怒,烘热出汗,胸闷心悸,失眠多梦,舌质黯红,脉细弦带数。

[用法]水煎服,每日1剂。

[辨证加减]经前乳胀,加夏枯草12g、生牡蛎30g^(先煎)等;汗出甚者,多加碧桃干15g、糯稻根15g、麻黄根10g;血压高,头目眩晕者,加潼蒺藜12g、白蒺藜12g、钩藤12g^(后下)或天麻9g。

4.柴桂龙牡汤(成肇仁验方^②)

[组成]柴胡10g,黄芩10g,半夏10g,桂枝10g,白芍10g,龙骨30g^(先煎),牡蛎30g^(先煎),生地黄15g,淫羊藿15g。

[功用]平调寒热,燮理阴阳,调和肝脾,培补肾气。

[适应证]更年期综合征,症见烘热汗出,心烦急躁,焦虑不安,心神不宁等。

[用法]水煎服,早中晚3次于饭后30~60分钟左右温服,每天1服,7天为1个疗程。

二十二、带下病

妇女阴道内渗出的一种黏腻液体,绵绵不绝者名之为带下。中医认为此多由任脉不固,脾胃失运,湿气下行,也有情志不舒,肝气郁结,湿热下注。

有的患者带下色黄而黏腻,并有秽臭味,或带色兼红,伴有口苦咽干,五心烦热,心悸失眠,情绪急躁易怒,大便干结,小便短赤。有的患者带

---

① 朱晓宏,胡国华,王采文.朱南孙教授怡情更年汤治疗更年期综合征[J].实用中医内科杂志,2013,27(7):4-5.

② 昝俊杰.柴桂龙牡汤[N].中国中医药报,2017-08-03(4).

下经久不愈,缠绵不断,质稀色白,气腥而不秽臭,伴见腰重酸痛,头晕无神,肢体疲惫,食欲不振,便溏肢冷等症状。

1. 岗稔止带汤(《古今特效单验方》)

[组成]菟丝子25g,何首乌20g,白术20g,海螵蛸15g,炙甘草10g,白芍10g,白芷10g,岗稔根30g。

[功用]健脾固肾,化湿止带。

[适应证]带下量多稀白,面色苍白,神疲倦怠,舌淡,脉弱。

[用法]水煎服,每日1剂,早晚温服。

2. 银甲汤(《古今特效单验方》)

[组成]金银花20g,连翘15g,升麻15g,大血藤24g,蒲公英24g,鳖甲24g^(先煎),紫花地丁30g,蒲黄12g^(包煎),椿根皮12g,大青叶12g,琥珀末12g^(冲服),桔梗12g,茵陈13g。

[功用]清热利湿。

[适应证]带下黏稠量多,色黄如浓茶汁,其气腥秽,舌红苔黄腻。

[用法]水煎服,每日1剂,早晚温服。

3. 止带汤(《古今特效单验方》)

[组成]黄柏10g,苍术10g,茯苓15g,椿根皮10g,山药12g,泽泻12g,使君子12g,乌梅6g,胡黄连6g,刺猬皮6g,川椒5g。

[功用]清热利湿杀虫。

[适应证]带下量多,其气腥秽,甚则瘙痒难耐,舌红苔黄腻,脉滑数。

[用法]水煎服,每日1剂,早晚温服。

4. 白果汤(《古今特效单验方》)

[组成]砂仁5g^(后下),五味子5g,五倍子5g,益智仁5g,杜仲10g,熟地黄10g,续断10g,覆盆子10g,远志10g,党参10g,桑螵蛸10g,阿胶10g^(烊化),山茱萸12g,炙甘草3g。

[功用]益气养血,固摄止带。

[适应证]月经过多,色淡质稀,白带量多,伴头晕肢冷,心悸气短,神疲乏力,腰膝酸软,舌淡,苔微弱。

[用法]水煎服,每日1剂,早晚温服。

5. 升阳胜湿汤(《古今特效单验方》)

[组成]柴胡3g,羌活6g,苍术6g,黄芪6g,防风4.5g,升麻4.5g,独活4.5g,当归9g,藁本3g,甘草3g。

[功用]祛湿止带。

[适应证]白带量多,稀水样,伴有头身疼痛,恶风,舌红苔白,脉弦紧。

[用法]水煎服。每日1剂,早晚温服。

6. 首乌枸杞汤(《古今特效单验方》)

[组成]首乌12g,枸杞子12g,菟丝子12g,桑螵蛸12g,赤石脂12g,狗脊12g,熟地黄24g,藿香6g,砂仁6g^(后下)。

[功用]补肾益气,利湿止带。

　　[适应证]白带量多,神疲乏力,气短,腰膝酸软,舌淡,脉微弱。

　　[用法]水煎服,每日 1 剂,早晚温服。

　　7. 石纸散(《妇人良方》)

　　[组成]石菖蒲 20g,补骨脂 20g。

　　[功用]清热祛湿。

　　[适应证]湿热型赤白带。症见带下赤白,黏浊腥秽,甚或口干苦、尿赤,舌红苔黄,脉滑数。

　　[用法]上两味炒干研末,日服 6g,取效止。

　　8. 白芷散(《古今特效单验方》)

　　[组成]白芷 15g,海螵蛸 45g,血余炭 9g。

　　[功用]收敛止血活血。

　　[适应证]血虚型赤白带。症见带下赤白,稠黏腥臭,手足心灼热,大便干燥,脉细数或虚弱,舌红苔白。

　　[用法]三味研末,每服 6g,日服 2 次。

　　9. 葵荷白带汤(《古今特效单验方》)

　　[组成]向日葵茎 15g,荷叶 2g。

　　[功用]健脾祛湿。

　　[适应证]脾湿型白带。症见面色无华,白带淋漓,纳少便溏,神疲浮肿,腰困,舌淡苔白脉缓。

　　[用法]上两味加水 3 碗煎成半碗,红糖为引,日服 1 剂,分 2 次服,饭前空心服下。若无向日葵茎用其根亦可,疗效仍好。

　　10. 易黄汤(《傅青主女科》)

　　[组成]生山药 30g,生芡实 30g,黄柏 2g,白果 10 枚,车前子 3g$^{(包煎)}$。

　　[功用]健脾化湿、补肾止带。

　　[适应证]脾虚夹湿型黄带。症见带下色黄量多,秽臭较少,神疲纳呆,腹胀,小便清长,舌淡苔薄白,脉濡细。

　　[用法]水煎温服,日 1 剂,分 3 次服,连服 4 剂。

二十三、妊娠腹痛

　　妊娠期间出现以小腹疼痛为主的病症,称为"妊娠腹痛"。

　　1. 胶艾芎归汤(《医略六书》)

　　[组成]当归 9g,人参 4.5g$^{(冲服)}$,艾叶 3g,茯苓 4.5g,阿胶 9g$^{(烊化)}$,川芎 3g,大枣 9g。

　　[功用]益气养血,暖宫止痛。

　　[适应证]妇人妊娠腹痛,腹痛连绵,神疲乏力,面色苍白,舌淡苔白,脉沉细无力。

　　[用法]水煎服,每日 1 剂,早晚温服。

　　2. 调中汤(《医略六书》)

　　[组成]白术 4.5g,当归 9g,白芍 4.5g,茯苓 4.5g,木香 3g,香附 6g,苏梗 9g,酒炒续断 9g,酒炒杜仲 9g,炒砂仁 3g$^{(后下)}$。

　　[功用]疏肝解郁,调中止痛。

　　[适应证]妇人妊娠腹痛,腹部胀痛,痛无定处,兼痛窜两胁,时作时止,

得嗳气则舒，遇忧思恼怒则剧，舌质红，苔薄白，脉弦。

［用法］水煎服，每日1剂，早晚温服。

3. 苏梗汤（《古今特效单验方》）

［组成］苏梗15g，当归20g，白芍20g，炙甘草15g。

［功用］疏肝解郁，止痛安胎。

［适应证］气郁型妊娠腹痛。症见小腹胁肋胀痛，或情志不爽。

［用法］水煎，日1剂，分2次服。

二十四、妊娠恶阻

妊娠恶阻是指妊娠后出现恶心呕吐、头晕厌食，或食入即吐者。相当于西医学中妊娠反应。一般分为脾胃虚弱和肝胃不和两个类型。

1. 小半夏加茯苓汤加白术（《古今特效单验方》）

［组成］半夏6g，生姜6g，茯苓10g。

［功用］健脾和胃，降逆止呕。

［适应证］脾胃虚弱型恶阻。症见呕恶不食，胸脘满闷，呕吐痰涎，舌淡苔白润，脉缓滑无力。

［用法］水煎温服，日1剂，服2~3次。

［辨证加减］若呕吐清涎，腹冷便溏可加砂仁、陈皮各6g。

2. 柴平汤（《汤头歌诀白话解》）[①]

［组成］柴胡10g，苍术15g，清半夏10g，党参10g，厚朴10g，陈皮10g，炙甘草3g，黄芩10g。

［功用］疏肝和胃，降逆止吐。

［适应证］肝胃不和型妊娠恶阻。症见胸满胁痛，嗳气叹息，头晕吐水，或泛酸，舌淡红，苔微黄，脉弦滑。

［用法］上药加生姜3片，大枣3枚，水煎日1剂，分3服。

二十五、子肿

子肿是指妊娠五六月后，小便不利，全身面目俱肿的病证。属西医学妊娠中毒症范畴。根据病因病机，临床可分脾虚、肾虚两型。

葶苈散（《妇人大全良方》）

［组成］葶苈子6g，白术9g，桑白皮15g，茯苓15g，郁李仁9g。

［功用］健脾行水，宣肺消肿。

［适应证］脾虚湿滞型妊娠浮肿，兼见神疲食少，舌淡苔白，脉缓等症。

［用法］水煎温服，日1剂，分2次服。

二十六、子晕、子痫

子晕是指妊娠中后期，出现晕眩的病证；子痫是指在妊娠晚期发生眩晕倒仆，手足搐搦，全身强直，两目上视，甚则昏不知人的病证。相当于西医学先兆子痫和子痫的范围。子晕以阴虚肝旺型为多见；子痫以痰火上

---

① 李庆业．汤头歌诀白话解［M］.北京：人民卫生出版社，1961.

扰,肝风内动型为主。

1. 子晕二妙饮(《古今特效单验方》)

[组成]枸杞、菊花各等份。

[功用]育阴潜阳息肝风。

[适应证]阴虚肝阳上扰所致的头晕目眩,面红舌红的子晕。

[用法]上两味,沸水冲泡片刻代茶频饮。

2. 子痫三妙饮(《古今特效单验方》)

[组成]山羊角粉 10g,钩藤 15g,竹沥膏 1 食匙。

[功用]息风止痉、利痰开窍。

[适应证]痰火上扰、肝风内动之四肢抽搐,两眼上视,甚则意识障碍等。

[用法]沸水冲泡待用;先用铁称锤烧红入醋,就鼻熏之,口不紧咬,神昏稍轻者以上药调灌,神昏不清切莫用之。

二十七、子喑

子喑是指因妊娠而出现的声音嘶哑,甚或不能出声的病证。本病多发生于妊娠晚期,临床以阴虚为多见。若因外感所致,可按内科处理。

加味桔梗汤(《女科证治约旨》)

[组成]桔梗 6g,甘草 3g,玄参 9g,麦冬 9g,石斛 6g,细辛 2g。

[功用]养阴润燥利咽。

[适应证]阴虚子喑。妊娠八九月,声音嘶哑,甚或失音,咽干口燥,舌红苔花剥,脉细数。

[用法]水煎去滓,待温时时呷之。

二十八、子嗽

子嗽是指在妊娠中,久嗽不已,或伴五心烦热的病证。

1. 润肺梨膏(《古今特效单验方》)

[组成]川贝母 30g,百部 60g,白蜜 100g,梨 1 000g。

[功用]养阴润肺止嗽。

[适应证]阴虚肺燥子嗽。妊娠咳嗽,干咳无痰,甚或痰中带血,口干咽燥,手足心热,舌红少苔,脉细滑数。

[用法]将梨去核蒸熟,加白蜜弄成膏状,掺入贝母、百部粉,搅匀便成药膏。1 日 3 次,每服 1 食匙。

2. 二陈汤加味(《古今特效单验方》)

[组成]制半夏 9g,陈皮 6g,茯苓 9g,甘草 3g,竹沥 12g,竹茹 3g。

[功用]清热化痰止咳。

[适应证]痰火犯肺子嗽。妊娠咳嗽,咳痰不爽,痰黄黏稠,口干面赤,舌红苔黄腻,脉滑数。

[用法]水煎服,每日 1 剂,分 2 次服。

二十九、子淋

妊娠期间,出现尿频、尿急、淋沥涩痛等症为之"子淋"。属西医学妊娠合并泌尿道感染范畴。

滋肾散(《兰室秘藏》)

［组成］黄柏 20g,知母 30g,肉桂6g。

［功用］清热利尿。

［适应证］阴虚型子淋。妊娠期间尿急、尿频、尿痛等症。

［用法］上药研细,每次 3g,开水冲服,日 3 服。

三十、妊娠小便不通

妊娠小便不通是妊娠七八月间,小便不得通利的病症。临床多见胎气下坠,膀胱受压,水道不通之型。

葱花导尿袋(《古今特效单验方》)

［组成］大葱 200g,红花 20g。

［功用］通阳利窍。

［适应证］妊娠小腹胀急,小便不通。

［用法］将上药两味,分别装入两个白布袋内,放锅上蒸热透,自脐部顺次向耻骨部熨之,冷则换另一药袋。约半小时后见矢气,小便畅通。

三十一、子满

子满是指妊娠五六月出现胎水过多,腹大异常,胸腹满闷,甚或喘不得卧的病证。西医学称之为"羊水过多"。临床常见脾虚湿盛型。

全生白术散(《全生指迷方》)

［组成］白术 30g,茯苓 15g,大腹皮 15g,生姜皮 15g,橘皮 15g。

［功用］健脾行水理气。

［适应证］脾虚湿盛型子满。于妊娠中晚期出现的肢体浮肿,胸腹胀满,伴神疲肢软,舌淡苔白,面色虚浮,脉象沉滑无力。

［用法］上药共研细,每服 6g,日3 次。米汤调下。

三十二、胎位异常

艾叶当归敷脐方(《特效按摩加小方治病法》)

［组成］陈艾叶 15g,当归 12g。

［功用］温经散寒。

［适应证］宫寒引起的胎位异常。

［用法］上二药研为细末,用黄酒调成糊,填敷脐中,外盖敷料,每日1 换。

三十三、滑胎

凡堕胎、小产连续发生 3 次以上者,称为"滑胎",本病类似于西医学的习惯性流产。常见分型有肾气亏损和气血两虚等。"虚则补之"是本病的主要施治原则,而且要遵循"预防为主、防治结合"的原则。

1. 纯阳寿胎饮(何复东验方 [①])

［组成］杜仲 15g,续断 15g,菟丝子 15g,桑寄生 15g,南瓜蒂 6g。

---

① 严兴海,蔡基鸿.纯阳寿胎饮[N].中国中医药报,2017-08-02(4).

[功用] 温阳补肾,固冲安胎。

[适应证] 主治胎漏、滑胎,西医学之先兆流产、习惯性流产,证属肾虚者。

[用法] 水煎服,日 1 剂,早晚温服,7 天为 1 疗程。

[辨证加减] 肾阳虚者加巴戟天、鹿角霜;脾虚者加党参、白术、砂仁^(后下)。

2. 安胎防漏汤(《班秀文临床经验辑要》)

[组成] 菟丝子 20g,覆盆子 10g,川杜仲 10g,杭白芍 6g,熟地黄 15g,党参 15g,炒白术 15g,棉花根 10g,炙甘草 6g。

[功用] 温养气血,补肾益精,固胎防漏。

[适应证] 习惯性流产。

[用法] 水煎服,每日 1 剂,早晚温服。

3. 小产保胎方(《古今特效单验方》)

[组成] 杜仲 500g,黑枣 500g,黄酒 500g。

[功用] 补肝肾,安胎。

[适应证] 肾虚型坠胎小产滑胎者。

[用法] 将上药切片盐水浸七日,其水每日一换,铜锅缓火炒断丝,研细末,另用黑枣 500g,陈黄酒 500g,煮软化,去皮核,和杜仲末杵为丸如桐子大,每日早起用淡盐汤送下 6g。

三十四、胎漏胎动不安

胎漏是指妊娠期间阴道少量下血,时下时止而无腰酸腹痛的病证。胎动不安是指妊娠期以腹痛腰酸或下腹坠胀为主的病证。二者相当于西医学先兆流产。一般分肾虚、气血虚弱和跌仆伤胎三个类型。

泰山磐石散(《汤头歌诀白话解》)

[组成] 当归 15g,川芎 8g,熟地黄 12g,党参 20g,白术 15g,白芍 15g,黄芪 30g,炙甘草 12g,黄芩 10g,川断 15g,莲子 20g。

[功用] 补肝肾,养气血,保胎。

[适应证] 肾虚、气血虚弱、跌仆损伤所致的胎漏、胎动不安。症见腰腹坠胀,阴道少量下血,神疲倦怠,舌淡苔白,脉细。

[用法] 水煎,日 1 剂,分 2 次服。

三十五、不孕

女子婚后夫妇同居 1 年以上,配偶生殖功能正常,未避孕而未受孕者,或曾孕育过,未避孕又 1 年以上未再受孕者,称为“不孕症”,前者称为“原发性不孕症”,后者称为“继发性不孕症”。古称前者为“全不产”,后者为“断绪”。临床常见有肾虚、肝郁、痰湿、血瘀等类型。

1. 促卵助孕汤(《朱南孙验方》)

[组成] 潞党参 15g,生黄芪 12g,全当归 12g,大熟地 12g,巴戟天 12g,

肉苁蓉 12g,石菖蒲 12g,川芎 6g。

[功用] 益气养血,补肾助情,促卵助孕。

[适应证] 不孕症,排卵欠佳、黄体不健者。

[用法] 每于排卵前 5 天始服,连服 12 剂。每日 1 剂,水煎,早晚各服 1 次。

2. 五子衍宗丸(《摄生众妙方》)

[组成] 菟丝子 15g,枸杞子 15g,五味子 12g,覆盆子 12g,车前子 12g^(包煎)。

[功用] 补肾益精。

[适应证] 婚后数年不孕,有时伴有腰背劳困,月经后期量少,精神萎靡,性欲淡漠,舌淡无苔,脉弱无力,尤以左尺较甚。

[用法] 每日 1 剂,水煎 2 次,早晚各服 1 次。

三十六、产后少乳

妇人产后乳汁量少,不能满足乳儿需要者,称为"乳少"。中医认为多因身体素弱,或临产失血过多而致气血不足,不能生乳,也有因情志失调,气机不畅,经脉壅滞而致乳汁不行者。

患者初起乳汁不足,渐至全无,伴有面白纳少,气短便溏,唇爪淡白无华。有的患者初起即乳汁不行,乳房胀痛,伴有精神不畅,胸闷、便结、小便短赤等症。

1. 通乳方(《串雅内编》)

[组成] 白僵蚕数条,黑芝麻 50g。

[功用] 疏通乳腺。

[适应证] 肝气郁滞缺乳。产后乳汁分泌少甚或全无,胸胁胀闷,情志抑郁不乐。

[用法] 白僵蚕研为细末,黄酒送服 6g,日 3 服。少顷服芝麻茶一碗,然后用木梳梳乳 10 遍。

2. 猪蹄汤(《太平惠民和剂局方》)

[组成] 猪蹄 1 只,通草 15g。

[功用] 补益气血。

[适应证] 气血虚弱型产后乳少。甚或全无,乳汁清稀,乳房柔软,无胀感,舌淡少苔,脉虚细。

[用法] 将猪蹄与通草同煮,取汁饮之。如乳不下,再服之。每日 1 剂,分 3 次服。

3. 通乳方煨猪蹄(《特效按摩加小方治病法》)

[组成] 王不留行 50g,路路通 20g,炮山甲片 15g^(先煎),皂角刺 15g。

[功用] 理气通乳。

[适应证] 乳汁不足,渐至全无,乳房不涨,伴有面白纳少,气短便溏,唇爪淡白无华。

[用法] 上药煎汤一小锅,过滤去渣,加入猪前蹄,小火煨至极烂,随意饮汤食猪蹄。轻度缺乳者,单用通草 50~100g,煨猪前蹄,服食即可。

三十七、产后腹痛

产后以小腹疼痛为主要症状者,称"产后腹痛"。

1. 当归生姜羊肉汤(《金匮要略》)

［组成］当归 60g,生姜 150g,羊肉 500g。

［功用］温补气血。

［适应证］产后血虚腹痛,腹痛绵绵,头晕心悸,面色苍白,身倦乏力,舌质淡,脉细。

［用法］先用 3 000ml 水煮羊肉,取其汁 1 500ml 煎药得 800ml,每服 100ml,日 3 服。

2. 元胡泽兰汤(《古今特效单验方》)

［组成］延胡索 9g,泽兰 9g。

［功用］行气止痛,活血化瘀。

［适应证］产后瘀血腹痛,小腹疼痛拒按,恶露量少,胸胁胀痛,舌质有瘀点等。

［用法］水煎,日 1 剂,分 3 次服。

3. 益母草膏(《上海市药品标准》[①])

［组成］益母草 1 000g。

［功用］活血调经。

［适应证］适用于月经不调,产后瘀阻腹痛等证。

［用法］加砂糖 40% 制成膏剂。每服 1 汤匙,日服 2 次。

三十八、产后便难

产后大便不畅,或大便干结,或数日不解,难以解出者,称为"产后便难"。

1. 养血润燥汤(《朱小南妇科经验选》[②])

［组成］油当归 9g,炒黑芝麻 12g,柏子仁 9g,制香附 6g,炒枳壳 4.5g,焦白术 6g,甜花蓉 9g,云茯苓 9g,陈皮 6g。

［功用］润肠通便。

［适应证］产后大便难,面色无华,舌淡苔白,脉弱。

［用法］水煎服,每日 1 剂,早晚温服。

［辨证用药］数日未便者加全瓜蒌。

2. 阿胶枳壳丸(《太平惠民和剂局方》)

［组成］阿胶 60g,枳壳 60g。

［功用］和血滋阴,除风润燥,行气宽中。

［适应证］产后血虚津亏大便干燥,数日不解,或解时艰涩难下,但无腹胀痛,饮食如常。面色萎黄,皮肤不润,舌淡苔薄,脉虚而涩。

［用法］上药研末,炼蜜为丸,每丸 10g,日 3 服,每服 1 丸。或用上药剂量减半,水煎服。

3. 乌梅导方(《普济方》)

［组成］乌梅 14 枚。

［功用］敛液生津。

① 上海市卫生局.上海市药品标准[M].上海:上海人民出版社,1975.

② 朱南孙,朱荣达.朱小南妇科经验选[M].北京:人民卫生出版社,2005.

［适应证］产后血虚津亏大便干燥,数日不解,或解时艰涩难下,但无腹胀痛,饮食如常。面色萎黄,皮肤不润,舌淡苔薄,脉虚而涩。

［用法］用乌梅14枚,温汤浸取肉,捣丸如枣大,每服1枚,纳入肛门1枚。

三十九、产后血晕

产妇刚分娩后,突然头晕眼花,四肢厥冷,甚则神昏口噤,称"产后血晕"。一般分血虚气脱、瘀阻气闭两个类型。本病不论虚实,俱属危急,均需立即抢救,必要时可中西医结合治疗。

1. 独参汤(《十药神书》)

［组成］人参30g。

［功用］补气固脱。

［适应证］一切血虚气脱症。产后失血过多突然昏眩,面色苍白,心悸,渐至昏不知人,眼闭口开,或见四肢厥冷,冷汗淋漓,舌淡,脉微欲绝。

［用法］水煎频服。

［按语］本方可治疗一切血虚气脱所引起的病症。

2. 益母草汁(《普济方》)

［组成］益母草1 000g。

［功用］活血祛瘀。

［适应证］瘀阻气闭型产后血晕,心气绝。

［用法］将新鲜益母草研碎取汁,取1小碗服之。

四十、产后痉症

产后发生四肢抽搐,项背强直,甚则口噤角弓反张,称"产后痉症"。分阴血亏虚和感染邪毒两型。后者相当于西医的产后破伤风症,为产后急重症之一,必须配合西医积极进行抢救。

1. 小定风珠(《温病条辨》)

［组成］鸡子黄9g(生用),真阿胶6g(烊化),生龟甲18g(先煎),童便1杯。

［功用］滋阴养血,柔肝息风。

［适应证］阴血亏虚产后发痉。头项强直,牙关紧闭,四肢抽搐,面色苍白或萎黄,舌淡红无苔,脉虚细。

［用法］用水5杯先煮龟甲,得2杯,入阿胶上火烊化,待药凉至30℃时加鸡子黄搅拌均匀,再冲童便频服。

2. 止痉散(《古今特效单验方》)

［组成］全蝎9g,蜈蚣9g,炒芥穗15g,独活3g。

［功用］解毒镇痉息风。

［适应证］感染邪毒的急痉证。产后突然发痉,昏不识人,颈项强直,牙关紧闭,手握不开。身体发热,面色时红时青,呈苦笑状,脉浮弦而劲。

［用法］共研为末,黄酒兑开水,冲服3g,如无效,2小时后再服。

四十一、产后恶露不绝

产后恶露,在正常情况下,一般在20天内便完全排尽,如超过这段时间,仍淋漓不断者,称"产后恶露不绝"。

一般临床上分气虚、血热、血瘀三型。

1. 升麻汤(《备急千金要方》)

[组成]升麻 90g。

[功用]升阳举陷。

[适应证]气虚型产后恶露不止。产后恶露过期不止,量多,色淡红,质稀薄,无臭气,小腹空坠,面色苍白,舌淡,脉缓弱。

[用法]用升麻 90g,以清酒 150g,煮取 60g 去滓,温服。每服 10ml,日 2 服。

2. 栀子汤(《备急千金要方》)

[组成]栀子 10g,当归 20g,芍药 20g。

[功用]养阴清热止血。

[适应证]产后血热型恶露不止,量多色红质稠黏,面色潮红,口燥咽干,舌质红。

[用法]水煎,日 1 剂,分 3 服。

3. 泽兰汤(《备急千金要方》)

[组成]泽兰 20g,当归 10g,生地黄 20g,甘草 15g,生姜 30g,芍药 10g,大枣 40g。

[功用]逐瘀生新。

[适应证]瘀血型恶露不绝。产后少腹疼痛,少腹胀满,恶露不绝,血多紫黑或夹有血块,舌质紫黯。

[用法]水煎,日 1 剂,分 3 服。

4. 缩宫逐瘀方(许润三验方①)

[组成]川芎 10g,当归 10g,枳壳 10g,生蒲黄 20g,生五灵脂 10g,党参 20g,益母草 15g。

[功用]缩宫逐瘀。

[适应证]产后恶露不绝,不全流产及痛经等病。

[用法]水煎,日 1 剂,分 3 服。

[辨证用药]血虚明显者,党参改用 50g;出血量多者,党参改用 100g;腹痛甚者,五灵脂改用 15g;瘀血块多者,加三七粉 3g^(分冲);出血日久者,加桑叶 20g;血气臭者,加黄柏 10g;浮肿者,加生黄芪 50g;食欲不振者,加生山楂 15g。

四十二、产后发热

产妇分娩后,全身发热,称"产后发热"。临床上分感染邪毒、血瘀、外感、血虚四型。

1. 加减五味消毒饮(《医宗金鉴》)

[组成]金银花 15g,野菊花 25g,蒲公英 15g,紫花地丁 15g,紫背天葵 12g,仙鹤草 15g。

[功用]清热解毒。

[适应证]感染邪毒型产后发热。高热寒战,小腹疼痛拒按,恶露量或多或少,色紫黯如败酱,有臭气,烦躁口渴,尿少色黄,大便燥结,舌红苔黄,脉数有力。

[用法]水煎,日 1 剂,分 3 次服。

① 许润三.缩宫逐瘀方[N].中国中医药报,1990-05-04(4).

2. 生化汤(《傅青主女科》)

[组成] 当归 15g,川芎 12g,桃仁 12g,炮姜 10g,炙甘草 10g。

[功用] 活血化瘀,温经止血。

[适应证] 产后血瘀发热。寒热时作,恶露不下,或下亦甚少,色紫黯有块,小腹疼痛拒按,口干不欲饮,舌紫黯或有瘀点,脉弦涩。

[用法] 水煎,日 1 剂,分 3 次服。

3. 荆防双解散(《古今特效单验方》)

[组成] 炒荆芥 9g,防风 4.5g,桑枝 15g,苏梗 9g,淡竹叶 9g,芥菜 9g。

[功用] 辛温解表。

[适应证] 外感型产后发热。产后恶寒发热,头痛肢体疼痛,无汗,或咳嗽流涕,脉浮。

[用法] 水煎,日 1 剂,分 3 服。

4. 人参当归养血汤(《景岳全书》)

[组成] 人参 9g(或党参 30g),当归 6g,生地黄 12g,白芍 12g,麦冬 9g,制首乌 12g,炙甘草 3g,粳米 30g,竹叶 10g。

[功用] 气血双补。

[适应证] 产后血虚发热。身有微热,自汗头晕目眩,心悸少寐,腹痛绵绵,手足麻木,舌淡红,苔薄,脉虚弦数。

[用法] 水 1 000ml,先煎粳米、竹叶 20 分钟,去渣,入诸药煎至 500ml,分温 3 服,日 1 剂。

四十三、产后自汗盗汗

妇人产后汗出不止,称"产后自汗"。若睡后汗出,醒来即止者称"产后盗汗"。常见气虚自汗和阴虚盗汗两型。

1. 黄芪汤(《济阴纲目》)

[组成] 黄芪 30g,白术 12g,防风 12g,熟地黄 12g,煅牡蛎 30g(先煎),白茯苓 12g,麦冬 10g,甘草 6g,大枣 10g。

[功用] 益气固表,和营止汗。

[适应证] 气虚自汗。产后汗出过多,不能自止,动则加剧;时有恶风身冷,气短懒言,面色㿠白,倦怠乏力;舌质淡,苔薄白,脉细弱。

[用法] 水煎温服。日 1 剂,分 3 服。

2. 治盗汗方(《串雅内编》)

[组成] 五倍子 5g。

[功用] 敛汗止血。

[适应证] 阴虚盗汗。产后睡中汗出,醒来自止,面色潮红,口燥咽干,或见五心烦热,午后较甚;腰膝酸软。舌嫩红或绛,少苔或无苔,脉细数无力。

[用法] 将五倍子研末,以水调成糊剂,临睡前填贴脐窝,上盖纱布,以胶布固定,次晨即可擦去,连用 2 夜。

四十四、产后身痛

妇女产褥期间,出现肢体酸痛、麻

木、重着者,称"产后身痛"。分血虚、风寒、肾虚三型。

1. 黄芪桂枝五物汤(《金匮要略》)

[组成]黄芪 15g,桂枝 10g,白芍 12g,生姜 9g,大枣 12g。

[功用]益气和血,温经通络。

[适应证]产后血虚型身痛。遍身关节疼痛,肢体酸楚、麻木,头晕心悸,舌质红少苔,脉细无力。

[用法]水煎温服。日 1 剂,分 3 服。

2. 趁痛散(《医宗金鉴》)

[组成]当归 15g,官桂 15g,白术 15g,黄芪 15g,独活 15g,牛膝 15g,生姜 15g,甘草 9g,薤白 9g,桑寄生 15g。

[功用]益气补血,温经止痛。

[适应证]产后感受风寒。周身关节疼痛,屈伸不利,或痛无定处,或疼痛剧烈,或肢体肿胀,麻木重着,得热则舒。

[用法]水煎,日服 1 剂,分 3 服。

四十五、乳痈

急性乳腺炎,中医称"乳痈"。一般发生在妇女哺乳期,其中尤以初产妇最为多见。本病多因乳头破损、畸形或内陷而致哺乳剧痛,影响乳汁充分被吸吮,或因乳汁多而婴儿不能吸空,或情志不畅、饮食不节等原因导致乳汁瘀滞,乳络不畅,败乳蓄久成脓。

乳痈初起,乳房肿胀触痛。皮色红赤结块,乳汁排出不畅,并伴有形寒发热,周身骨节酸痛等症。数日后见肿块增大,焮红疼痛,发热持续不退,硬块中央渐软,按之有波动感者,已到成脓阶段。经数日后即破溃而出脓,脓排尽后体温恢复正常,肿痛渐消,逐渐愈合。

1. 止痛如神汤(《外科启玄》)

[组成]苍术 15g,黄柏 20g,秦艽 15g,防风 15g,当归尾 15g,桃仁 15g,泽泻 15g,槟榔 7g。

[功用]祛风行湿清热,活血化瘀降浊。

[适应证]乳房疼痛,不能触碰,局部有硬块,红肿,伴恶寒发热,属湿邪壅滞,阻滞气机,气滞血瘀者。

[用法]水煎,日 1 剂,分 2 次服。

[辨证加减]乳汁壅塞甚者加王不留行 20g、漏芦 15g、木通 15g,疏肝通乳;发热者加石膏 30g^(先煎),清解透热;胸闷不舒加柴胡 15g、香附 20g,疏肝行气;乳房疼痛伴肿块明显者,加三棱 15g、莪术 15g,软坚散结;伴便秘者加黄芩 15g,配合槟榔行气通便。

2. 乳痈初起外敷方(《特效按摩加小方治病法》)

[组成]鲜仙人掌 200g。

[功用]清热解毒,散结消肿。

[适应证]皮色红赤结块,乳汁排泄不畅,并伴有形寒发热,周身骨节酸痛等症。

［用法］去皮、刺，切碎，捣烂，外敷患处。先施按摩，后敷此方。

3. 内消乳痈汤(《国医大师验案良方》)

［组成］橘叶 20g，大瓜蒌 20g^(切碎)，荆芥 9g，连翘 12g，浙贝母 12g，甘草节 100g，赤芍药 10g。

［功用］散结消痈。

［适应证］凡妇女不论产前、产后，乳房(一侧或两侧)突然红肿，时而作痛，全身酸楚，恶寒发热，纳减心烦，便干，舌质红或舌尖红绛，苔薄白或微黄，脉来浮数或滑数者。

［用法］水煎服，以水 250ml，先浸半小时，再以文火煎半小时，倒出药液加水适量，第二煎煎 20 分钟。将两煎合匀，趁热服一半，即卧床休息。根据气候冷暖调节衣服，以温覆取微汗为度。

［辨证加减］恶寒重者荆芥加至 12g；发热重者加僵蚕 10g。

4. 乳痈外消膏(《国医大师验案良方》^①)

［组成］桃仁 30g，青黛 15g，朴硝 30g，蜂蜜适量。

［功用］活血化瘀，散结消痈。

［适应证］凡乳房一侧或两侧局部红肿热痛初起者。

［用法］将前三药放入蒜臼内或粗瓷碗中，以木杵捣烂，再入蜂蜜同捣，成为稀膏状，摊于纱布上(以乳房红肿部位大小为准)，先将患部清洗，然后将药膏贴于患部，外以橡皮膏固定，1~2 日 1 换，连贴 5 天为 1 疗程。

5. 朱氏消癖舒乳方(《国医大师验案良方》)

［组成］蒲公英 30~60g，陈皮 10~15g，生甘草 5~10g。

［功用］消肿散结，理气散结。

［适应证］乳房局部红肿热痛。

［用法］均以黄酒为引。水煎服，每日 1 剂，分 2 次温服。

［辨证加减］红肿焮痛加漏芦、天花粉；乳汁排泄不畅加王不留行、白蒺藜；局部硬结较甚加炮穿甲片、皂角刺。

6. 瓜蒌牛蒡汤加减(《古今特效单验方》)

［组成］全瓜蒌 30g，牛蒡子 10g，黄芩 10g，金银花 30g，蒲公英 30g，陈皮 10g，甘草 6g。

［功用］化痰散结，清热解毒。

［适应证］乳痈初期，乳房肿胀疼痛伴恶寒发热。

［用法］水煎，日 1 剂，分 2 次服。

［辨证加减］乳汁瘀结甚者加路路通 12g；成脓期加黄芪 15g、穿山甲 12g。

四十六、阴挺

阴挺，西医称之为"子宫下垂"。

---

① 刘平，张婉瑜，杨建宁.国医大师验案良方［M］.北京:学苑出版社，2010.

本病多因素体虚弱，或产后气血未复，过早强力负重，以致气虚下陷，不能收摄胞宫而致。

患者自感阴道中有物脱出，或下坠于阴道口，甚或阴道口外，状如鹅卵，其色淡红，伴有下腹坠胀，腰部酸重，并见精神不振，面色萎黄无华。如不及时治疗，往往导致久延不愈。

1. 棉壳饮（《中医妇科学》[①]）

［组成］棉花根 60g，枳壳 30g。

［功用］益气和中。

［适应证］气虚型子宫下移或脱出阴道口外，劳则加剧，小腹下坠，四肢无力，少气懒言，面色少华，带下量多，舌淡苔薄，脉虚细。

［用法］水煎，日 1 剂，分 3 服。

2. 阴挺方一（《古今特效单验方》）

［组成］五加皮 30g。

［功用］补肝肾，壮筋骨。

［适应证］肾虚型子宫下脱，腰部酸痛，下半身沉重，夜晚睡不好，阴道流黄水，小便频数，舌淡。

［用法］水煎服，日 1 剂，分 2 次，并可以煎水外洗。

3. 阴挺方二（《古今特效单验方》）

［组成］连壳丝瓜络 30g。

［功用］益气和中。

［适应证］阴挺，不论新久及脱出程度如何皆治。

［用法］将连壳丝瓜络烧炭存性，

趁热研成细末，盛于杯中，速冲黄酒 200g，密盖勿令泄气，约 10~15 分钟后，分 2 次早晚服，第 3 日服 1 剂。

四十七、癥瘕

妇女下腹部有结块，伴有或痛、或胀、或满、或出血者称"癥瘕"。相当于西医的盆腔各种肿瘤。临床上分气滞、血瘀、痰湿三型。

1. 熨癥法（《普济方》）

［组成］吴茱萸 150g。

［功用］温中散寒，通经散瘀。

［适应证］气滞型癥瘕。小腹胀满，积块不坚，推之可移，或上或下，痛无定处，苔薄润、脉沉弦。

［用法］用吴茱萸和酒煮 30 分钟，用布将药包住，熨癥块。冷后将药炒后再熨，至癥消而止。

2. 生水蛭生山药末散（《岳美中医案集》）

［组成］生水蛭 60g，生山药 240g。

［功用］养正补气，活血逐瘀。

［适应证］血瘀型癥瘕。症见小腹中有积块坚硬固定不移，疼痛拒按，面色灰黯，肌肤乏润，月经量多或经期延后，舌边瘀点，脉沉涩，瘀血日久成积者。

［用法］上药共为细末，每服 9g，开水冲服，早晚各 1 次。

3. 加味导痰饮（《古今特效单

---

① 刘敏如. 中医妇科学［M］. 北京：人民卫生出版社，2007.

验方》）

［组成］制半夏 12g，茯苓 12g，陈皮 9g，甘草 3g，枳实 6g，川芎 6g，生姜 6g，青皮 15g，鳖甲 60g^(先煎)。

［功用］理气化痰，破瘀消癥。

［适应证］痰湿型癥瘕。腹中包块疼痛，身体肥胖，平素多痰，肤色苍白，头眩耳鸣，白带甚多，月经停闭，积久则腹大如怀孕状，恶心呕吐，舌淡，苔白腻，脉弦细而滑。

［用法］水煎温服。日 1 剂，分 3 次服。

四十八、脏躁

凡妇人情志抑郁，精神烦乱，哭笑无常，呵欠频作，称为"脏躁"。本病多为心阴不足所致。

甘草小麦大枣汤（《金匮要略》）

［组成］生甘草 9g，小麦 30g，红枣 60g。

［功用］益气除烦，养心安神。

［适应证］精神不振，情志易于波动，心中烦乱，发作时，呵欠频作，哭笑无常，不能自主，口干，大便干结等。

［用法］水煎，日 1 剂，分 3 次服。

四十九、阴痒

妇女阴道内或外阴部瘙痒，甚或疼痛，坐卧不安者，称"阴痒"。分肝肾阴虚、肝经湿热两型。

1. 知柏地黄汤（《症因脉治》）

［组成］熟地黄 12g，山茱萸 12g，

山药 12g，泽泻 18g，茯苓 10g，牡丹皮 10g，知母 10g，黄柏 12g。

［功用］滋肝肾，清伏火。

［适应证］肝肾阴虚型阴痒。症状见阴部干涩灼热瘙痒，或带下量少色黄，甚则如血样，五心烦热，头晕目眩，耳鸣，腰酸，脉细数无力。

［用法］水煎服，日 1 剂，分 3 次服。

2. 加味二妙散（《古今特效单验方》）

［组成］苍术 9g，黄柏 9g，土茯苓 9g，白芷 6g，蛇床子 6g，金银花 12g。

［功用］清热燥湿。

［适应证］湿热型阴痒。阴部瘙痒异常，时时出水，甚或疼痛，坐卧不宁，小便黄赤短涩，或淋沥不断，心烦，口苦，舌苔黄腻，脉滑数。

［用法］水煎，日 1 剂，分 3 次服。

五十、阴疮

妇人阴户肿痛，甚则化脓溃疡，黄水淋漓或阴户一侧凝结成块坚硬，或如蚕茧状者称"阴疮"。临床分热毒和寒凝两型。

1. 治阴疮方（《串雅内编》）

［组成］地龙 18g，葱 10g。

［功用］清热除湿，解毒杀虫。

［适应证］热毒型阴疮。阴户一侧或双侧忽然肿胀疼痛，行动艰难，继则肿处高起，形如蚕茧，约 3~5 天欲成脓，当局部症状进展时全身出现恶寒发热，口干纳少等症。

　［用法］将地龙、葱焙干为末，调蜜为丸，纳入阴户。

　2. 外洗方(《太平圣惠方》)

　［组成］防风 60g，大戟 60g，艾叶 150g。

　［功用］消肿散结，散寒止痛。

　［适应证］寒凝型阴疮。肿块坚硬，皮色不变，不甚肿痛，经久不消。

　［用法］上药为细末，煎汤去滓，趁热熏洗之。日 3 次，避风冷。

儿科病症

一、感冒

(一) 风寒感冒

荆防解表汤(《胡天成儿科临证心悟》[①])

［组成］荆芥5g,防风5g,苏叶6g,白芷5g,桔梗5g,细辛1.5g,蝉蜕5g。

［功用］疏风散寒,宣通肺窍。

［适应证］感冒初起,外感风寒轻证。发热恶寒,无汗,鼻塞,流清涕,打喷嚏,夜卧不安,偶咳嗽,舌淡苔白,脉浮紧或指纹不显。

［用法］清水煎,二煎混合,分作2次服,每日1剂。

(二) 风热感冒

风热感冒方(《中国百年百名中医临床家丛书·董廷瑶》[②])

［组成］桑叶6g,连翘10g,桔梗6g,黄芩10g,芦根30g,金银花10g,薄荷3g[(后下)],蝉蜕5g,淡豆豉10g,生甘草3g。

［功用］辛凉解表。

［适应证］风热感冒。症见发热重,微恶风,头身疼痛,口渴思饮,鼻塞流浊涕,咳嗽,咽红或喉核赤肿,舌红苔薄黄,脉浮数或指纹浮紫。

［用法］清水煎,二煎混合,分作2次服,每日1剂。

［辨证加减］若咳嗽重、痰稠色黄,加瓜蒌皮、黛蛤散宣肺止咳,清热祛痰;咽红肿痛加板蓝根、蒲公英、玄参清热利咽;大便秘结加枳实、生大黄[(后下)]通腑泄热。

(三) 时行感冒

防小儿H1N1流感方(《国医大

---

① 胡天成.胡天成儿科临证心悟[M].北京:人民军医出版社,2011.

② 王霞芳.中国百年百名中医临床家丛书·董廷瑶[M].北京:中国中医药出版社,2001.

师验案良方》[①])

［组成］金银花 3g,焦山楂 10g,生甘草 3g,薄荷 3g[(后下)]。

［功用］解表清里。

［适应证］预防甲型 H1N1 流感。

［用法］每日 1 剂,清水煎,每剂水煎 300~400ml,150~200ml/ 次,早晚各 1 次。可预防性服用 3~5 天。

(四) 反复呼吸道感染

1. 小儿复感灵(《贾六金中医儿科经验集》)

［组成］太子参 8g,炒白术 8g,茯苓 8g,陈皮 8g,姜半夏 6g,黄芪 8g,防风 8g,柴胡 6g,黄芩 6g,桂枝 6g,白术 8g,羌活 6g,独活 6g,板蓝根 8g,炒山楂、炒神曲、炒麦芽各 8g,甘草 6g。

［功用］健脾补肺,益气固表。

［适应证］反复呼吸道感染。

［用法］每日 1 剂,水煎服,日服 2 次。

2. 朱瑞群桂芪汤(《名医治验良方》)

［组成］桂枝 2g,白芍 12g,黄芪 15g,甘草 3g,生姜 2 片,红枣 10 枚。

［功用］调和营卫,益气固表。

［适应证］上呼吸道反复感染。

［用法］每日 1 剂,水煎服,日服 2 次。

二、乳蛾

乳蛾,是儿科常见的咽喉疾病,临床以咽喉两侧赤肿疼痛,吞咽不利为主要特征,相当于西医学的扁桃体炎。

1. 消蛾汤(《妇儿五官科病奇方》[②])

［组成］僵蚕 10g,蝉蜕 10g,姜黄 10g,桔梗 10g,甘草 10g,山豆根 10g,黄芩 10g,蒲黄 10g,玄参 15g,生大黄 9g[(后下)]。

［功用］疏风清热,凉血除湿,利咽消肿。

［适应证］小儿发热,咽喉一侧或两侧红肿疼痛,拒食少食,大便干结,小便黄,舌质红,苔黄或黄腻,脉数。

［用法］清水煎,二煎混合,分作 2 次服,每日 1 剂。

2. 升麻元明粉汤(《妇儿五官科病奇方》)

［组成］升麻 30g,元明粉 30g[(冲)]。

［功用］升阳发表,泄热攻下。

［适应证］小儿发热,咽喉一侧或两侧红肿疼痛,甚至有脓点,或斑点,拒食少食,大便秘结,小便黄,舌质红,苔黄厚或黄燥,脉数。

［用法］清水煎,二煎混合,分作 2 次服,每日 1 剂。

---

① 刘平 . 国医大师验案良方［M］. 北京:学苑出版社,2010.

② 田凤鸣,董军杰 . 妇儿五官科病奇方［M］. 北京:科学技术文献出版社,2007.

3. 易聘海乳蛾验方(《近代国医名家经典案例·儿科病证》[①])

[组成] 夏枯草30g,昆布9g,海藻9g,土牛膝9g。

[功用] 利咽散结消肿。

[适应证] 乳蛾反复发作。小儿一侧或两侧喉核肿大,表面不平,色淡红,咽干,微痛或不痛,舌红少苔或淡红舌,薄白苔。

[用法] 清水煎,二煎混合,分作2次服,每日1剂。

4. 徐小圃乳蛾验方(《近代国医名家经典案例·儿科病证》)

[组成] 川羌活9g,川桂枝3g,川厚朴3g,焦苍术9g,桔梗4.5g,牛蒡子9g,射干4.5g,轻马勃3g[(包)],蝉蜕4.5g,玉枢丹0.3g[(另吞)]。

[功用] 温化寒湿,利咽消肿。

[适应证] 乳蛾寒湿交阻。小儿发热,汗微头疼,四肢微凉,乳蛾白腐,不引饮,脉浮数。

[用法] 清水煎,二煎混合,分作2次服,每日1剂。

5. 凉膈清气液(《宋明锁儿科临证汇讲》[②])

[组成] 黄芩10g,连翘10g,栀子6g,玄参10g,牡丹皮10g,赤芍10g,僵蚕10g,蝉蜕6g,大黄3g[(后下)],枳壳8g,焦槟榔6g,炒莱菔子10g,甘草3g。

[功用] 凉膈通腑,清气泄热。

[适应证] 高热(体温多在39℃左右),烦躁,咽喉扁桃体红肿疼痛、化脓,部分患儿可伴颌下、颈部淋巴结肿大、疼痛,口气臭秽,大便秘结。舌质红,苔黄厚,脉数,指纹紫。

[用法] 清水煎,二煎混合,分作2次服,每日1剂。

[辨证加减] 高热不退可加石膏[(先煎)]、羚羊角粉[(冲)];大便秘结呈球状加玄明粉[(冲)];扁桃体化脓严重者加桔梗、天竺黄、冬瓜仁;苔白腻加滑石[(包煎)];苔白厚者天竺黄、石菖蒲。

三、咳嗽

咳嗽是小儿常见的一种症状,如感冒、支气管炎及肺炎等都可引起。中医认为,咳嗽一般分外感和内伤两种。外感咳嗽是由外邪侵袭肺脏,致肺气不宣,痰液壅塞肺道所致。症状表现是咳嗽有痰,鼻塞,流涕,恶寒,头痛,苔薄,脉浮。风寒致病,痰、涕清稀色白,恶寒重,而无汗,苔薄白;风热致病,涕黄稠,发热,稍怕冷,微汗出,口渴,咽痛,苔薄黄,脉浮数。内伤咳嗽,多由于体虚肺脏虚损,表现为久咳,下午低热,或干咳少痰,食欲不振,神疲乏力,形体消瘦。

① 朱音.近代国医名家经典案例·儿科病证[M].上海:上海科学技术出版社,2011.

② 宋明锁.宋明锁儿科临证汇讲[M].北京:学苑出版社,2016.

1. 北京儿童医院咳嗽一号方（《金厚如儿科临床经验集》[①]）

［组成］桑叶9g，菊花9g，杏仁3g，白前9g，青黛3g，枇杷叶6g，桔梗3g。

［功用］疏风清热，宣肃肺气。

［适应证］风热咳嗽，症见咳嗽不爽，痰黄量少，不易咳出，鼻流黄涕，或发热，或不发热，口渴，咽干或咽喉疼痛，舌红苔薄黄，脉浮数或指纹浮紫。

［用法］清水煎，二煎混合，分作2次服，每日1剂。

［辨证加减］发热在38℃左右，舌苔微腻，微喘，流涕有痰，可加鲜芦根18g、北沙参6g、前胡6g；发热高，有痰流涕，大便正常，不口渴，舌苔薄白加麻黄0.9g、生石膏9g[(先煎)]、甘草1.5g。

2. 清肺化痰汤（《宋明锁儿科临证汇讲》）

［组成］桑白皮8g，杏仁8g，黄芩8g，连翘8g，芦根10g，陈皮8g，苏子8g，枳壳8g，瓜蒌8g，胆南星8g，天竺黄8g，焦槟榔6g，炒莱菔子10g，前胡8g，甘草3g。

［功用］清肺化痰止咳，畅表通腑泻浊。

［适应证］肺热或风热咳嗽，症见咳嗽声重不爽，痰黄黏稠，或发热，或不发热，或喷嚏、流涕，口渴咽干，面赤唇红，纳呆便干，舌红苔厚，指纹紫滞，脉滑数，或浮数。

［用法］清水煎，二煎混合，分作2次服，每日1剂。

3. 三拗汤（《太平惠民和剂局方》）

［组成］炙麻黄5g，杏仁5g，甘草5g。

［功用］宣肺解表止咳。

［适应证］外感风邪，鼻塞身重，语音不出，咳嗽胸闷，舌淡苔白，脉浮。

［用法］生姜入清水煎，二煎混合，分作2次服，每日1剂，趁热顿服，服后盖被取微汗出。

4. 加味华盖散（《医宗金鉴》）

［组成］麻黄4g，杏仁6g，炒苏子6g，前胡6g，橘红6g，桑白皮6g，赤茯苓6g，桔梗6g，甘草3g

［功用］宣肺散寒止咳。

［适应证］风寒咳嗽。发热恶寒，鼻塞流涕，咳嗽声重，痰白稀薄。

［用法］水煎，日1剂，分2次食后温服。

5. 木蝴蝶汤（《古今特效单验方》）

［组成］木蝴蝶9g，桑叶9g，菊花6g，杏仁6g，桔梗6g，浙贝母6g，黄芩6g，甘草3g。

［功用］疏风清热，宣肺止咳。

［适应证］风热咳嗽。发热恶风，

---

① 北京儿童医院.金厚如儿科临床经验集［M］.北京：人民卫生出版社，2008.

咳嗽痰黄,咽红,舌质红,苔薄黄,脉浮数。

［用法］水煎,日1剂,分3次温服。

6. 清气化痰汤(《医方考》)

［组成］瓜蒌仁6g,陈皮6g,黄芩6g,杏仁6g,枳实6g,茯苓6g,胆南星9g,制半夏9g,生姜3片。

［功用］清热化痰止咳。

［适应证］痰热咳嗽。咳嗽痰黄,咳之不爽,大便干结,舌质红,苔黄,脉滑数。

［用法］水煎,日1剂,分3次温服。

四、发热

发热是由于致热原的作用使体温调定点上移而引起的调节性体温升高,中医分外感发热与内伤发热。

1. 银柴退热汤(《贾六金中医儿科经验集》)

［组成］柴胡10g,黄芩10g,金银花10g,连翘10g,牛蒡子10g,桔梗10g,射干10g,北豆根4g,板蓝根10g,大青叶10g,紫花地丁10g,荆芥10g,淡豆豉10g,甘草6g。

［功用］辛凉透表,清热解毒。

［适应证］外感发热,无汗或有汗不畅,咳嗽咽痛,或兼见胸闷脘痞,不欲饮食,甚或呕吐,舌尖红,苔薄白或薄黄,脉浮数。

［用法］水煎服,每日1剂,分2

次温服。

［辨证加减］兼食滞者,加焦三仙、炒莱菔子、鸡内金;兼咽红赤肿者加山豆根、射干;兼里热者加石膏^(先煎)。

2. 施今墨退热验方(《近代国医名家经典案例·儿科病证》)

［组成］干芦根5g,酒黄芩3g,赤芍药3g,干茅根5g,酒黄连1.5g,赤茯苓5g,葛根3g,蝉蜕3g,苍术炭3g,川厚朴1.5g,炒建曲3g,炒香豉5g,白通草1.5g,赤小豆6g,炙草梢1.5g。

［功用］清热解表,消食导滞。

［适应证］外感风邪,内蓄郁热,消化不良。

［用法］水煎服,每日1剂,分2次温服。

3. 赵心波验方(《近代国医名家经典案例·儿科病证》)

［组成］大青叶10g,麦冬10g,黄芩6g,神曲6g,牛子3g,薄荷2.4g^(后下),淡豆豉3g,杭菊10g,炒枳壳6g,焦军5g^(后下),生石膏12g^(先煎)。

［功用］表里双解。

［适应证］宿滞内蓄,兼染表邪。

［用法］水煎服,每日1剂,分2次温服。

4. 银黄双解汤(《宋明锁儿科临证汇讲》)

［组成］金银花10g,黄芩10g,连翘10g,芦根10g,薄荷8g^(后下),牡丹皮8g,僵蚕8g,蝉蜕8g,大黄3g^(后下),枳壳8g,焦槟榔6g,炒莱菔子10g,甘草3g。

［功用］疏风清热，表里双解。

［适应证］鼻塞喷嚏，流涕发热，微恶风，汗出，咽痛充血明显，扁桃体肿大、充血，偶有咳嗽，口中气温，大便干，舌质红，苔黄或厚，脉浮数，或指纹紫滞。

［用法］清水煎，二煎混合，分作2次服，每日1剂。

［辨证加减］体温在38℃以上者加生石膏(先煎)；体温在38.5℃以上者加羚羊角粉(有抽搐惊厥史者提前使用)；舌苔厚腻者加滑石(包煎)、石菖蒲；咽部不利加天竺黄；扁桃体化脓者加赤芍、玄参、桔梗；音哑加木蝴蝶。

5. 陈红庆小儿退热灵(《中国中医秘方大全》)

［组成］僵蚕12g，蝉蜕12g，薄荷12g，荆芥12g，桔梗12g，黄芩20g，连翘20g，神曲20g，玄参20g，竹叶20g，山栀20g，甘草6g，蔗糖适量。

［功用］辛凉解表，清热解毒，利咽止咳，消食和中。

［适应证］小儿外感发热。

［用法］上药制成糖浆100ml，1岁以内每服5~10ml；1~2岁，10~15ml；2~5岁，15~20ml；6岁以上服20~25ml，日服3次。高热患儿服药体温未降者，以2小时服药1次，体温降后，仍依前法服用。

6. 滕宣光蒿柴薇丹汤(《名医治验良方》)

［组成］青蒿10g，银柴胡10g，白薇10g，牡丹皮10g。

［功用］清热凉营。

［适应证］小儿急性高热性疾病。

［用法］每日1剂，水煎服，日服2次或频服。

［辨证加减］兼咳嗽者，加苏子、桑白皮、黄芩、杏仁；兼咽喉肿痛者，加野菊花、大青叶。

五、肺炎喘嗽

肺炎喘嗽是因感受外邪，郁闭于肺而引起的常见疾病，以发热、咳嗽、气急、鼻煽、痰壅为主要临床表现。早期及时治疗，预后良好，年幼及体质较差小儿，患病之后，病情容易反复，迁延难愈。

1. 徐小圃验方(《近代国医名家经典案例》)

［组成］生麻黄4.5g，川桂枝4.5g，杏仁9g，白芥子4.5g，制南星4.5g，象贝母9g，姜半夏9g，橘红4.5g，远志肉4.5g，生姜汁十五滴(冲)，苏合香丸1粒(研细，鲜石菖蒲9g，煎汤化服)。

［功用］辛开宣肺，止咳平喘。

［适应证］风邪客肺，肺气闭塞。

［用法］每日1剂，水煎服，日服2次。

2. 清肺化痰汤(《宋明锁儿科临证汇讲》)

［组成］桑皮10g，杏仁10g，黄芩10g，连翘10g，芦根10g，陈皮10g，苏子10g，枳壳10g，瓜蒌10g，胆南星

10g,天竺黄 10g,炒莱菔子 10g,前胡 10g,焦槟榔 6g,甘草 3g。

［功用］清肺化痰止咳，畅表通腑泻浊。

［适应证］肺热或风热咳嗽，症见咳嗽声重不爽，痰黄黏稠，或发热，或不发热，或喷嚏、流涕、口渴咽干，面赤唇红，纳呆便干，舌红苔厚，指纹紫滞，脉滑数或浮数。

［用法］每日 1 剂，水煎服，日服 2 次。

3. 北京儿童医院肺一号方（《金厚如儿科临床经验集》）

［组成］麻黄 1.5g,杏仁 6g,生石膏 15g^(先煎),甘草 1.5g,金银花 9g,连翘 9g,鲜芦根 15g,鲜茅根 15g。

［功用］清热开肺，止咳平喘。

［适应证］气管炎、肺炎初期之发热，咳喘，或后期咳喘者。

［用法］每日 1 剂，水煎服，日服 2 次。

六、哮喘

支气管哮喘是一种由多种细胞（如嗜酸性粒细胞、肥大细胞、中性粒细胞和 T 淋巴细胞、气道上皮细胞等）和细胞组分参与的支气管反应性过度增高的疾病，以发作性伴哮鸣音的呼气性呼吸困难为主要临床特征。

中医认为，其发生因宿痰内伏于肺，由于复感外邪、饮食、情志、劳倦等诱因，诱动内伏之宿痰，致痰阻气道，肺不得宣，肺气上逆，发而为喘；久病之后或体质素弱，肾气虚损，气不归纳，诸气上浮而致喘。哮病的病位在肺，多为实证，其反复发作，易损伤脾、肾、心，则由实转虚，表现为肺、脾、肾、心等脏器的虚弱之候。肺虚气不化津，则易受外邪侵袭；脾虚运化失司，则积湿生痰；肾虚摄纳失常，则阳虚水泛为痰；心虚鼓脉无力，则易发生"喘脱"危候。

1. 定喘汤（《摄生众妙方》）

［组成］白果 9g^(去壳砸碎炒黄),麻黄 9g,苏子 6g,款冬花 9g,杏仁 9g,桑白皮 9g,黄芩 6g,半夏 9g,甘草 3g。

［适应证］热性哮喘。咳喘哮鸣，痰稠色黄，苔黄腻，脉滑数。

［用法］水煎，每日 1 剂，不拘时，徐徐服。

2. 小儿哮喘基本方（《刘弼臣用药心得十讲》^①）

［组成］辛夷 10g^(包煎),苍耳子 10g,玄参 10g,板蓝根 10g,山豆根 5g,钩藤 10g^(后下),地龙 10g,紫石英 15g,秦皮 10g。

［功用］调肺平肝，温肾降气，化痰平喘。

［适应证］哮喘发作期和缓解期均可应用。

① 刘弼臣.刘弼臣用药心得十讲[M].北京:中国医药科技出版社,2012.

［用法］水煎服，每日1剂，早晚温服。

3. 王烈小儿止哮汤（《婴童哮论》[①]）

［组成］苏子15g，地龙15g，前胡15g，麻黄5g，川芎15g，射干10g，黄芩10g，苦参5g，白鲜皮10g，刘寄奴10g。

［功用］止哮平喘，活血化瘀。

［适应证］用于小儿哮喘发作期的热哮。包括小儿哮喘性支气管炎、支气管哮喘、毛细支气管炎等。症见咳嗽气促、喉间哮鸣为著，甚则呼吸困难，喘憋，烦躁不得卧，双肺满布哮鸣音。咽红，舌红，苔黄，溲赤，便秘。

［用法］2日1剂。水煎两次，煎出液总量约300ml（5岁量），分6次温服，每日3次，每次50ml。

4. 蒲辅周宣肺散寒化饮解表方（《中国历代名医名方全书》[②]）

［组成］射干2g，麻黄1.5g，细辛1.5g，五味子30枚，生姜2片，法半夏6g，紫菀2.5g，款冬花2.5g，大枣4枚。

［功用］宣肺散寒，化饮解表。

［适应证］小儿哮喘发作期，证偏寒性。

［用法］水煎服，每日1剂，早晚温服。

5. 肖正安加味金水六君片（《古今儿科临床应用效方》[③]）

［组成］陈皮 g，半夏9g，茯苓9g，熟地黄9g，当归3g，女贞子9g，菟丝子9g，白鲜皮15g，沙参15g，胡桃肉15g，补骨脂9g，甘草3g。

［功用］益肺化痰，健脾补肾。

［适应证］小儿哮喘，缓解期善后用。

［用法］水煎服，每日1剂，早晚温服。

七、鹅口疮

鹅口疮是由真菌感染，在黏膜表面形成白色瓣膜的口腔疾患，多见于新生儿、婴儿泄泻及营养不良或麻疹等病后期。

1. 钩藤汤（《何氏济生论》）

［组成］生地黄3g，淡竹叶3g，白蒺藜2g，钩藤2g[(后下)]，木通4g，蝉蜕1g，甘草1g。

［功用］清热泻火。

［适应证］婴儿鹅口疮。

［用法］汤剂，煎服。每日1剂，分多次频服。

2. 薄荷石膏散（《小儿常见病家庭单验方》[④]）

［组成］鲜薄荷15~20g，生石膏

① 王烈. 婴童哮论［M］. 长春：吉林科学技术出版社，2001.

② 张宝义. 中国历代名医名方全书［M］. 北京：中国画报出版社，2003.

③ 张奇文. 古今儿科临床应用效方［M］. 济南：山东科学技术出版社，1992.

④ 严善余. 小儿常见病家庭单验方［M］. 福州：福建科学技术出版社，1993.

10~15g。

［功用］清热解毒。

［适应证］鹅口疮白屑堆积,边缘红晕,面赤唇红,烦躁哭啼,口干渴,便结尿赤。

［用法］将石膏打碎,放锅内加水200ml,煮取50ml,除去渣滓,候凉待用;另取薄荷叶用凉开水洗净、晾干、捣烂绞取原汁。用消毒棉签或纱布蘸薄荷汁轻轻拭抹口腔,稍候片刻,再取石膏水分1~2次灌完。每日1剂,连用3~5剂。

3. 吴茱萸附子膏(《小儿常见病家庭单验方》)

［组成］吴茱萸10g,附子10g。

［功用］滋阴降火,引火归原。

［适应证］鹅口疮阴虚火旺,白屑散在,红晕不著,形体怯弱,面白颧红,潮热盗汗,便溏舌嫩。

［用法］上药共研细末,用米醋调成稀糊状,涂抹患儿涌泉穴,先以塑料布裹一层,然后再以洁净布裹一层,以不松不紧为宜。连涂2次即效。

八、口疮

口疮是由普通感冒、消化不良、精神紧张、郁闷不乐等情况引起的,好发于唇、颊、舌缘等,在黏膜的任何部位均能出现,但在角化完全的附着牙龈和硬腭则少见。

1. 泻脾散(《小儿药证直诀》)

［组成］藿香9g,栀子6g,生石膏15g[先煎],甘草6g,防风9g。

［功用］泻脾胃伏火。

［适应证］实火口疮。口腔溃疡面较多,表面为黄白色小溃烂点,边缘鲜红,疼痛较甚,兼有发热,口臭流涎,大便干结,小便短赤。

［用法］水煎,每日1剂,分早晚温服。

2. 甘草泻心汤(《黄煌经方》[①])

［方剂］生甘草10g,黄芩9g,干姜9g,半夏9g,黄连3g,大枣10g。

［功用］泻火解毒。

［适应证］口腔溃疡反复发作,心烦气躁,睡眠质量不高。

［用法］水煎,每日1剂,分早晚温服。

3. 周慕新口疮验方(《周慕新儿科临床经验选》[②])

［组成］黄芩3g,黄柏3g,黄连3g,生地黄10g,木通6g,竹叶6g,甘草稍3g,麦冬10g,吴茱萸0.3g,锡类散[口腔外用]。

［功用］清热利湿除烦。

［适应证］鹅口疮,口糜,流涎拒食,心烦急躁,尿黄,便干。

［用法］水煎,日1剂,分3次温服。

---

① 黄煌.黄煌经方[M].北京:中国中医药出版社,2020.

② 赵玉贤.周慕新儿科临床经验选[M].北京:北京出版社,1981.

4. 王鹏飞口疮验方(《王鹏飞儿科临床经验选》[①])

[组成] 青黛 3g,紫草 9g,乳香 6g,白芷 6g,金橄榄 9g,寒水石 9g[(先煎)]。

[功用] 清热解毒活血。

[适应证] 肝胃不和,血热瘀滞证。

[用法] 水煎,日 1 剂,早晚温服。

[辨证加减] 如腹泻后脾胃虚弱之患者,并发口疮溃疡时,还可用肉桂以引火归元。

九、呕吐

呕吐是小儿常见的一种症状,可见于消化不良、急性胃炎、贲门痉挛、幽门痉挛、梗阻等病症。中医认为,凡因为外感内伤导致胃气上逆,都能引起呕吐。

1. 砂半理中汤(《胡天成儿科临证心悟》)

[组成] 砂仁 9g[(后下)],法半夏 9g,炮姜 6g,太子参 9g,炒白术 9g,甘草 3g。

[功用] 温中散寒,和胃降逆。

[适应证] 脾胃虚寒,食欲不振,食后良久呕吐,呕吐物为清稀水或不消化食物,伴面白神倦,四肢欠温,腹痛绵绵,得温则舒,大便溏薄,舌淡苔白,脉濡弱。

[用法] 水煎,每日 1 剂,分早晚温服。

2. 家秘消滞汤(《症因脉治》)

[组成] 苍术 5g,陈皮 5g,厚朴 5g,莱菔子 5g,山楂 5g,麦芽 5g,甘草 5g,枳实 2.5g,大枣 4 枚,生姜 3 片。

[适应证] 伤食型呕吐。吐出物酸臭,不思乳食,口气臭秽,腹部作胀,大便秘结,或泻下酸臭,舌苔厚腻。

[用法] 水煎,日 1 剂,频服。

[按语] 本方具有燥湿运脾,行气和胃,消积导滞之功效,适用于伤乳伤食、停滞中脘之呕吐。

十、腹痛

腹痛为小儿常见的一种症状,牵涉的范围很广,这里是指非外科急腹症所引起的腹痛。主要由于腹部受凉,寒邪结于肠间;或由于乳食停滞,气机不通;或由于虫积腹中,扰乱气血引起。

1. 施今墨验方(《近代国医名家经典案例·儿科病证》)

[组成] 巴戟天 3g,紫河车 3g,生地黄 3g,熟地黄 3g,荔枝核 5g,川楝子 3g,党参 3g,白术 3g,炒吴茱萸 3g,杭芍 6g,鹿角胶 3g[(烊化)],甘草 1.5g。

[功用] 培补脾肾。

[适应证] 腹痛,证属先天不足,阳气不充者。

[用法] 水煎,每日 1 剂,分早晚温服。

① 北京儿童医院.王鹏飞儿科临床经验选[M].北京:北京出版社,1981.

2. 赵心波验方(《近代国医名家经典案例·儿科病证》)

[组成] 川楝子 10g,乌药 6g,木香 2.4g,郁金 6g,香附 6g,姜黄 10g,桃仁 5g,川朴 6g,焦三仙各 6g,焦军 6g$^{(后下)}$,炮姜 3g。

[功用] 调气散郁止痛。

[适应证] 寒湿郁阻中焦,气滞作痛。

[用法] 水煎,每日 1 剂,分早晚温服。

3. 理气止痛验方(《小儿常见病家庭单验方》)

[组成] 砂仁、白蔻仁、广木香各等份。

[功用] 理气止痛。

[适应证] 气滞脘腹胀闷或攻窜不定,嗳气不舒。

[用法] 共研细末,温开水冲服,每日 3 次,每次 3g。

4. 金厚如腹痛一号方(《金厚如儿科临床经验集》)

[组成] 桂枝 6g,杭芍 9g,丹参 9g,延胡索 6g,麦芽 9g,木香 3g。

[功用] 甘酸缓痉,调气通络。

[适应证] 腹痛由于肝邪犯胃、脾胃失和。

[用法] 水煎,日 1 剂,早晚分服。

5. 丁桂散膏(《儿科临床应用效方》[①])

[组成] 公丁香 30 个,肉桂 10g,白胡椒 40 粒,白豆蔻 30 粒。

[功用] 温中止痛。

[适应证] 感寒后腹痛发作,啼哭不止,肠鸣辘辘,腹部柔软,喜温喜按;受寒后腹泻,大便稀溏或蛋花样,日大便十次以内。一般无全身症状。

[用法] 共研细末,用 100 目筛筛过,贮瓶备用。用时药末 1~1.5g,填敷脐中,贴万应膏,3 天后除去,或换药再贴 1 次。

6. 姜枣止痛汤(《小儿常见病家庭单验方》)

[组成] 干姜 10g,红枣 10 枚,饴糖 30g。

[功用] 温中补虚,散寒止痛。

[适应证] 患儿脾肾虚寒腹痛,脏腑虚冷,腹痛绵绵,时作时止,得温则舒,得食则缓,精神怠倦,肢清面冷,食少,或食后作胀,大便稀溏。

[用法] 姜、枣共煎,取汁去渣,再调入饴糖,稍煮片刻即可。每日分 2 次,饴糖分 2 次调。

7. 定痛散(《证治准绳》)

[组成] 神曲 5g,香附 5g,山楂 10g,良姜 3g,当归 3g,干姜 3 片,甘草 3g。

[适应证] 实寒型腹痛。腹痛阵阵发作,曲腰啼叫,得温较舒,面色苍白,四肢发凉。

[用法] 水煎,日 1 剂,分 3 次温服。

① 张奇文.儿科临床应用效方[M].济南:山东科学技术出版社,2015.

［按语］本方具有温中行气、散寒止痛之功效,适用于实寒型腹痛。

8. 活血汤(《寿世保元》)

［组成］当归尾 5g,赤芍 5g,桃仁 5g,牡丹皮 5g,延胡索 5g,乌药 5g,香附 5g,枳壳 5g,红花 2.5g,官桂 2.5g,木香 2.5g,川芎 3.5g,甘草 1g,生姜 1 片。

［功用］本方具有活血化瘀、行气止痛之功,适用于血瘀型腹痛。

［适应证］血瘀型腹痛。脘腹胀闷,痛而拒按,或痛如针刺,痛有定处,固定不移,舌紫黯或有瘀点。

［用法］水煎,日 1 剂,分 2 次服。

十一、腹泻

婴幼儿腹泻,是指粪便溏薄,甚至稀如水样,大便次数增多。此病大多发生在夏秋季节,中医认为,婴幼儿腹泻最易耗伤气血,如不及时治疗,迁延日久可影响小儿的营养、生长和发育。

1. 痛泻要方(《丹溪心法》)

［组成］炒白芍 9g,炒白术 9g,陈皮 6g,防风 6g。

［功用］平肝健脾。

［适应证］肝脾不和,腹痛腹泻,痛一阵泻一阵,时轻时重,时发时愈,情绪激动痛泻加重,苔白脉弦。

［用法］水煎,日 1 剂,分 2 次服。

［辨证加减］若大量反酸加煅瓦楞子 30g。

2. 二神丸(《普济本事方》)

［组成］破故纸 250g$^{(炒)}$,肉豆蔻 200g$^{(生用)}$,肥枣肉适量。

［功用］补肾助阳,温脾益胃,涩肠止泻。

［适应证］脾肾阳虚型泄泻。久泻不止,粪便清稀,完谷不化,形寒肢冷,舌淡白,脉沉迟无力。

［用法］共为细末,肥枣肉研膏,和丸如梧子大,早晚空心服 3~6g,米汤送下。

3. 藿香正气散(《太平惠民和剂局方》)

［组成］大腹皮、白芷、紫苏、茯苓各 3g,半夏曲 6g,白术 6g,陈皮 6g,厚朴 6g,苦桔梗 6g,藿香 9g,甘草 3g,生姜 3g,枣 1 枚。

［功用］疏风散寒,理气宽中,化湿导滞,调和脾胃。

［适应证］风寒泄泻。发热恶寒,肠鸣腹痛,腹泻或呕吐等。

［用法］水煎,每日 1 剂,分 2 次服。

4. 葛根黄芩黄连汤(《伤寒论》)

［组成］葛根 8g,黄芩 3g,黄连 3g,甘草 2g。

［功用］解肌清肠,表里同治。

［适应证］湿热泻。泻如水注,色黄而臭,或有少许黏液,肛门灼热,发热或不发热,口渴,小便短赤,指纹紫,苔黄腻。

［用法］水煎,每日 1 剂,分 2 次服。

5. 薯蓣粥(《医学衷中参西录》)

[组成] 薯蓣(即山药)500g。

[功用] 健脾止泻。

[适应证] 脾虚泄泻。大便稀溏，多在食后作泻。

[用法] 生怀山药500g，轧细过罗，每服20~30g，用冷水调入锅内，置炉上，不断以筷搅之，两三沸即成粥，调入白糖少许服之。

[按语] 山药既补脾气，又益脾阴，且兼涩性，煮粥食之，大有留恋肠胃之功，治泻收效更捷。

6. 加味理中汤(《近代名老中医经验集·王伯岳论儿科》[①])

[组成] 北沙参(或党参)9g，炒白术9g，炮姜6g，茯苓9g，泽泻6g，桂枝6g，猪苓6g，陈皮6g，生稻芽9g，炙甘草3g。

[功用] 温中利湿。

[适应证] 小儿经常腹泻，或食后即泻，大便稀溏，面色㿠白，四肢不温，腹隐隐作痛，精神倦怠，口不渴，脉沉缓，舌苔薄白或微黄。

[用法] 水煎服，日1剂，早晚分服。

[辨证加减] 寒甚，四肢凉，加制附片6g；腹痛甚，加吴茱萸3g、煨木香3g。

7. 白术散加减(《近代名老中医经验集·王伯岳论儿科》)

[组成] 太子参9g，白术9g，茯苓9g，陈皮6g，藿香9g，山药9g，升麻3g，炙黄芪9g，生稻芽9g，炙甘草3g。

[功用] 补养脾胃。

[适应证] 久泻不止，或经常腹泻，面黄肌瘦，精神倦怠，或四肢发凉，多见食后即泻，下利清谷，脉沉缓，舌质淡，苔薄。

[用法] 水煎服，日1剂，早晚分服。

[辨证加减] 水泻次数多，加煨肉豆蔻6g；腹隐痛、作呕，加葛根6g、木香6g；手足不温、腹痛，加桂枝6g、生姜3片。

十二、便秘

小儿便秘，是指小儿不能按时排便，排便时间延长或便质坚硬干燥，难以排出的一种病症。一般分为虚秘、实秘两类，前者多由气血虚弱，津液不足所致，后者则多因燥结气滞而成。实秘：大便干结，面赤身热，口臭唇赤，小便短赤，胸胁痞满，纳食减少，腹部胀痛，舌苔黄燥，指纹色紫。虚秘：面色苍白无华，形瘦乏力，便不坚或软，努挣难下，小便清长，腹中隐痛，四肢不温，舌淡苔薄，指纹色淡。

1. 王鹏飞通便汤(《王鹏飞儿科临床经验选》)

[组成] 钩藤10g[后下]，茯苓10g，化橘红6g，伏龙肝10g，甘草3g。

[功用] 调理脾胃，疏肝快膈，调

① 朱世增.《近代名老中医经验集·王伯岳论儿科》[M].上海:上海中医药大学出版社,2009.

理脏腑。

　　[适应证]小儿习惯性便秘。

　　[用法]水煎,日1剂,分2次温服。

　　2. 湿浊便秘方(《张泽生医案医话集》[1])

　　[组成]当归9g,薤白8g,全瓜蒌8g,桂枝3g,白芍9g,半夏8g,决明子8g,火麻仁12g,桃仁8g,杏仁8g,皂角子7粒。

　　[功用]健脾祛湿,润肠通便。

　　[适应证]脾虚湿浊,胃失通降,舌苔黄腻,胸腹胀满,或嗳气不舒。

　　[用法]水煎,日1剂,分2次温服。

　　3. 金厚如验方(《金厚如儿科临床经验集》)

　　[组成]玄参6g,生地黄9g,麦冬9g,酒大黄6g,元明粉3g[冲服],生甘草6g。

　　[功用]滋阴增液,泻热通便。

　　[适应证]一般是由于小儿喜干食,蔬菜吃得少,饮水少,水分不足,造成肠胃津液不足,又小儿为稚阳之体,水愈不足,则肠愈热,热与糟粕相结,燔灼津液,造成大便燥结,症见烦躁不寐,或见性情急躁,舌质偏红,苔黄或淡黄少津,脉弦濡而数。

　　[用法]水煎服,日1剂,分3次。

　　4. 五仁橘皮汤(《通俗伤寒论》)

　　[组成]杏仁9g,松子仁9g,郁李仁12g,桃仁6g,柏子仁6g,广橘皮6g。

　　[功用]肃肺化痰,润肠通便。

　　[适应证]肺有燥热,液亏肠闭。症见咳嗽不爽,多痰,胸满腹胀,大便秘结,舌红而干。

　　[用法]水煎,日1剂,早晚温服。

十三、痢疾

　　痢疾是小儿夏秋季较为常见的一种肠道传染病,以腹痛、腹泻、里急后重,便下赤白为主要症状。中医认为本病是感受暑湿或寒湿之邪所致。

　　根据症状特点,大致分为湿热痢、寒湿痢两种类型。

　　湿热痢:腹痛剧烈,便下赤白,里急后重,便时患儿哭闹不安,肛门灼热,壮热烦渴,舌赤唇干,甚则惊厥,小便短赤,苔薄黄腻,指纹深紫。

　　寒湿痢:腹痛隐隐,便下白色黏液,白多红少,食少神疲,畏寒腹胀,苔白腻,指纹色红。

　　1. 马齿苋汤(《乐清民间验方选编》[2])

　　[组成]马齿苋200g。

　　[功用]清热解毒,止血消痈肿。

　　[适应证]主治慢性痢疾,湿热泄泻。

　　[用法]水煎服。

①　张继泽. 张泽生医案医话集[M]. 南京:江苏科学技术出版社,1981.

②　乐清县卫生局. 乐清民间验方选编[M]. 温州:乐清县卫生局,1971.

2. 俞道生验方(《近代国医名家经典案例》[①])

[组成]土炒白术 4.5g,焦枳壳 2.4g,煨粉葛 3g,青防风 4.5g,广藿香 9g,云茯苓 9g,煨木香 2.4g,焙鸡内金 6g,焦谷芽 12g,福泽泻 6g,妙车前 9g,淡吴茱萸 1.5g,川桂枝 1.5g,饭蒸荷叶 1 角。

[功用]和胃化湿,导滞泄风。

[适应证]休息痢。

[用法]水煎服。

3. 周慕新痢疾验方(《周慕新儿科临床经验选》)

[组成]黄连 1.5g,木香 1.5g,金银花 10g,陈皮 3g,厚朴 3g,苍术 5g,扁豆 15g,莲子 12g,马齿苋 6g,乌梅 3g,生甘草 1.5g,另包生山药 15g[(水煎代茶)]。

[功用]清热燥湿,健脾止痢。

[适应证]急性痢疾,泻下频繁,赤白交杂,腹痛而胀,里急后重,不思饮食,恶心呕吐,舌质红,苔黄腻。

[用法]水煎,日 1 剂,早晚温服。

4. 李少川痢疾习用方(《李少川儿科经验集》[②])

[组成]藿香 9g,佩兰 9g,豆豉 9g,苏梗 9g,川厚朴 12g,葛根 6g,炒黄芩 9g,川连 5g,木香 5g,杭芍 10g,炒山楂 12g,炒六曲 6g,甘草 5g。

[功用]芳香疏化,苦坚厚肠。

[适应证]湿热痢。腹痛欲坠,大便欲解不得,下痢赤白相杂外,常伴有微热神烦,胸膺痞闷,四肢困倦,胃不思纳,舌红苔腻而垢。

[用法]水煎,日 1 剂,早晚温服。

[辨证加减]若脓血较重者可加地榆炭、荠菜花;大便欲解不得,频频欲坠,腹痛明显者可加大黄炭。

十四、厌食

厌食是指以长期食欲减退或食欲缺乏为主的症状。

1. 江育仁调脾散(《名医治验良方》)

[组成]苍术、山楂、六神曲各等份。

[功用]芳香助运,醒胃化滞。

[适应证]长期食欲不振,厌食,拒食,面黄消瘦,大便稀或夹有不消化食物残渣等一切脾胃失调证。

[用法]上药共研极细末,备用。3 岁以下,每次服 1g,日服 3 次,饭后服;3 岁以上每次服 1.5~2g,日服 3 次,饭后服。

2. 小儿厌食方(《名老中医学术经验整理与继承》)

[组成]太子参 15g,炒扁豆 10g,怀山药 15g,法半夏 12g,陈皮 10g,云苓 15g,炒薏苡仁 15g,炒神曲 10g,炒麦芽 10g,石斛 10g,枳实 3g。

① 李洁.近代国医名家经典案例[M].上海:上海科学技术出版社,2012.

② 马融.李少川儿科经验集[M].北京:人民卫生出版社,2013.

［功用］健脾开胃助运。

［适应证］小儿厌食、拒食，消化不良，慢性咳嗽，大便粗糙或夹不消化残渣、大便不成形。

［用法］水煎服，每日 1 剂，1 剂两煎，头煎加水 500ml 煎至 100ml；二煎加水 300ml 煎至 50ml。分 3 次服，连服 3 剂。小儿厌食，治疗需脾胃兼顾，不温不燥不滋，此方健脾养胃、助运，脾胃兼顾，燥湿不伤阴，健脾而不碍脾运。寓消于补，攻补并施，故临床效佳。

3. 马新云和胃消食汤（《名老中医学术经验整理与继承》）

［组成］连翘 12g，神曲 16g，麦芽 16g，山楂 20g，茯苓 12g，陈皮 12g，川厚朴 12g，砂仁 5g^(后下)，鸡内金 10g。

［功用］和胃消食。

［适应证］小儿厌食，脘腹痞满、胀痛，纳呆，嗳腐吞酸，恶心呕逆，睡卧不宁，大便干结，或便下酸臭，舌苔厚腻。

［用法］水煎服，每日 1 剂，早晚分服。

［辨证加减］腹痛、腹胀为食滞肠胃，气机不畅，加炒莱菔子 5g 以理气消胀；胃脘痞胀呕吐泛恶者为食滞中州，胃失和降，加枳壳 4g、藿香 6g、半夏 6g 以宽胸降逆止呕；身热而烦，舌红苔薄黄者为食积化热，加胡黄连 4g 以清热退蒸。

4. 蒋仰三温中运脾汤（《名医治验良方》）

［组成］制附子 3g^(先煎)，肉桂 1g，干姜 2g，炒白术 6g，炒苍术 5g，茯苓 6g，鸡内金 5g，焦山楂 10g，焦神曲 10g，炒枳实 6g，青皮 5g，陈皮 5g，甘草 3g。

［功用］温中运脾。

［适应证］小儿厌食证，寒湿中困、脾失健运型。

［用法］每日 1 剂，水煎服，日服 2 次，其中鸡内金应研末冲服方不破坏其有效消化酶素。

［辨证加减］本方加减后还可治疗寒湿中阻之滞泻、呕吐、积滞等脾胃运化失司之证。兼泄泻者，加砂仁 3g^(后下)、薏苡仁 30g；兼呕吐者，加姜半夏 6g、苏叶 6g、苏梗 6g、旋覆花 6g^(包煎)、蔻仁 3g^(后下)；兼积滞者，加槟榔 5g、莱菔子 6g、谷芽 10g、麦芽 10g。

十五、积滞

积滞，主要以不思乳食，食而不化，脘腹胀满，嗳气酸腐，大便溏薄或秘结酸臭为临床表现，一般有伤乳、伤食史。四季皆可发病，尤以夏令暑湿季节为多。以消食化积，行气导滞为基本治疗原则。

1. 丁氏化积丸（《百年百名中国中医临床家·丁光迪》）

［组成］黑丑 100g^(炒焦黄,研取头末)，白丑 100g^(炒焦黄,研取头末)，大麦芽 200g^(炒黄,研细末)。

[功用]调和脾胃,理气化滞。

[适应证]小儿食积不化,腹大形瘦,见食即厌,多饮水,二便不调,矢气异臭,时自太息,睡不安,或惊叫。面色晦黄,舌苔腻。有时肢凉,有时掌心热。亦治食少,厌食,面黄肉软,大便时涩。

[用法]二药和匀。另用生山药500g,最好是新挖出的,洗净,捣净汁,和药末,捏成小丸,如小绿豆大,晒干,轻放,防碎成粉。每服3~5g,1日2次。一般三四日即能见效;服后矢气多的,见效更快。

2. 三棱丸(《医宗金鉴》)

[组成]半夏5g,三棱3g,丁香1g,神曲6g,陈皮5g,枳实6g,黄连2g,生姜3g。

[功用]消食化积。

[适应证]小儿乳食积滞呕吐,不思乳食,脘腹胀满,唇舌正红,指纹沉滞。

[用法]煎汤,频服。

3. 健脾平胃散(《贾六金中医儿科经验集》)

[组成]太子参8g,炒白术8g,茯苓8g,苍术8g,陈皮8g,厚朴8g,砂仁6g(后下),白蔻仁6g(后下),炒三仙各8g,鸡内金8g,莱菔子8g,甘草6g。

[功用]健脾消食。

[适应证]小儿积滞。症见纳食减少,不欲饮食,时有口臭,舌红苔腻,脉滑。

[用法]水煎服,日1剂,早晚温服。

十六、疳积

疳积一证,多因小儿饮食失调,喂养不当,脾胃虚弱,消化不良所致,是一种慢性消化功能紊乱综合征。患儿大都身体瘦弱,毛发枯焦,发育迟缓,神疲乏力。本病患者由于抵抗力极度减低,常有各种并发症,如感冒、低血色素性贫血、多种维生素缺乏症等,故宜及时尽早治疗。

1. 丁氏化积丸(《蒲辅周医疗经验》[①])

[组成]焦三仙、鸡内金、山药适量。

[功用]消食化积,健脾开胃。

[适应证]体型消瘦,毛发枯黄而少,大便时稀时干,大便中时夹有不消化食物,烦躁啼哭,夜间易醒,纳差,舌质红,舌苔白厚,微腻,脉象弦滑,指纹紫滞。

[用法]焦三仙、鸡内金、山药的分量为1:2:3,共为细末,每次1.5~4.5g,红糖水送服,日2次。

2. 王锡章验方(《近代国医名家经典案例》)

[组成]白术6g,茯苓5g,白芍3g,厚朴6g,胡黄连3g,陈皮6g,炒神

---

① 中国中医研究院.蒲辅周医疗经验[M].北京:人民卫生出版社,2005.

曲 6g,炒谷芽 5g,青皮 5g,槟榔 5g,鸡内金 6g,生姜 2g,大枣 5g,甘草 3g。

［功用］消积理脾。

［适应证］积滞内停,渐成疳积。

［用法］水煎服,每日 1 剂,日 2 次。

3. 三甲散(《医方拾遗》[①])

［组成］醋炙鳖甲 100g,醋炙龟甲 100g,炒山甲 100g,槟榔 100g,使君子 100g。

［功用］杀虫除疳。

［适应证］疳积程度较重者,症见精神萎靡,面黄肌瘦,毛发焦枯,肚大筋露,纳呆便溏。

［用法］上药共研细末,用鸡蛋 1 个,将鸡蛋打一小孔,将蛋清蛋黄倒入碗内,加入药面 9g,搅匀,再装入蛋壳内,用面粉包裹,煮熟吃完,每天吃 1 个,一般吃 3~5 个,症状可以明显改善,轻者可以痊愈。

4. 金厚如疳积经验方(《金厚如儿科临床经验集》)

［组成］党参 9g,白术 6g,茯苓 9g,炙甘草 4.5g,焦槟榔 6g,焦山楂 6g,炒谷芽 9g,炒建曲 9g,炒麦芽 9g。

［功用］消补兼施,健脾助运。

［适应证］患儿体重减轻,乏力消瘦,面色晦黯,皮肤粗糙,颜面苍黄,腹部膨满胀大,食欲不振或择食,精神兴奋,爱哭,睡眠不安,或困倦懒言,末期

意识迟钝,倦怠不语,面目浮肿,体温偏低,脉迟不整,大便或坚硬,或消化不良。

［用法］水煎服,日 1 剂,分三次服。

十七、贫血

贫血是指单位容积循环血液内的血红蛋白量、红细胞数和红细胞压积低于正常的病理状态。

1. 王鹏飞贫血常用方(《王鹏飞儿科临床经验选》)

［组成］青黛 3g,黄精 9g,何首乌 9g,白及 9g,紫草 9g,千年健 9g。

［功用］补益气血。

［适应证］肝脾不和,气血亏虚证。患儿面色发黄,胃纳不佳,舌淡无苔,上颚淡白,脉沉微缓。

［用法］水煎服,日 1 剂,早晚温服。

［辨证加减］若兼见外感发热者可加寒水石;出血者加五倍子、儿茶、红花;肾虚者加肉桂、淫羊藿;脾胃虚弱者加建曲、草蔻、砂仁。

2. 芪藤汤(《医林求效——杏林一翁临证经验集录》[②])

［组成］黄芪 30g,鸡血藤 60g,红糖 1 勺。

［功用］益气补血。

［适应证］患儿皮肤、黏膜、指甲苍白或萎黄,食欲不振,大便难,舌淡

① 田丰辉.医方拾遗［M］.北京:中国科学技术出版社,2017.

② 王军.医林求效——杏林一翁临证经验集录［M］.北京:中国科学技术出版社,2016.

苔白,脉弱。或患儿双下肢皮肤有出血点,不高出皮肤,尿潜血阳性,蛋白阳性。

〔用法〕水煎服,每日1剂,分3次服用,连服14剂。

十八、小儿流涎

小儿流涎也就是流口水,是指口中唾液不自觉从口中流溢出的一种病症。

1. 胆星外敷方(《民间验方集锦》[①])

〔组成〕生南星30g。

〔功用〕健脾益气,除湿止涎。

〔适应证〕小儿流涎。

〔用法〕研成细末,每晚用10g,用醋调成饼状,睡前贴敷于双足心涌泉穴上,胶布固定,第2天早晨取下,连贴3~7天。

2. 刘弼臣验方(《刘弼臣临床经验辑要》[②])

〔组成〕丁香2g,干姜1g,桂心2g,橘皮3g,半夏曲6g,木香3g,白蔻2g[(后煎)],茯苓6g,白术6g。

〔功用〕温运燥湿,健脾摄津。

〔适应证〕脾寒之流涎,面色白,口角流涎不已,涎水清稀,口不渴,苔滑,脉沉。

〔用法〕水煎服,每日1剂,早晚分服。

3. 黎炳南验方(《黎炳南儿科经验集》[③])

〔组成〕连翘8g,火炭母8g,独脚金6g,栀子6g,车前子6g[(包煎)],知母10g,天花粉10g,胖大海7g,生地黄15g,冬瓜仁15g,甘草4g。

〔功用〕清胃通腑。

〔适应证〕胃热之流涎,涎液稠,口气臭秽,大便干硬,舌红苔黄干,指纹紫滞。

〔用法〕水煎服,每日1剂,早晚分服。

十九、夜啼

夜啼,多见于6个月以内的婴儿,民间俗称"夜啼郎"。是指小儿每到夜间便间歇啼哭,或持续啼哭,甚至通宵达旦。多由于脾虚、心热、惊吓、食积等引起。常见以下四型。

1. 钩藤蝉衣汤(《特效按摩加小方治病法》)

〔组成〕钩藤2~4g[(后下)],蝉蜕1~3g。

〔功用〕镇惊安神。

〔适应证〕暴受惊恐,神志散乱,心志不宁,神不守舍,惊惕不安

〔用法〕清水煎,去渣,频频喂服。

---

① 玉光.民间验方集锦[M].北京:人民卫生出版社,1998.

② 刘弼臣.刘弼臣临床经验辑要[M].北京:中国医药科技出版社,2002.

③ 黎炳南.黎炳南儿科经验集.北京:人民卫生出版社,2004.

2. 止啼散(《民间秘方治百病》^①)

[组成] 黄连 6g,朱砂 3g^(水飞),钩藤 3g。

[功用] 清热安神。

[适应证] 小儿夜啼。

[用法] 散剂,上药共研极细末,和匀,贮瓶备用,口服。用时取药末 0.5~1.5g,温开水冲服。

3. 摄生散(《幼幼集成》)

[组成] 制南星 3g,木香 3g,法半夏 3g,细辛 3g,苍术 3g,石菖蒲 3g,炙甘草 3g,生姜 3 片。

[适应证] 温中运脾,化痰开窍,散寒行水。

[主治] 外邪乘虚侵扰的惊风夜啼。

[用法] 水煎服,每日 1 剂,早晚温服。

4. 蝉花散(《小儿药证直诀》)

[组成] 蝉花(和壳)4~6g,白僵蚕(直者酒炒熟)4~6g,炙甘草 4~6g,延胡索 0.2~0.3g。

[功用] 平肝祛风镇惊。

[适应证] 惊风、夜啼、咬牙、咳嗽。

[用法] 上为末,蝉壳汤下,食后。

二十、自汗与盗汗

牡蛎散(《太平惠民和剂局方》)

[组成] 煅牡蛎 20g^(先煎),黄芪 15g,麻黄根 7.5g,浮小麦 10g。

[功用] 益气固表,敛阴止汗。

[适应证] 阳虚自汗。汗出以头部、肩背明显,动则益甚,面色苍白,肢体欠温,平素易感冒。

[用法] 水煎,每日 1 剂,早晚温服。

[辨证加减] 阳虚甚者加白术 6g、附子^(先煎)6g,以加强助阳固表之效。

二十一、惊风

惊风是小儿时期常见的一种急重病症,以临床出现抽搐、昏迷为主要特征。

1. 可保立苏汤(《医林改错》)

[组成] 生黄芪 45g,党参 9g,白术 6g,甘草 6g,当归 6g,白芍 6g,炒枣仁 9g,山茱萸 3g,枸杞子 6g,破故纸 3g,核桃 1 个^(连皮打碎)。

[功用] 温养脾肾,大补元气。

[适应证] 脾肾阳虚型慢惊风。精神委顿,面色苍白,囟门低陷,额汗涔涔,手足蠕蠕震颤,大便溏泻,舌质淡,苔薄白,脉沉细无力。

[用法] 水煎,每日 1 剂,早晚温服。此为 4 岁小剂量,可根据年龄大小适当增减。

2. 大安神丸(《世医得效方》)

[组成] 人参 25g,茯苓 25g,朱砂 25g,白术 25g,麦冬 25g,木香 25g,炒酸枣仁 25g,代赭石 25g,炙甘草 50g,僵蚕 12g,桔梗 12g,炙全蝎 5 条。

---

① 程爵棠,程功文.民间秘方治百病[M].郑州:河南科学技术出版社,2017.

［功用］滋阴健脾,定志安神。

［适应证］慢惊风属阴虚风动者。虚烦不安,面色潮红,手足心热,夜啼,时或抽搐,大便干结,舌光无苔,质红而干,脉沉细数。

［用法］共研细末,炼蜜为丸,每丸重5g。日服2次,每次1丸,薄荷汤调下。

3. 小黄龙丸(《证治准绳》)

［组成］煅礞石50g,青黛5g,芦荟7.5g,胆南星50g。

［功用］泻热解毒,下气涤痰,镇肝止痉。

［适应证］痰热互结而引起的急惊风。起病急骤,高热,谵妄,呕吐,喉间痰鸣,神昏,反复惊厥,舌苔黄厚,舌质红,脉滑数。

［用法］共研细末,炼蜜为丸,每丸5g。日3丸,每次1丸,姜蜜薄荷汤送服。

4. 直指银白散(《证治准绳》)

［组成］莲子10g,炒扁豆10g,茯苓10g,木香10g,藿香10g,炒全蝎10g,炙甘草10g,炒粳米20g,白术20g。

［功用］温运脾阳,息风解痉。

［适应证］慢惊风土虚木亢型。精神萎靡,面色萎黄,嗜睡露睛,大便稀薄,四肢不温,时有腹鸣,时或抽搐,舌淡苔白,脉沉弱。

［用法］共为粗末,日服2次,每次10g,干姜1片、冬瓜仁7粒煎汤送服。

二十二、癫痫

癫痫是慢性反复发作性短暂脑功能失调综合征,是一种病因复杂的反复发作的神志异常病。临床以突然仆倒、昏不知人、口吐涎沫、两目上视、四肢抽搐、发过即醒、醒后如常人为特征。临床一般分为惊痫、风痫、痰痫、瘀血痫四型。

1. 彭静山止痉除痫散(《名医治验良方》)

［组成］生龙骨60g,生牡蛎60g,紫石英45g,寒水石45g,白石脂45g,赤石脂45g,生石膏45g,滑石粉45g,生赭石60g,桂枝15g,降香60g,钩藤60g,干姜15g,大黄15g。甘草15g。

［功用］镇痉止痛。

［适应证］癫痫,适用于各种痫证。

［用法］上药共研为极细末,贮瓶备用,勿泄气。成人每次服5g,日服2~3次。小儿3岁以内可服0.5~1g,5~10岁可酌加至2g。须连服1~3个月,不可间断。

2. 张海峰痫灵汤(《豫章医萃——名老中医临床经验精选》[①])

［组成］蚤休15~30g,胆南星6~10g,炒竹茹6~10g,僵蚕10~20g,

---

① 洪广祥,匡奕璜.豫章医萃——名老中医临床经验精选[M].上海:上海中医药大学出版社,1997.

川贝母 10~20g,石菖蒲 15~30g,郁金 10~20g。

[功用]清热化痰,凉肝止痉。

[适应证]癫痫。

[用法]水煎服,每日 1 剂,日服 3 次。

3. 白金丸(《外科全生集》)

[组成]郁金 80g,明矾 80g。

[功用]豁痰安神开窍。

[适应证]痰痫。发作时痰涎壅盛,喉间痰鸣,口吐涎沫,神志模糊,手足抽搐不明显。

[用法]制成水丸,日 3 次,每次 2g,开水送服。

二十三、小儿肾炎

小儿肾炎一般指肾小球肾炎,是一种双侧肾脏的弥漫性、非化脓性疾病。多发于学龄前儿童,6~9 岁最为常见。

1. 黄芪玉须汤(《岳美中医案集》)

[组成]生黄芪 20g,薏苡仁 15g,红枣 15g,泽泻 15g,玉米须 15g,白茯苓 15g,金橘饼 15g,怀山药 15g,生白术 10g,汉防己 10g,山茱萸 10g。

[功用]健脾益肾,利尿消肿。

[适应证]小儿慢性肾炎。

[用法]水煎服。每日 1 剂,日服 2 次。

2. 银翘四苓散(《李少川儿科经验集》)

[组成]薄荷 5g^(后煎),芥穗 9g,连翘 15g,豆豉 9g,柴胡 6g,猪苓 9g,泽泻 9g,茯苓皮 6g,白术 5g,生地黄 25g,牛膝 9g,茅根 25g。

[功用]疏风解表,清热利湿。

[适应证]小儿急性肾炎,症见颜面浮肿,咽痛身肿,小便不利等。

[用法]水煎服,每日 1 剂,早晚分服。

二十四、遗尿

小儿遗尿,又称"尿床",是指小儿在睡眠中不知不觉地将小便尿在床上。中医认为,小儿由于脑髓未充,智力未健,或正常的排尿习惯尚未养成,所以容易产生尿床现象。

小儿遗尿多在白天疲劳、天气阴雨时容易发生,轻则数夜遗尿 1 次,重则每夜遗尿一至数次。病延日久,患儿可见面色萎黄,智力减退,精神不振,头晕腰酸,四肢不温等症。必须及早治疗,以免妨碍儿童的身心健康和发育。

1. 李少川验方(《李少川儿科经验集》)

[组成]桑螵蛸 10g,补骨脂 10g,益智仁 10g,乌药 6g,泽泻 6g,云苓 6g,白果 10g,龙骨 15g^(先煎),牡蛎 15g^(先煎),甘草 6g。

[功用]温肾固涩。

[适应证]肾阳不足,气化不利型遗尿,每夜必尿,甚者可达 2 次以上,小便清长而频数,舌淡红,苔薄白,脉沉。

［用法］水煎服，每日1剂，早晚温服。

2. 加味缩泉汤（《古今特效单验方》）

［组成］山药6~12g，乌药6~12g，益智仁6~12g，黄芪6~12g，麻黄6~12g。

［功用］缩尿止遗。

［适应证］脾肺气虚型遗尿。少气懒言，面黄神疲，食欲不振，便溏，自汗等，舌苔淡白，脉缓无力。

［用法］水煎，每日1剂，早晚温服。

二十五、水肿

水肿是指体内水液潴留，泛溢肌肤引起头面、眼睑、四肢、腹背，甚至全身浮肿而言。

1. 五草汤（《刘弼臣用药心得十讲》）

［组成］倒扣草30g，灯心草15g，半枝莲15g，益母草15g，车前草15g，白茅根30g，鱼腥草15g。

［功用］清热解毒，利水消肿。

［适应证］小儿急、慢性肾炎，肾病综合征，泌尿系感染。

［用法］每日1剂，水煎服，2次分服。

［辨证加减］血尿严重，可加用女贞子10g、墨旱莲15g，止血效果更佳。

2. 消肿鱼（《百年百名中国中医临床家·丁光迪》）

［组成］乌鱼（即鳢鱼，亦名黑鱼）1条，黑白丑各5g，研碎，腹胀甚，加一倍量。花椒7粒，如小便少的，改用椒目7g。

［功用］以水利水，行气消肿。

［适应证］小儿身肿，反复发作，不贪食，二便涩，腹胀，欲得矢气乃宽。面色萎黄，舌苔薄白。

［用法］乌鱼不去鳞，剖腹去肠杂，不下水，将黑白丑末、花椒纳入鱼腹中，扎好。另用黄泥湿和，包裹全鱼，泥厚一指余，待少干，放炭火上阴阳瓦煅，泥干燥裂即成。放地上，出火气，掼开，鱼肉即出，食其肉，一次吃完，鱼腹中药不吃。一般连吃四五服即见效，胃口香，矢气多，小便利，继续吃，待肿消为止。此方对成人肾性水肿亦有用。

3. 健脾利湿合剂（《李少川儿科经验集》）

［组成］苏梗叶5g，柴胡6g，厚朴9g，陈皮6g，白术9g，知母6g，茯苓9g，黄芪10g，羌活6g，水葫芦9g，枳壳6g，麦冬6g，泽泻9g。

［功用］疏解清化，健脾利湿。

［适应证］小儿肾病综合征之水肿。

［用法］水煎服，每日1剂，早晚温服。

二十六、麻疹

麻疹是儿童最常见的急性呼吸道传染病之一，其传染性很强，在人口密集而未普种疫苗的地区易发生流行，2~3年一次大流行。

1. 张锡纯验方(《近代国医名家经典案例》)

[组成]生怀山药 30g,滑石 30g^(包煎),生石膏 30g^(捣细),生杭芍 30g,甘草 9g,连翘 9g,蝉蜕 4.5g^(去土)。

[功用]清热止泻,托毒外出。

[适应证]麻疹上焦有热,下焦滑泻。

[用法]水煎,每日 1 剂,早晚温服。

2. 徐小圃验方(《近代国医名家经典案例》)

[组成]生麻黄 4.5g,川桂枝 4.5g,水炙升麻 3g,黄厚附片 9g^(先煎),粉葛根 4.5g,活磁石 30g^(先煎),姜半夏 9g,桔梗 4.5g,天浆壳 5 只^(去毛包),无价散 9g^(包)。

[功用]温阳透疹。

[适应证]痧子密布,阳势微,肺气失宣,邪将下陷。

[用法]水煎,每日 1 剂,早晚温服。

3. 江育仁验方(《江育仁儿科经验集》①)

[组成]薄荷 3g^(后下),牛蒡 6g,杏仁 10g,连翘 10g,麻黄 3g,前胡 5g,甘草 2g。

[功用]宣透开肺。

[适应证]麻疹合并肺炎,体虚邪盛,疹毒壅盛,上逆作喘。

[用法]水煎服,每日 1 剂,早晚温服。

二十七、水痘

水痘,临床特点为轻度发热,皮肤黏膜分批出现迅速发展的斑疹、丘疹、疱疹与结痂。一般分为风热轻症和毒热重症。

1. 清瘟败毒饮(《疫疹一得》)

[组成]水牛角 30g^(先煎),生石膏 30g^(先煎),连翘 10g,金银花 10g,生地黄 10g,牡丹皮 10g,赤芍 10g,薏苡仁 15g,淡竹叶 10g,甘草 6g。

[功用]清热解毒利湿。

[适应证]壮热不退,烦躁不安,口渴欲饮,面红目赤,水痘分布较密,根盘红晕较显著,疹色紫黯,或伴牙龈肿痛,口舌生疮,大便干结,小便黄赤,舌红或绛,舌黄燥而干,脉洪数。

[用法]水煎服,每日 1 剂,早晚温服。

[辨证加减]疹色深者,加紫草 10g、栀子 10g;唇燥口干者加麦冬 10g、芦根 15g;口疮,大便干结者加枳实 10g、生大黄 6g^(后下);抽搐者加钩藤 10g^(后下)。

2. 周慕新验方(《周慕新儿科临床经验选》)

[组成]芦根 15g,板蓝根 10g,赤芍 6g,蝉蜕 6g,生薏苡仁 10g,金银花 10g,栀子皮 3g。

[功用]疏风清热,化湿解毒。

① 郁晓维,孙轶秋.江育仁儿科经验集[M].上海:上海科学技术出版社,2004.

［适应证］水痘初起。

［用法］水煎服，每日1剂，早晚温服。

［辨证加减］初起发热者，加薄荷、牛蒡子；皮疹痒重者，加薄荷、凌霄花。

二十八、痄腮

流行性腮腺炎，属中医"痄腮"范畴。发病前2~3周有流行性腮腺炎接触史，以发热、耳下腮部肿胀疼痛为主要症状。本病好发于3岁以上的儿童，具有传染性，发病期间需要隔离。经治疗一般预后良好，少数可有变证。感染本病后可获得终生免疫。

普济消毒饮（《东垣十书》）

［组成］黄芩6g，黄连1.5g，玄参9g，连翘9g，板蓝根9g，马勃5g，牛蒡子9g，薄荷3g^(后下)，僵蚕6g，桔梗3g，升麻1.5g，柴胡1.5g，陈皮6g，甘草3g。

［功用］清热解毒，疏风散邪。

［适应证］痄腮属于热毒蕴结者。腮腺漫肿，壮热烦躁，咽喉肿痛，渴欲饮水，舌红苔黄，脉滑数。

［用法］水煎，每日1剂，早晚温服。

二十九、百日咳

百日咳又称"顿咳"，是小儿常见的一种呼吸道传染病，其病程较长，可迁延到6周以上，甚至更长，本病以2~5岁的小儿为多见，好发于冬春二季。病愈后可获得终生免疫力。本病初期的感冒，常出现发热、咳嗽、流涕，偶有喷嚏。1~2天后，一般感冒样症状逐渐减退，但阵发性咳嗽日渐加重，咳声短促，同时发出一种特殊的类似鸡啼的喉鸣声，紧接着又是一连串的咳嗽，如此反复多次，直到排出大量呼吸道分泌物和胃内容物，阵咳才暂时停止。此为痉咳期，为最严重的阶段。约经3周后，阵发性的咳嗽逐渐减轻，喉鸣声逐渐消失。病程可延长至2~3个月。

百马汤（《黎炳南儿科经验集》）

［组成］百部8g，马兜铃3g，炙甘草6g，大枣3枚。

［功用］润肺镇咳，清热化痰。

［适应证］百日咳痉咳期。

［用法］以水煎成汤液，每日1剂，每剂煎2次，分2次服。

［辨证加减］外感风邪，痰热束肺者，加防风6g、前胡6g、大青叶10g、连翘10g，佐以疏解清热；热退咳减，但出汗多，胃纳欠佳者，加党参10g、白术10g、茯苓10g、沙参10g、五味子6g，健脾养肺以培土生金，令正气恢复，其咳自愈。

三十、夏季热

夏季热又称"暑热症"，是婴幼儿在暑天发生的特有的季节性疾病，主要以长期发热、口渴多饮、多尿、少汗或无汗为临床表现。

1. 徐小圃验方(《近代国医名家经典案例》)

[组成]黄厚附片9g^(先煎),小川连2.1g,磁石30g^(先煎),青龙齿30g^(先煎),天花粉9g,菟丝子9g,覆盆子9g,桑螵蛸9g,莲子心2.1g,阿胶珠9g,鸡子黄。

[功用]清上温下,育阴潜阳。

[适应证]夏季烦热口渴,不欲饮食,周身困乏无力,上盛下虚。

[用法]水煎服,日1剂。另用:蚕茧10枚,红枣10枚,煎汤代茶。

2. 王锡章验方(《近代国医名家经典案例》)

[组成]沙参5g,玄参5g,麦门冬3g,天门冬3g,生地黄3g,天花粉3g,白术2g,茯苓2g,菊花3g,薄荷2g^(后下),灯心草2g,甘草1g。

[功用]消暑益气,健脾生津。

[适应证]夏季烦热口渴,不欲饮食,肺胃气阴两伤。

[用法]水煎服,日1剂。

三十一、疰夏

疰夏又称"注夏",是发生在春夏之交一种季节性疾病。主要表现为忽发眩晕,头痛身倦,脚软,体热食少,频欲呵欠,心烦自汗,大便不调等,临床以脾胃虚弱型多见。

加减补中益气汤(作者经验方)

[组成]黄芪9g,白术6g,陈皮6g,当归3g,党参6g,黄柏3g。

[功用]健运脾胃,补中益气。

[适应证]疰夏属脾胃虚弱者。嗜卧倦怠,饮食减少,肢软乏力,大便稀溏等。

[用法]水煎,每日1剂,早晚温服。

三十二、尿频

尿频是小儿常见的一种泌尿道疾病,临床以尿急、尿频为特征。西医学中泌尿道感染属本病范围。临床一般分为湿热下注和脾肾气虚两型。

1. 地肤子汤(《备急千金要方》)

[组成]地肤子15g,知母15g,黄芩15g,猪苓15g,瞿麦15g,枳实15g,升麻15g,通草15g,冬葵子15g,海藻15g。

[功用]清热利湿。

[适应证]湿热下注型尿频。起病急,小便频数短赤,尿道灼热疼痛,常伴发热、烦躁、口渴等。

[用法]水煎,每日1剂,早晚温服。

2. 加味缩泉汤(《古今特效单验方》)

[组成]山药6g,益智仁6g,乌药6g,桑螵蛸6g,茯苓6g,车前子6g^(包煎)。

[功用]健脾补肾,固涩止溺。

[适应证]脾肾气虚型尿频。尿频长期不愈,小便频数混浊,淋沥不尽,神倦面黄,眼睑微肿。

[用法]水煎,每日1剂,早晚温服。

三十三、胎黄

胎黄是以新生儿全身皮肤、巩膜出现黄色为特征的疾患。有生理性与病理性之分。生理性胎黄一般不需治疗。这里所讨论的胎黄为病理性胎黄。西医学中新生儿时期的溶血性黄疸、阻塞性黄疸和肝细胞性黄疸属于本病范畴。辨证一般分为阳黄和阴黄两型。

1. 茵陈理中汤(《张氏医通》)

[组成] 茵陈 15g,党参 9g,白术 6g,茯苓 6g,干姜 6g,甘草 3g。

[功用] 温中健脾,利湿退黄。

[适应证] 阴黄。黄疸颜色晦黯,精神疲乏,四肢欠温,大便灰白或溏,苔白腻。

[用法] 水煎,每日 1 剂,频服。

2. 茵陈蒿汤(《伤寒论》)

[组成] 茵陈 30g,栀子 15g,大黄 9g$^{(后下)}$。

[功用] 清热利湿退黄。

[适应证] 阳黄。一身面目俱黄,黄色鲜明,腹微满,口中渴,小便不利,舌苔黄腻,脉数者。

[用法] 水煎,每日 1 剂,频服。

3. 茵陈退黄汤(《贾六金中医儿科经验集》)

[组成] 茵陈 6g,栀子 2g,苍术 4g,陈皮 4g,厚朴 4g,茯苓 4g,泽泻 4g,砂仁 4g,白蔻仁 4g,板蓝根 4g,五味子 4g,甘草 4g。

[功用] 燥湿运脾,退疸除黄。

[适应证] 新生儿黄疸,经久不退,面目皮肤黄染,脘腹胀满,纳乳不佳,大便稀溏,舌苔厚腻。

[用法] 每日 1 剂,水煎服,少量频服。

4. 时毓民婴儿利胆方(《名医治验良方》)

[组成] 茵陈 12g,金钱草 12g,郁金 12g,赤芍 12g,当归 9g,生山楂 9g,虎杖 6g,生大黄 3g$^{(后下)}$。

[功用] 清热利湿,活血化瘀。

[适应证] 胎黄(湿热黄疸型婴儿肝炎综合征)。

[用法] 每日 1 剂,水煎服,日服 2 次或频服。

三十四、赤游丹

赤游丹又名"丹毒",或称"赤游风"。以其色赤如丹,形如云片,游走不定,故名。是与链球菌感染有关的急性传染病。本病发病迅速,变化急剧,尤以新生儿更易感染,危险性亦较大。临床多见风火热毒型。

防风升麻汤(《幼幼集成》)

[组成] 防风 3g,升麻 3g,栀子 3g,麦冬 3g,荆芥穗 3g,木通 3g,葛根 3g,薄荷 3g,玄参 3g,牛蒡子 3g,甘草 2g。灯心草 10 根为引。

[功用] 解毒发表。

[适应证] 赤游丹属风火热毒型。表现为皮肤局部红肿,形如云片,焮热肿痛,游走不定,发热恶寒,烦躁多

啼等。

[用法] 水煎，每日 1 剂，早晚温服。

三十五、脐部疾患

脐部疾患是指新生儿断脐时结扎不善，或脐部护理不当，为不洁之物所污染，而发生的各种脐部病证。脐中湿润不干者，称为"脐湿"；脐部红肿或脓血溢出者，称为"脐疮"；脐中有血溢出者，称为"脐血"；脐部突起者，称为"脐突"。西医学中新生儿脐炎属脐湿、脐疮的范围；脐疝即脐突。

1. 矾龙散（《奇效良方》）

[组成] 枯矾 3g，煅龙骨 3g。

[功用] 收敛胜湿。

[适应证] 脐湿。脐带脱落后，脐孔湿润不干，或稍有红肿。

[用法] 共为细末，每次少许，干撒脐上。

2. 青黛散（《中医儿科临证备要》[①]）

[组成] 青黛 30g，黄柏 30g，生石膏 60g。

[功用] 清热泻火，凉血解毒。

[适应证] 脐疮。脐部红肿光滑，轻者局限于脐部，重者可向周围蔓延，甚则糜烂，脓水外溢，同时可见发热，烦躁不安，唇红口干。

[用法] 共为细末，撒于患处。

3. 白石脂散（《韦氏集验独行方》）

[组成] 白石脂 60g。

[功用] 止血解毒。

[适应证] 脐血。断脐后脐部渗血。

[用法] 白石脂炒研极细末，干撒脐部，日 3 次。

4. 二豆散（《医宗金鉴》）

[组成] 赤小豆 5g，白蔹 5g，豆豉 5g，天南星 5g。

[功用] 清热解毒，消肿散结。

[适应证] 脐突。脐部呈半球状或囊状突起，用手按肿物可推回腹内，但啼哭叫闹时，又可重复突出。脐部皮色如常。

[用法] 上药共研细末，用香油调敷脐突处，再将肿物推回腹内，用纱布棉花包裹光滑稍硬的薄片（或硬币），垫于脐上，用纱布固定扎紧，早晚各 1 次。

三十六、脓疱疮

脓疱疮是由金黄色葡萄球菌或溶血性链球菌引起的一种急性化脓性皮肤病。

五味消毒饮（《医宗金鉴》）

[组成] 金银花 12g，野菊花 9g，蒲公英 9g，紫花地丁 9g，紫背天葵子 9g。

[功用] 清热解毒。

[适应证] 邪热炽盛型，丘疱疹，色红或紫黯等。

[用法] 水煎，日 1 剂，分 2 次温服。

---

① 王庆文，董克勤．中医儿科临证备要［M］．北京：人民卫生出版社，1998.

三十七、水疝

水疝是睾丸或精索鞘膜积液引起阴囊或精索部囊形肿物的一种疾病。

1. 加味四苓汤（《小儿常见病家庭单验方》）

［组成］猪苓 10g，茯苓 10g，泽泻 10g，肉桂 5g，荔枝核 15g，橘核 5g，川楝子 5g，吴茱萸 5g，小茴香 5g，萆薢 15g，海藻 10g。

［功用］疏肝理气，温阳利水。

［适应证］适用于睾丸鞘膜积液，属寒滞肝脉，肝郁乘脾，脾失健运，水湿下注阴囊而成者。

［用法］水煎服，每日 1 剂，早晚温服。

2. 加味苓桂术甘汤（《小儿常见病家庭单验方》）

［组成］茯苓 12g，桂枝 9g，白术 9g，甘草 6g，桃仁 10g，红花 10g，昆布 10g，海藻 10g，荔枝核 10g，川楝子 10g。

［功用］温化蠲饮，活血通络。

［适应证］适用于睾丸鞘膜积液，属阳虚寒湿内停型。症见阴囊肿大，形寒肢冷，舌苔白滑，脉弦滑。透光试验阳性。

［用法］水煎服，每日 1 剂，早晚温服。

三十八、紫癜

紫癜是小儿常见的出血性疾病之一，以血液溢于皮肤黏膜之下，出现瘀点瘀斑、压不褪色为临床特征，儿科临床常见过敏性紫癜和血小板减少性紫癜。根据其临床表现可见于中医古籍记载的"葡萄疫""肌衄""紫癜风"等病证。

1. 六妙汤（《山西省著名中医临床经验选粹》[①]）

［组成］金银花 12g，苦参 8g，炒苍术 10g，黄柏 10g，怀牛膝 10g，薏苡仁 12g。

［功用］清热利湿。

［适应证］主治过敏性紫癜，症见双下肢对称分布出血点，可伴有瘙痒，压不褪色，或伴有关节疼痛、腹痛，或尿血、便血，舌质红苔白厚，脉滑。

［用法］水煎服，每日 1 剂，早晚温服。

［辨证加减］尿血明显者可加入白茅根、仙鹤草、紫草等凉血止血。不仅可用于治疗过敏性紫癜湿热为患，而且可用于治疗手足癣、湿疹、脓疱疮等湿热证。

2. 育阴消斑饮（周信有验方[②]）

［组成］生地黄 20~30g，玄参 20~30g，枸杞 15~20g，墨旱莲 20g，当归

① 周然 . 山西省著名中医临床经验选粹［M］. 北京：人民卫生出版社，2009

② 周信有 . 育阴消斑饮［N］. 中国中医药报，2017-11-06（4）.

9~15g, 紫丹参 20g, 牡丹皮 9g, 赤芍 20g, 茜草 15g, 益母草 20g, 紫草 20g, 三七粉 4~6g^(早晚分冲), 板蓝根 20g, 槐花 20g。

［功用］养阴清热, 凉血和营, 止血化瘀。

［适应证］适用于证属阴虚内热, 络损血溢的紫癜患者。症见皮肤紫癜、黏膜出血。

［用法］水煎服, 每日 1 剂。头煎、二煎药液相混, 早、中、晚分 3 次服。

［辨证加减］若发热重而迫血妄行者, 加蒲公英 20g、大青叶 20g、连翘 20g、生石膏 60g; 若常有鼻出血, 牙齿出血者, 加白茅根 20g、藕节 20g、生地榆 15g、大蓟 10g、小蓟 10g; 若月经过多者, 加棕榈炭 15g、仙鹤草 20g。

3. 三紫地黄汤（周富明验方^①）

［组成］紫背浮萍 15g, 紫丹参 10g, 紫草 15g, 生地黄 10g, 云茯苓 10g, 怀山药 10g, 建泽泻 6g, 山茱萸 10g, 牡丹皮 10g。

［功用］滋阴清热, 凉血化瘀。

［适应证］适用于证属阴虚血热型过敏性紫癜、紫癜性肾炎患者。

［用法］水煎服, 每日 1 剂, 早晚温服。

三十九、病毒性心肌炎

病毒性心肌炎是由病毒感染引起的以局限性或弥漫性心肌炎性病变为主的疾病。以神疲乏力, 面色苍白, 心悸, 气短, 肢冷, 多汗为临床特征。

调肺养心方（《刘弼臣用药心得十讲》）

［组成］辛夷 10g^(包煎), 苍耳子 10g, 玄参 10g, 板蓝根 10g, 山豆根 5g, 黄芪 15g, 麦冬 15g, 五味子 10g, 丹参 15g, 苦参 15g, 蚤休 10g, 阿胶 10g^(烊化)。

［功用］宣肺通窍, 行气活血, 祛邪护肺。

［适应证］病毒性心肌炎, 患儿先发热、咽痛、咳嗽, 大多数患儿而后经常出现咽喉不利, 鼻塞反复不愈, 甚至盗汗、自汗等症状。典型症状为心悸、胸闷、脉或结或代等。

［用法］水煎服, 每日 1 剂, 早晚温服。

四十、抽动障碍

抽动障碍, 临床以慢性、波动性、多发性、运动肌快速抽搐, 并伴有不自主发声和语言障碍为特征。

1. 息风静宁汤（《刘弼臣用药心得十讲》）

［组成］辛夷 10g^(包煎), 苍耳子 10g, 玄参 10g, 板蓝根 10g, 山豆根 5g, 黄连 3g, 菊花 10g, 天麻 3g, 蝉蜕 3g, 白芍 10g, 木瓜 10g, 伸筋草 15g, 钩藤 10g^(后下), 全虫 3g。

① 沈晓昀, 张忠贤. 三紫地黄汤［N］. 中国中医药报, 2017-11-13（4）.

［功用］疏风通窍，息风化痰通络。

［适应证］反复不规则的抽动起病，表现为挤眼、噘嘴、皱眉、摇头、仰颈、提肩等，抽动有力，口出异声，大便秘结，小便短赤，舌红苔黄，脉弦数。

［用法］水煎服，每日 1 剂，早晚温服。

2. 柔肝祛风汤（《贾六金中医儿科经验集》）

［组成］钩藤 10g^{（后下）}，天麻 10g，防风 10g，白芍 10g，僵蚕 10g，秦艽 10g，珍珠母 12g^{（先煎）}，菊花 10g，草决明 10g，甘草 6g。

［功用］柔肝祛风，化痰通络。

［适应证］肝亢风动引起的挤眼、噘嘴、皱眉、摇头、仰颈、提肩等，抽动有力，口出异声，大便秘结，小便短赤，舌红苔黄，脉弦数。

［用法］水煎服，每日 1 剂，早晚温服。5 岁以下儿童酌减。

3. 升降制动汤（郑启仲验方^①）

［组成］炒僵蚕 6g，蝉蜕 6g，广姜黄 6g，制白附子 3g，全蝎 3g，生白芍 12g，穿山龙 9g，莲子心 3g，生大黄 3g，甘草 6g。（以上为 5~7 岁小儿用量，临证可随年龄视病情增减）

［功用］升清降浊，化痰息风。

［适应证］儿童多发性抽动症。

［用法］水煎服，每日 1 剂，分早、晚饭后 1 小时服。或用中药配方颗粒，每日一剂，分早、晚 2 次温开水化服。

［辨证加减］①脾虚肝亢者，去大黄、莲子心，加炒白术、清半夏、天麻；辨证属痰火内扰者，加黄连、栀子、胆南星；辨证属肝郁化火者加龙胆草、钩藤、代赭石；辨证属水不涵木者，加生地黄、生龙骨、生牡蛎、生龟甲等。②按抽动部位加减：眼部症状突出者，加谷精草；鼻部症状突出者，加辛夷；口唇症状突出者，加厚朴花；喉发怪声者，加苏叶、厚朴、半夏；有秽语者，加石菖蒲、珍珠粉、人工牛黄。

---

① 郑启仲.升降制动汤［N］.中国中医药报,2018-11-22(4).

眼 科 病 症

一、针眼

针眼是指胞睑牛小疖肿，红肿热痛，易于溃破为主症的眼病。本病类似于西医学的麦粒肿。一般临床分为湿热阻滞型和热毒上攻型。

1. 蒲菊膏（《中医眼科学》[①]）

[组成] 鲜蒲公英30g，鲜野菊花30g。

[功用] 清热解毒，消肿止痛。

[适应证] 针眼各型均可。

[用法] 取上药，洗净捣烂成糊状，外敷患处。脓出、破溃者勿用。如药无鲜品，可用干品煎汤熏洗患部，每日3次，每次15分钟，亦取同效。或可用蓖麻油涂针眼，每日3次。

2. 银翘散加减（《陈达夫中医眼科临床经验》[②]）

[组成] 金银花15g，薄荷6g[后下]，赤芍15g，防风10g，蒲公英25g，黄芩10g，白芷6g。

[功用] 祛风清热。

[适应证] 风热初起。眼睑局部刺痒、疼痛，皮肤硬结稍黄。

[用法] 水煎，日1剂，分2次服。

二、夜盲与视力减退

夜盲是指眼睛对弱光敏感度下降，黑暗适应时间延长的重症表现。视力减退是指分辨细小的或遥远的物体及细微部分的能力较以前减弱。

驻景丸加减（《陈达夫中医眼科临床经验》）

① 成都中医学院. 中医眼科学[M]. 成都：四川人民出版社，1976.

② 罗国芬. 陈达夫中医眼科临床经验[M]. 成都：四川科学技术出版社，1985.

［组成］菟丝子250g,楮实子250g,
茺蔚子180g,枸杞子60g,车前仁60g,
木瓜60g,寒水石100g,河车粉100g,
生三七粉150g,五味子60g。

［功用］滋补肝肾,益精明目。

［适应证］小儿白天视力正常,
夜间或白天在黑暗处不能视物或视物
不清。

［用法］共研为细末,蜜丸,每日
空腹服30g,用米泔水鲜煎猪肝60g,
夜明砂60g送下。

三、睑弦赤烂

睑弦赤烂是胞睑边缘红赤、溃烂、
痒痛并作为特征的眼病,本病相当于
西医学的睑缘炎。临床常分为风热、
湿热、心火上炎三型。

1. 连翘消风饮(《古今特效单验方》)

［组成］连翘12g,生地黄9g,全
当归9g,赤芍9g,苦参9g,乌梢蛇6g,
防风6g。

［功用］清热和血,祛风止痒。

［适应证］本方尤适用于睑弦赤
烂偏干性者,证属风热型。见睑缘红
赤,干痒紧涩,灼热刺痛,有鳞屑附着。

［用法］水煎,日1剂,分2次服。

2. 二黄除湿饮(《古今特效单验方》)

［组成］黄连10g,黄芩10g,木通
6g,陈皮10g,防风10g,荆芥10g,蝉
蜕10g,牡丹皮10g。

［功用］清热除湿,祛风止痒。

［适应证］适于睑弦赤烂偏湿烂
为主者,证属湿热型。见睑缘红赤溃
烂,痛痒并作。脓痂附着,睫毛成束或
秃睫、倒睫。

［用法］水煎,日1剂。分2次服。

3. 黄连泻心汤加减(《千家妙方》[①])

［组成］黄连9g,当归12g,黄芩
9g,黄柏9g,牡丹皮12g,生地黄12g。

［功用］清心泻火。

［适应证］对睑弦赤烂偏于眦部
者适宜,证属心火上炎型。见眼眦部
红赤糜烂,灼热刺痒。

［用法］水煎,日1剂,分2次服。

四、风赤疮痍

风赤疮痍指胞睑皮肤痛痒,红赤
如涂丹,并见起泡,甚至局部溃烂的眼
病。本病与西医学之眼睑皮肤炎、眼
睑湿疹类似,常由接触某种物质过敏
所致,一般分为风热型和湿热型。

1. 银翘疏风汤(《古今特效单验方》)

［组成］连翘9g,金银花9g,防风
3g,淡竹叶6g,荆芥3g。

［功用］清热泻火。

［适应证］风热型风赤疮痍。胞
睑皮肤刺痒,灼痛,红赤,起泡,渗出黏
液较轻。

［用法］水煎,日1剂,分2次服。
忌食辛辣海腥之物。如发病由某种物

---

① 李文亮.千家妙方[M].北京:中国人民解放军出版社,1982.

质过敏所致,应避免再次接触。

[辨证加减]酌加淡竹叶利尿,更助热邪清泄。

2. 清热除湿汤(《中医眼科》[①])

[组成]土茯苓10g,生地黄10g,紫苏叶6g,黄柏10g,车前草6g,薏苡仁15g。

[功用]清热除湿。

[适应证]用于风赤疮痍病情较重者,证属湿热型。见胞睑皮肤红肿,水疱簇生,破溃糜烂。

[用法]水煎,日1剂,分2次服。禁忌同上方。可配合地榆30g、黄连30g,煎汤,做冷湿敷,清热燥湿,消肿定痛。

3. 蝉花散加减(《陈达夫中医眼科临床经验》)

[组成]蝉蜕10g[后下],菊花15g,黄芩10g,赤芍15g,刺蒺藜25g,蒲公英25g,薄荷6g[后下],甘草6g。

[功用]疏风清热。

[适应证]风赤疮痍,证属风热偏盛者。局部刺痒灼热,皮肤微红,皮疹透明。

[用法]水煎,日1剂,分2次服。

五、胞肿如桃

胞肿如桃,指胞睑皮肤红赤焮肿,臃起如桃。常起病急,胞睑疼痛,睑难睁开,伴头痛,恶寒发热。本病相当于西医学之眼睑炎性水肿。

1. 散热饮子(《审视瑶函》)

[组成]防风10g,羌活10g,黄芩10g,黄连10g。

[功用]疏风清热,退赤消肿。

[适应证]胞肿如桃。

[用法]水煎,日1剂,分2次服。

2. 一绿散(《审视瑶函》)

[组成]芙蓉叶30g,生地黄30g。

[功用]凉血解毒,消肿排脓。

[适应证]胞肿如桃。

[用法]上药(鲜品)共捣烂,敷患眼皮肤;或为末(干品),以鸡蛋清调匀,敷患处亦可。

六、上胞下垂

上胞下垂指上睑垂下,不能自行抬举,掩盖部分或全部瞳神而影响视物的眼病。本病相当于西医学之上睑下垂,常分为脾虚气弱和风痰上扰两型。

1. 助阳活血汤(《审视瑶函》)

[组成]炙甘草9g,黄芪9g,当归9g,防风9g,蔓荆子4.5g,白芷4.5g,柴胡6g,升麻6g。

[功用]补脾升阳,养血祛风。

[适应证]适用于上睑下垂为先天性和重症肌无力患者,证属脾虚气弱型。见上睑抬举无力,晨起病轻,午后加重。

---

① 广东省中医院眼科.中医眼科[M].北京:人民卫生出版社,1975.

［用法］水煎，日 1 剂，分 2 次服。

2. 加味牵正散（《中医眼科》）

［组成］白附子 6g，僵蚕 6g，白芍 3g，全蝎 1.5g，地龙干 6g，丝瓜络 9g，桑寄生 15g。

［功用］涤痰祛风，通络止痉。

［适应证］本方对由动眼神经麻痹引起的上睑下垂为好，证属风痰上扰型。见上胞下垂，麻木不仁，眼珠活动失灵，视一为二。

［用法］水煎，日 1 剂，分 2 次服。

［辨证加减］如有头痛者，加蔓荆子 9g；发有瞳孔散大者，加细辛 3g、五味子 6g。

3. 祛瘀四物汤（《张皆春眼科证治》[①]）

［组成］酒生地 9g，当地尾 9g，赤芍 9g，川芎 3g，益母草 6g，红花 1.5g。

［功用］活血化瘀。

［适应证］由外伤引起的上胞下垂。

［用法］水煎，日 1 剂，分 2 次服。

七、胞轮振跳

胞睑不能自主而搐惕瞤动，为胞轮振跳，又叫"眼皮跳"，相当于西医学的眼睑痉挛。一般常分为气血虚衰和血虚生风两型。

1. 补气镇痉汤（《千家妙方》）

［组成］炙黄芪 24g，柏子仁 12g，川芎 6g，远志 10g，石菖蒲 10g，茯神 10g，归身 10g，杭白芍 10g，炒枣仁 10g，半夏 10g，胆南星 6g，细辛 3g，甘草 4.5g。

［功用］补气逐瘀，解痉化痰，缓解振跳。

［适应证］气血虚衰型。眼皮跳动不能自主，并觉心烦意乱。

［用法］水煎，日 1 剂，分 2 次服。

2. 四物牵正汤（《眼科临证录》[②]）

［组成］生地黄 10g，赤芍 10g，白芍 10g，当归 10g，川芎 12g，防风 10g，柴胡 6g，全蝎 6g，白附子 10g，白僵蚕 10g，黄芪 12g。

［功用］养血益肝，息风止痉。

［适应证］血虚生风型。眼皮跳动难以控制，兼见面色不华，唇淡。

［用法］水煎，日 1 剂，分 2 次服。

3. 正容散加减（《陈达夫中医眼科临床经验》）

［组成］炒白附子 10g[（先煎）]，胆南星 6g，法半夏 10g，木瓜 15g，赤芍 15g，羌活 6g，白僵蚕 12g，黄松节 25g，全蝎 3g。

［功用］祛风通络。

［适用症］胞轮振跳，证属外风引动内风者。眼睑振跳，兼见头胀作痛。

［用法］水煎，日 1 剂，分 2 次服。

① 周奉建 . 张皆春眼科证治［M］. 济南：山东科学技术出版社，1980.

② 陆南山 . 眼科临证录［M］. 上海：上海科学技术出版社，1979.

4. 克双汤(《全国中医眼科名家学术经验集》[①])

[组成] 秦艽 15g,羌活 10g,防风 10g,荆芥 10g,全蝎 10g,白附子 10g,白僵蚕 10g,清半夏 12g,木瓜 15g,钩藤 15g,蝉蜕 10g。

[功用] 祛风解痉,化痰通络。

[适用症] 风痰阻络所致胞轮眼跳。

[用法] 水煎,日 1 剂,分 2 次服。

八、流泪症

流泪症指泪水常流,或迎风泪出,或无时泪下的眼病。本病类似于西医学因睑缘位置异常,泪道系统阻塞或排泄功能不全所致的泪溢症,多见于老年人。常分为肝血不足或肝肾虚弱两型。

1. 养血止泪方(《百病良方》)

[组成] 当归 30g,熟地黄 30g,谷精珠 30g。

[功效] 补血养肝,祛风止泪。

[适应证] 肝血不足型泪症。流泪不止,目无赤痛,迎风流泪,面色少华,头晕目眩。

[用法] 上药共为细末,和匀,每次服 10g,每日 2 次,开水送服。

2. 菊睛丸(《普济方》)

[组成] 巴戟天 3g,五味子 9g,枸杞子 12g,肉苁蓉 6g,甘菊花 15g。

[功用] 滋养肝肾,固摄泪道。

[适应证] 本方适用于精血不足之流泪症,见泪水常流,拭之又生,清冷而稀薄,头昏耳鸣,腰膝酸软,脉沉细。

[用法] 水煎,日 1 剂,分 2 次服。

3. 益气养肝止泪汤(《全国中医眼科名家学术经验集》)

[组成] 黄芪 20g,熟地黄 10g,当归 10g,白芍 10g,白蒺藜 10g,蕤仁肉 10g,枸杞子 15g,甘草 6g。

[功用] 补脾肺之气,益肝肾之阴。

[适应证] 脾肺气虚,肝肾不足之泪症。

[用法] 水煎,日 1 剂,分 2 次服。

九、天行赤眼

由于外感疫疠之气而暴发白睛红赤,或白睛溢血,疼痛涩痒,怕热羞明,眵泪交流,双眼受累,能迅速广泛流行的眼病,为天行赤眼。本病相当于西医学的流行性传染性结膜炎,俗称"红眼病"。

1. 蚯蚓水(《千家妙方》)

[组成] 新鲜蚯蚓 4 条[洗净]。

[功用] 清热消炎。

[适应证] 适用于流行性传染性结膜炎之急性者。

[用法] 将蚯蚓放碗内,加少许白糖,上面用碗扣之,待其化水后,用其

---

① 彭清华. 全国中医眼科名家学术经验集[M]. 北京:中国中医药出版社,2014.

水点眼,每日 4 次。

2. 清火汤(《银海指南》)

[组成] 连翘 9g,山栀 6g,当归尾 6g,赤芍 6g,石斛 9g。

[功用] 清热泻火,凉血活血。

[适应证] 天行赤眼症见白睛溢血者。本方对天行赤眼病情重者尤适宜。

[用法] 水煎,日 1 剂,分 2 次服。

十、金疳

金疳为白睛表面起粟粒样小泡,周围绕以血丝,目觉隐涩不适,微痛畏光,眵泪不多的眼病。本病相当于西医学的疱疹性结膜炎。

消散金疳饮(《古今特效单验方》)

[组成] 桑白皮 10g,黄芩 10g,地骨皮 10g,玄参 10g,桔梗 6g,防风 10g,赤芍 12g,连翘 15g。

[功用] 泻肺散结。

[用法] 水煎,日 1 剂,分 2 次服。同时可作湿热敷,有助退红消滞。还可配合用红花 9g、银花藤 18g、丝瓜络 9g 水煎,熏洗患眼。

[辨证加减] 若见小泡四周赤丝缠绕,紫胀,加牡丹皮 10g;若见小泡凹陷,经久不消,四周赤丝隐现者,加麦冬、知母。

十一、聚星障

黑睛生细小星翳,或连缀,或团聚,或散漫,伴有抱轮红赤,畏光流泪,沙涩疼痛的眼病为"聚星障"。本病相当于西医学之浅层点状角膜炎和树枝状角膜炎。常分为肝经风热型、肝经蕴热型和体虚邪留型。

1. 清热消翳汤(《古今特效单验方》)

[组成] 板蓝根 10g,赤芍 10g,蔓荆子 10g,柴胡 6g,露蜂房 10g,金银花 10g,白蒺藜 10g。

[功用] 清热平肝,祛风消翳。

[适应证] 适用于本病之初起,证属肝经风热型。见白睛抱轮红赤,黑睛星翳色灰白或微黄,伴羞明流泪,沙涩疼痛,口咽干,脉浮数,舌薄苔黄。

[用法] 水煎,日 1 剂,分 2 次服。本方内治的同时,需配合局部的治疗。黄连 30g、烧酒 60g、冰片 1.5g,将冰片入酒内,用酒 30g 浸黄连半天后再用酒 30g 加入黄连内,用火点燃烧酒,待火自灭,剩下之溶液点眼。

2. 青芷四物汤(《千家妙方》)

[组成] 大青叶 50g,白芷 15g,当归 15g,赤芍 20g,生地黄 15g,川芎 15g,白芍 20g。

[功用] 清泻肝火。

[适应证] 适用于本病之较重者,证属肝经蕴热型。见抱轮红赤,黑睛星翳团聚,色黄,伴眼疼难睁,羞明热泪,口干苦欲饮,舌红苔黄,脉弦数。

[用法] 水煎,日 1 剂,分 2 次服。可配合食醋 200ml 煮沸,趁热气熏眼,使眼部气血流畅,疏邪而导滞。

3. 扶正消翳汤（《古今特效单验方》）

［组成］党参 10g，板蓝根 10g，茯苓 10g，甘草 3g，蝉蜕 6g，赤芍 6g。

［功用］扶正祛邪，消风散翳。

［适应证］适用于本病之后期，证属体虚邪留型。见抱轮红赤轻微，黑睛星翳细小，疏散，色白隐现，病情日久，眼干涩不舒，或兼面色苍白，乏力，脉弱。

［用法］水煎，日 1 剂，分 2 次服。

十二、花翳白陷、凝脂翳

黑睛生翳，四周高起，中间低陷，形如花瓣的眼病为花翳白陷；其翳肥浮脆嫩，状如凝脂的眼病为凝脂翳。相当于西医学之角膜溃疡。

退翳明目汤（《古今特效单验方》）

［组成］金银花 30g，板蓝根 30g，野菊花 30g，白蒺藜 12g，蝉蜕 10g，赤芍 10g，玄参 15g。

［功用］清热疏风，退翳明目。

［适应证］适用于本病轻症，证属风热壅盛型。见抱轮红赤，黑睛星翳或如花瓣，或如凝脂，并觉目珠疼痛，羞明流泪，沙涩目昏。

［用法］水煎，日 1 剂，分 2 次服。

十三、黄液上冲

黄液上冲指黑睛与黄仁之间积聚黄色脓液的急重眼病，以抱轮红赤，瞳神紧小，羞明难睁，头目剧痛为主症，相当于西医学之前房积脓。多属花翳白陷、凝脂翳、瞳神紧小的并发症。

清泻黄液方（《古今特效单验方》）

［组成］车前子 9g^{（包煎）}，大黄 9g^{（后下）}，黄芩 12g，茺蔚子 9g，石膏 15g^{（先煎）}，栀子 9g，玄参 9g，防风 9g。

［功用］清热泻火解毒。

［适应证］黄液上冲。

［用法］水煎，日 1 剂，分 2 次服。

［辨证加减］如抱轮红甚，脓黄稠且多者，加金银花、蒲公英；如抱轮红黯，瞳神紧小者，加牡丹皮、赤芍。

十四、暴盲

暴盲是指眼外观端好，一眼或双眼视力急剧下降，甚或视力骤然丧失的内障眼病。西医学的视网膜中央动脉阻塞，视网膜中央静脉阻塞，视网膜静脉周围炎，急性视神经炎等多种眼病可以出现暴盲症状。

1. 脉通饮（《古今特效单验方》）

［组成］葛根 30g，丹参 30g，黄芪 15g，地龙 15g，柴胡 10g，路路通 10g。

［功用］活血通络，益气开窍。

［适应证］暴盲。

［用法］水煎，日 1 剂，分 2 次服。

［辨证加减］大便秘结者，加大黄 10g^{（后下）}。

2. 失笑散（《太平惠民和剂局方》）

［组成］蒲黄 9g，五灵脂 6g。

［功用］通利血脉，活血祛瘀。

［适应证］暴盲。

［用法］水煎，日 1 剂，分 2 次服。

3. 戊癸固元汤(《全国中医眼科名家学术经验集》)

[组成] 茯苓 15g,桂枝 10g,白术 15g,砂仁 10g,丹参 20g,补骨脂 15g,沙苑子 10g,葫芦巴 10g,甘草 6g。

[功用] 温肾化气,健脾祛湿,活血化瘀。

[适应证] 脾肾两虚、瘀湿不化之暴盲。

[用法] 水煎,日 1 剂,分 2 次服。

4. 舒肝解郁汤(《全国中医眼科名家学术经验集》)

[组成] 炒柴胡 10g,赤芍 12g,当归 12g,白术 10g,茯苓 15g,香附 10g,郁金 10g,牡丹皮 10g,栀子 10g,丹参 20g,甘草 6g。

[功用] 疏肝解郁,健脾渗湿,活血通络明目。

[适应证] 肝脾不调、瘀湿不化之暴盲。

[用法] 水煎,日 1 剂,分 2 次服。

十五、视瞻昏渺

视瞻昏渺指眼外观无异常,而视力减退,自觉视物昏蒙的眼病,常伴有眼前中央固定的暗影,或视物变大,或视物变小,或视物变形或视物易色。本病相当于西医学之中心性视网膜炎,一般分为湿邪上泛型,阴虚火旺型和肝肾阴虚型。

1. 利水方(《古今特效单验方》)

[组成] 茯苓 10g,猪苓 10g,泽泻 10g,白术 10g,桂枝 6g,泽兰叶 10g,郁金 10g,白蒺藜 10g。

[功用] 温阳健脾,行气利水。

[适应证] 主要用于本病的早期,黄斑区水肿较重者,证属水湿上泛型。视物昏蒙,眼前暗影,固定不动,或视直如曲,视大为小,检视内眼黄斑区水肿。头重胸闷,舌苔白腻脉滑。

[用法] 水煎,日 1 剂,分 2 次服。

2. 知柏地黄汤(《医宗金鉴》)

[组成] 熟地黄 30g,山药 15g,山茱萸 15g,茯苓 10g,泽泻 10g,牡丹皮 10g,知母 10g,黄柏 10g。

[功用] 滋阴降火。

[适应证] 适用于本病之中期,证属阴虚火旺型。见视物昏蒙,眼前暗影,视物变形,检视内眼黄斑区水肿轻,有渗出及色素游离,兼见头晕失眠,五心烦热,口燥咽干,脉沉细数。

[用法] 水煎,日 1 剂,分 2 次服。

3. 明目地黄丸加减方(《千家妙方》)

[组成] 熟地黄 12g,生地黄 12g,枸杞子 12g,桑椹 12g,女贞子 12g,怀山药 12g,牡丹皮 9g,红花 6g。

[功用] 补益肝肾。

[适应证] 本方适用于本病后期,证属肝肾阴虚型。见眼内干涩,视物昏蒙,视物变形,检视内眼黄斑区水肿消退,自觉眼症久不消失。头晕耳鸣,夜眠多梦,腰膝酸软,脉沉细。

[用法] 水煎,日 1 剂,分 2 次服。

4. 三仁解毒汤(《全国中医眼科名家学术经验集》)

［组成］苦杏仁 10g,豆蔻 10g,薏苡仁 30g,苍术 12g,茯苓 15g,草薢 15g,车前子 15g,炒黄芩 10g,金银花 15g,甘草 6g。

［功效］清热利湿,化瘀通络明目。

［适应证］脾失健运、瘀湿不化之视瞻昏渺。

［用法］水煎,日 1 剂,分 2 次服。

十六、疳积上目

小儿因疳积伤眼,初起暗处不能见物(夜盲),继而眼珠干燥,黑睛生翳,其则溃陷的眼病,为"疳积上目"。本病相当于西医学之角膜软化症,常分为脾虚气弱型和肝旺脾虚型。

1. 健脾养目方(《中医眼科》)

［组成］党参 9g,苍术 6g,大枣 3 枚,石斛 6g,怀山药 9g。

［功用］健脾益气。

［适应证］适用于脾虚气弱之夜盲者。夜盲,白睛少泽,黑睛黯淡,呈灰白色混浊,兼喜闭目,纳呆消瘦,少气懒言,舌淡脉弱。

［用法］水煎,日 1 剂,分 2 次服。

2. 健脾消疳饮(《中医眼科》)

［组成］党参 9g,夏枯草 6g,胡黄连 3g,使君子 9g,白芍 9g。

［功用］健脾消疳。

［适应证］适用于肝旺脾虚之夜盲症。见夜盲,眼干涩羞明,眨动频繁,白睛皱折,黑睛无光泽呈灰白色混浊,甚者外观如豆腐皮状。兼烦躁易怒。

［用法］水煎,日 1 剂,分 2 次服。还应合理安排饮食,吃富含维生素 A 的食物,如乳、豆、肝类。如有虫积者,可将肝(猪、羊、鸡、兔均可)与使君子肉和榧子肉共蒸食之。

十七、眉棱骨痛

以眉棱骨和眼眶骨部疼痛的病症,为眉棱骨痛,相当于西医学之眶上神经痛。可分为肝郁风热型和风寒困表型。

1. 舒肝止痛汤(《古今特效单验方》)

［组成］柴胡 10g,黄芩 10g,夏枯草 15g,荆芥 10g,防风 10g,赤芍 10g,白芷 10g,川芎 10g。

［功用］清热疏肝,散风通络。

［适应证］肝郁风热型。见眉棱骨痛,压之痛甚,眼珠胀痛走窜,兼胸胁苦满,脉弦。

［用法］水煎,日 1 剂,分 2 次服。

2. 白芷葱豉汤(《卫生宝鉴方》)

［组成］白芷 12g,豆豉 6g,葱白 3 段,甘草 6g,生姜 3 片,大枣 3 枚。

［功用］辛温散寒止痛。

［适应证］风寒困表型。见眉棱骨隐痛,压之痛甚。兼见头痛身楚,舌淡苔白,脉浮紧。

［用法］水煎,日 1 剂,分 2 次服。

十八、近视

近视又称"屈光不正",这里主要是指假性近视而言。本病多见于学龄前儿童,主要为不良的用眼习惯而致,如学习或工作时光线不良、体位不正、目标过近或使用目力不当等。

1. 自制屈光不正方(《陈达夫中医眼科临床经验》)

[组成]楮实子25g,菟丝子25g,茺蔚子18g,枸杞子15g,木瓜15g,三七粉3g^(冲服),青皮15g,五味子6g,紫河车粉10g^(冲服),寒水石10g^(先煎)。

[功用]补肾调肝。

[适应证]功能性近视。

[用法]水煎,日1剂,分2次服。

2. 益气聪明汤合定志丸(《眼科专病中医临床诊治》[①])

[组成]党参15~25g,黄芪18~30g,白芍15g,远志10g,秦艽12g,丹参12~18g,女贞子10~15g,枸杞子10~15g,白术10~15g,葛根15~20g,石菖蒲9g,珍珠层粉3g。

[功用]健脾益气,安神定志,兼以补益肝肾,养血通络。

[适应证]屈光度改变为主阶段,指以屈光度进行性加深为突出表现的近视。

[用法]水煎,日1剂,分2次服。可翻渣再煎服。

3. 加味定志汤(《燕京韦氏眼科学术传承与临床实践》[②])

[组成]石菖蒲6g,党参3g,远志6g,白茯神10g,枸杞子10g,五味子9g,菟丝子9g,石决明24g^(先煎)。

[功用]益气养心,补益肝肾。

[适应证]心脾两虚,肝肾不足之近视眼。

[用法]水煎,日1剂,分2次服。

---

① 张梅芳,詹宇坚,邱波.眼科专病中医临床诊治[M].北京:人民卫生出版社,2013.

② 韦企平,孙艳红.燕京韦氏眼科学术传承与临床实践[M].北京:人民卫生出版社,2018.

第六章

耳鼻咽喉口齿科病症

一、耳疖、耳疮

耳疖又称"耳疔",是指发生于外耳道的疖肿。耳疮是指外耳道弥漫性红肿,或有渗液,相当于西医学的外耳道炎。临床辨证可分为风热邪毒外侵型、肝胆湿热上蒸型。

1. 解毒消肿汤(《古今特效单验方》)

[组成]连翘15g,金银花15g,紫花地丁15g,赤芍9g,甘草9g,牡丹皮12g,大黄6g^(后下)。

[功用]清热解毒,逐瘀消肿。

[适应证]适用于外耳道疖肿及弥漫性外耳道炎属热毒壅盛者,症见外耳道局限性红肿,隆起如椒目,或弥漫性红肿,疼痛,兼见发热、头痛、便秘等。

[用法]水煎,日1剂,分2次服。

2. 清热除湿汤(《古今特效单验方》)

[组成]柴胡6g,黄连6g,龙胆草9g,苦参9g,木通9g,土茯苓9g,连翘12g。

[功用]清热利湿。

[适应证]适用于湿热内蕴,上蒸耳窍所致的耳疖、耳疮,症见外耳道红肿疼痛,有黄黏渗液,发热或寒热往来,口苦咽干,溲黄便秘,舌红,苔黄腻,脉弦数。

[用法]水煎,日1剂,分2次服。

二、旋耳疮

旋耳疮又称"月蚀疮",是指旋绕耳周而发的疮疡,相当于西医学的外耳湿疹,一般分为风热湿邪浸渍、血虚生风化燥两型。

1. 养血止痒汤(《古今特效单验方》)

[组成]当归12g,川芎9g,赤芍9g,白芍9g,生地黄15g,荆芥9g,白鲜皮6g。

[功用]养血活血,祛风润燥。

[适应证]本方适用于外耳干性湿疹,血虚生风化燥型,症见湿疹反复发作,耳道或耳壳周围皮肤增厚、粗糙、皲裂、瘙痒。

[用法]水煎,日1剂,分2次服。

2. 硫柏散(《百病良方》)

[组成]硫黄15g,黄柏15g,白及15g,白芷15g,白矾15g。

[功用]清热燥湿。

[适应证]旋耳疮。

[用法]将上药各研成细末后混匀备用。如局部未流水或未溃烂时,将药末用麻油调成糊状,涂患处。如已流水或已溃烂,可用药粉直接撒于患处,轻者每天换药1次,重者每天换药2次。换药前先用温开水洗净患处,但禁用肥皂水洗。

三、耳胀、耳闭

耳胀、耳闭都是以耳内胀闷堵塞感为特征的耳窍疾病(耳道检查并无物堵塞)。病初起,耳内胀而兼痛,称之为"耳胀";病久者,耳内如物阻隔,清窍闭塞,称"耳闭"。西医学的急慢性非化脓性中耳炎与此相似。

1. 加味通气散(《古今特效单验方》)

[组成]柴胡9g,川芎9g,香附9g,赤芍12g,石菖蒲9g,路路通9g。

[功用]行气活血,通窍开闭。

[适应证]适用于鼓膜内陷明显,甚至粘连者,证属邪毒留滞、气血瘀阻型。症见耳内胀闷堵塞感日久不愈,听力减退,逐渐加重。

[用法]水煎,日1剂,分2次服。配合鼓气吹张法,可提高疗效。即捏鼻、闭唇、鼓气,使气进入耳窍内,此时鼓膜有向外膨胀的感觉,若有鼻塞涕多者,不宜行此法。

2. 五苓散(《伤寒论》)

[组成]猪苓(去皮)、茯苓、白术各9g,泽泻15g,桂枝6g(去皮)。

[功用]利水渗湿,温阳化气。

[适应证]凡急慢性卡他性中耳炎、急性化脓性中耳炎炎症消失而脓性分泌物仍多者,可用此方治疗。本方具有利湿下行的作用,能促使分泌物减少以至消失。

[用法]散剂,每服6~10g;汤剂,水煎,日1剂,分2次服。

四、脓耳

脓耳是指鼓膜穿孔、耳内流脓为主要表现的疾病。其有急慢性之分,相当于西医学的化脓性中耳炎。

1. 托里除脓汤(《古今特效单验方》)

[组成]党参15g,黄芪15g,金银花15g,当归9g,赤芍9g,车前子9g(包煎),薏苡仁30g,茯苓9g,甘草9g。

[功用]健脾利湿,扶正祛邪。

[适应证]适用于慢性中耳炎热象不著者,证属脾虚湿困,邪毒留

滞型,症见耳流脓日久不止,量多质稀,伴头晕头重,倦怠乏力,纳少便溏等症。

［用法］水煎,日 1 剂,分 2 次服。

2. 雄冰散(《百病良方》)

［组成］雄黄 18g,冰片 4.5g,灯心草 4.5g^(烧黄存性),桑螵蛸 30g^(烧黄存性),辰砂 6g,枯矾 3g,青黛 12g。

［适应证］本方无论急慢性脓耳均可使用。

［功用］清热解毒,消肿止痛,敛湿去脓。

［用法］研末成散,密封备用。每日 2 次,喷入耳内。每次喷药之前,需用消毒棉签将耳内脓液拭净,否则影响疗效。

五、耳眩晕

耳眩晕是指因耳窍有病,功能失调而引起的眩晕。相当于西医学的梅尼埃病,本病可分为痰湿内阻型、阴虚阳亢型治疗。

1. 镇眩汤(《千家妙方》)

［组成］泽泻 40g,白术 20g。

［功用］蠲饮利湿。

［适应证］痰湿内阻型。突发眩晕,恶心呕吐,耳鸣耳闭。

［用法］水煎,日 1 剂,分 2 次服。

2. 滋阴定眩汤(《千家妙方》)

［组成］珍珠母 30g^(先煎),菊花

10g,沙参 30g,白芍 24g,枸杞子 15g,山茱萸 15g。

［功用］滋阴潜阳,安神定眩。

［适应证］适用于阴虚阳亢导致的眩晕,症见眩晕头痛,耳鸣耳聋,少寐多梦。

［用法］水煎,日 1 剂,分 2 次服。

六、伤风鼻塞

伤风鼻塞是指感受风邪而致鼻窍不通、流涕、喷嚏,甚至不闻香臭的鼻病。相当于现代医学的急性鼻炎,分外感风寒、外感风热两型。

1. 荆防散寒汤(《现代中医耳鼻咽喉口齿科学》[①])

［组成］荆芥 10g,防风 10g,紫苏 10g,生姜 3 片。

［功用］祛风散寒。

［适应证］外感风寒型,症见鼻塞,流清涕、打喷嚏,头痛,恶寒重,发热轻,舌苔薄白,脉浮紧。

［用法］水煎,日 1 剂,分 2 次服。

2. 蒲桑汤(《现代中医耳鼻咽喉口齿科学》)

［组成］蒲公英 50g,桑叶 10g,忍冬藤 50g,薄荷 10g^(后下)。

［功用］疏风清热。

［适应证］外感风热型,症见鼻塞,鼻痒气热,流黄涕,发热恶风,咽痛等。

---

① 何宗德,余养居,房学贤.现代中医耳鼻咽喉口齿科学[M].合肥:安徽科学技术出版社,1986.

［用法］水煎,日 1 剂,分 2 次服。

七、鼻窒

鼻塞时轻时重,或两侧鼻窍交替堵塞,反复发生,经久不愈,甚至嗅觉失灵者称"鼻窒"。与西医学的慢性鼻炎相似,一般分为邪滞鼻窍与气血瘀阻两型。

1. 活血畅鼻汤(《古今特效单验方》)

［组成］当归 9g,川芎 9g,赤芍 9g,红花 9g,鸡血藤 9g,辛夷 9g^(包煎),薄荷 6g^(后下),丹参 9g,香附 9g。

［功用］活血行气通窍。

［适应证］适用于气血瘀滞型的慢性肥厚性鼻炎,症见鼻塞无歇,嗅觉迟钝,鼻甲肿实色黯,呈桑椹状者。

［用法］水煎,日 1 剂,分 2 次服。

2. 慢性鼻炎方(《干祖望中医五官科经验集》)

［组成］苍术 10g,白芷 10g,石榴皮 10g。

［功用］疏风散邪。

［适应证］适用于外邪侵袭,阻滞鼻窍。症见鼻塞流涕,畏风,鼻甲红肿。

［用法］上三味浓煎,蒸汽熏鼻。

3. 慢性肥厚性鼻炎方(《干祖望中医五官科经验集》[①])

［组成］红花 10g,桃仁 10g,皂角刺 10g。

［功用］活血行气通窍。

［适应证］适用于气血瘀滞型的慢性肥厚性鼻炎,症见鼻塞无歇,嗅觉迟钝,鼻甲肿实色黯,呈桑椹状者。

［用法］上三味浓煎,蒸汽熏鼻。

八、鼻槁

鼻槁,是指以鼻内干燥,肌膜萎缩,鼻窍宽大,积有黄绿色痂皮为主要症状的鼻病。相当于西医学的萎缩性鼻炎,临床以阴虚肺燥型为主。

1. 养阴润鼻汤(《百病良方》)

［组成］麦冬 15g,沙参 15g,知母 15g,生地黄 30g,玉竹 15g,牡丹皮 10g,枇杷叶 12g,生甘草 6g。

［功用］滋阴润燥。

［适应证］适用于阴虚肺燥型之鼻槁。鼻内干燥,肌膜萎缩,涕带血丝,咽痒时嗽。

［用法］水煎,日 1 剂,分 2 次服。外用棉签蘸蜂蜜涂于鼻腔内,1 日 3 次,可起到滋润鼻黏膜的作用。本病禁用麻黄素等血管收缩剂滴鼻。

［辨证加减］鼻易出血者加栀子 10g、侧柏炭 10g;鼻臭严重者加鱼腥草 30g、黄芩 12g、生石膏 30g^(先煎)。

2. 黑参丸(《千家妙方》)

［组成］玄参、麦冬、生地黄各等份。

---

① 严道南,陈小宁.干祖望中医五官科经验集[M].南京:江苏科学技术出版社,1992.

［功用］滋阴润燥。

［适应证］鼻槁。

［用法］共为末,炼蜜为丸,每丸重9g,早晚各服1丸。

九、鼻渊

鼻渊,俗称"脑漏",是以鼻流浊涕,量多不止,久则鼻塞不通,嗅觉减退,甚或出现头目眩晕、头痛。与西医学的急慢性鼻窦炎相似,中医认为本病的发生多为肺气壅塞,清阳不升,宣肃失职而致,临床上主要分为肺经风热、肝胆湿热、正虚邪恋三个类型。

1. 扶正排脓汤(《古今特效单验方》)

［组成］黄芪15g,茯苓9g,白术9g,当归9g,桃仁9g,冬瓜子15g,生薏苡仁30g,鱼腥草15g,皂角刺9g,败酱草15g,桔梗9g。

［功用］扶正祛邪,祛湿清热排脓。

［适应证］适用于湿热留恋,缠绵难愈之鼻渊,症见鼻流脓涕日久不愈,头重鼻塞,或兼见食少,乏力等。

［用法］水煎,日1剂,分2次服。

2. 理鼻汤(刘绍武验方)

［组成］柴胡10g,黄芩10g,苏子20g,川椒7g,党参20g,甘草7g,辛夷15g(包煎),苍耳子20g,王不留行15g,陈皮15g,白芍15g,大黄8g(后下),大枣12g。

［功用］清热泻火,宣肺通窍。

［适应证］急慢性鼻炎,急慢性鼻窦炎。

［用法］水煎,日1剂,分2次服。

3. 鼻渊散(《张赞臣临床经验选编》)

［组成］辛夷花30g,薄荷叶6g,飞滑石9g,硼砂9g(风化),大梅片0.9g。

［功用］清热化湿,通利鼻窍。

［适应证］鼻渊常流黄黏浊涕,腥臭难闻等。

［用法］上药共研细末,过筛,吹鼻内,日2~3次。

4. 鼻窦炎经验方(《张子琳验方》)

［组成］苍耳子9g,辛夷9g(包煎),菊花9g,薄荷6g(后下),连翘9g,生地黄9g,杭白芍9g,白芷9g,金银花15g,当归9g,细辛3g,川芎6g,蝉蜕9g,白蒺藜9g。

［功效］散风清热,芳香开窍。

［适应证］主治鼻窦炎或急性发作者,间歇性或持续鼻塞,流涕黄浊黏稠,嗅觉减退或消失,鼻腔黏膜红肿,两眉间或颧部有压痛或前额痛甚,每遇感冒症状加重,苔黄,脉数。

［用法］每日1剂,水煎分2次温服。

［辨证加减］若风寒初期者,加荆芥、防风、羌活;内有伏火者加玄参、栀子、黄芩;咳嗽者加麦冬、桔梗;头痛者加蔓荆子、藁本;久病体虚者减去生地黄,兼服补中益气丸;肾阴不足者兼服六味地黄丸。

5. 鼻渊合剂(《干祖望中医五官科经验集》)

[组成]苍耳子10g,辛夷6g$^{(包煎)}$,鸭跖草10g,薄荷6g$^{(后下)}$,芦根10g,白芷6g。

[功用]疏风清热,排脓消炎。

[适应证]主治慢性鼻窦炎急性发作,急性鼻窦炎等。症状为间断或持续性鼻塞,流涕黄浊黏稠,嗅觉减退或消失,鼻腔黏膜红肿,两眉间或颧部有压痛或前额痛甚。

[用法]每日1剂,水煎分2次温服。

6. 鼻渊散(《黄一峰医案医话集》[①])

[组成]藿香15g,苍耳子15g,木香15g,鱼脑石15g,辛夷15g,鹅不食草9g。

[功用]开通鼻窍。

[适应证]鼻腔阻塞,有黏液或脓性黏液分泌,重者伴头晕。

[用法]上药共研末,塞鼻用。

7. 碧云散(《张赞臣临床经验选编》)

[组成]川芎15g,鹅不食草15g,细辛3g,辛夷3g,上青黛1.5g,三梅片0.9g。

[功用]清热泄浊,宣通鼻窍。

[适应证]脑漏(鼻渊),鼻涕色黄而稠,鼻窍呼吸不畅,头痛额胀,不闻香臭等症。

[用法]上药共研细末,过筛,吹鼻内,日2~3次。

十、鼻衄

鼻衄,即鼻中出血。鼻衄严重者,又称"鼻洪"。

1. 清肝凉血汤(《古今特效单验方》)

[组成]菊花15g,栀子9g,白芍9g,龙骨30g$^{(先煎)}$,牡蛎30g$^{(先煎)}$,大蓟15g,小蓟15g,白茅根15g。

[功用]清泻肝火,平抑肝阳,凉血止血。

[适应证]适用于肝火上逆、肝阳上亢而致的鼻衄,症见鼻衄,头痛头晕,面红目赤,急躁易怒,口苦咽干,脉弦数。

[用法]水煎,日1剂,分2次服。

2. 白虎汤(《伤寒论》)

[组成]石膏50g,知母18g,甘草6g,粳米9g。

[功用]清热生津,清胃止衄。

[适应证]阳明气分热盛引起的鼻衄,伴有壮热面赤,烦渴引饮,汗出恶热,脉洪大有力。

[用法]水煎,日1剂,分2次服。

十一、鼻息肉

鼻息肉,是指鼻腔内的赘生物,

---

① 苏州市中医院.黄一峰医案医话集[M].北京:中国中医药出版社,2013.

其状若葡萄或榴子,光滑柔软,带蒂可活动,又称"鼻痔"。本病多因肺经湿热,壅结鼻窍所致。

辛夷清肺饮(《医宗金鉴》)

[组成]辛夷9g^(包煎),甘草9g,石膏9g^(先煎),知母9g,栀子9g,黄芩9g,枇杷叶9g,升麻6g,百合9g,麦冬9g。

[功用]清肺宣气。

[适应证]本方适用于肺经蕴热,失于宣畅,湿热邪浊积聚而形成的鼻息肉。鼻生息肉,鼻塞不通。

[用法]水煎,日1剂,分2次服。

十二、风热喉痹

风热喉痹,系指风热邪毒侵袭,肺胃有热而致的咽喉病变。临床上以咽喉红肿疼痛逐渐增剧,咽喉异物堵塞感为主要症状。相当于西医学的急性咽炎。

泻火利咽汤(《古今特效单验方》)

[组成]生大黄9g^(后下),芒硝6g^(冲服),桔梗9g,甘草9g,射干9g,黄芩9g,连翘12g。

[功用]清热解毒。

[适应证]适用于邪热炽盛,熏灼咽喉而致的肺胃积热型喉痹重证,症见咽痛剧烈,吞咽困难,咽部红肿,喉底滤泡肿大,发热,口干喜饮,头痛,痰黄,大便秘结,舌赤苔黄。

[用法]水煎,日1剂,分2次服。

十三、咽喉肿痛

咽痛是上呼吸道感染或急性扁桃体炎及急慢性咽喉炎等病的一个主要症状。中医认为是外感邪热熏灼肺系,或肺胃二经郁热上壅,或胃阴亏损,虚火上炎导致的咽喉痛。

1. 清喉汤(刘绍武验方)

[组成]葛根30g,薄荷15g^(后下),金银花20g,连翘15g,桔梗15g,玄参20g,郁金10g,芦根15g,甘草10g。

[功用]疏风清热,解毒散结。

[适应证]扁桃体炎,喉炎。

[用法]水煎,日1剂,分2次服。

2. 金灯山根汤(《张赞臣临床经验选编》)

[组成]挂金灯9g,山豆根9g,白桔梗4.5g,生甘草3g,嫩射干4.5g,牛蒡子9g。

[功用]疏风化痰,清热解毒,消肿利咽。

[适应证]咽喉红肿、乳蛾、喉痹喉风、咽痛等病症。

[用法]上方用清水600ml煎至300ml,日服两次。

十四、急喉喑

急喉喑,又称"暴喑",以声音不扬,甚至嘶哑失音,发病较急,病程较短为特征。与西医学的急性喉炎相似。

开音汤(《现代耳鼻咽喉口齿

科学》)

[组成] 麻黄 6g,杏仁 9g,甘草 9g,白前 9g,前胡 9g,紫菀 9g,款冬花 9g,生姜 3 片。

[功用] 宣肺止咳开音。

[适应证] 适用于风寒外袭,肺气失宣而致的金实不鸣,症见声音不扬,甚则嘶哑,或兼有咽喉微痛,咳嗽,鼻塞流清涕,恶寒发热,头痛、无汗,口不渴。

[用法] 水煎,日 1 剂,分 2 次服。

十五、慢喉喑

慢喉喑,是指久病声音不扬,甚至嘶哑失音而言,又称"久喑"。与西医学的慢性喉炎相似。

1. 咽喉甘露饮(《千家妙方》)

[组成] 天冬 12g,麦冬 12g,生地黄 9g,熟地黄 9g,白芍 9g,赤芍 9g,玄参 6g,黄芩 6g,石斛 9g,枇杷叶 9g,甘草 6g,玉蝴蝶 6g。

[功用] 补益肺肾,佐以开音。

[适应证] 适用于肺肾阴虚,喉失濡养所致的慢喉喑,症见声音嘶哑,喉部微痛不适,干燥,干咳少痰,全身或有手足心热,虚烦少寐,腰酸膝软,颧红唇赤。

[用法] 水煎,日 1 剂,分 2 次服。

2. 益气开音汤(《千家妙方》)

[组成] 党参 12g,当归 9g,桔梗 9g,生黄芪 12g,炙升麻 6g,淮小麦 30g,生白术 9g,甘草 4.5g,凤凰衣 3g,

玉蝴蝶 15g,胖大海 9g。

[功用] 补肺益脾,佐以开音。

[适应证] 适用于肺脾气虚而致的金破不鸣者,症见声嘶日久,劳则加重,语言低微,讲话费力不能持久。全身可见少气懒言,倦怠乏力,纳呆便溏等。

[用法] 水煎,日 1 剂,分 2 次服。

3. 加味二陈汤(《千家妙方》)

[组成] 陈皮 10g,茯苓 10g,半夏 10g,甘草 6g,苍术 9g,白术 9g,枳实 9g,白芥子 9g。

[功用] 健脾化痰祛湿。

[适应证] 痰湿结聚型慢喉喑。喉内不适,声带有息肉,痰多,有异物感。

[用法] 水煎,日 1 剂,分 2 次服。

十六、牙痛

牙痛是口齿科疾病常见症状之一,无论是牙齿或是牙周的疾病均可发生牙痛。临床上大致可分为风火搏结型、风寒侵袭型、胃火炽盛型和虚火上炎型及龋齿牙痛。

1. 白芷汤(《现代中医耳鼻咽喉口齿科》)

[组成] 防风 9g,荆芥 9g,连翘 15g,白芷 9g,薄荷 6g^(后下),赤芍 9g,生石膏 30g^(先煎),金银花 9g,栀子 9g。

[功用] 疏风清热。

[适应证] 本方适用于内有胃热,外感风邪而致的风火搏结型牙痛,症

见牙齿疼痛,痛无定处,遇热加重,口干口渴,便秘等。

〔用法〕水煎,日1剂,分2次服。

2. 牙痛散(《千家妙方》)

〔组成〕防风3g,羌活3g,细辛3g,荜茇3g,冰片6g,雄黄3g。

〔功用〕祛风散寒。

〔适应证〕风寒侵袭型牙痛。症见牙痛,得冷痛增,得温则减。齿龈无明显红肿。

〔用法〕将前四味药研为细粉,再加入研细的冰片、雄黄,混合备用。用时取药粉少许撒置病牙之牙龈上或龋洞内。

3. 石膏细辛汤(《奇难杂证古方选》[①])

〔组成〕生石膏45g[(先煎)],细辛3g。

〔功用〕泻火止痛。

〔适应证〕胃火炽盛型牙痛。牙痛剧烈,牙龈红肿,头痛,口渴引饮、口臭等。

〔用法〕水煎,日1剂,分3次服。另煎1剂,频频含漱。

4. 两地汤(《千家妙方》)

〔组成〕生地黄30g,熟地黄30g,玄参15g,骨碎补9g,金银花15g,细辛3g。

〔功用〕滋阴降火。

〔适应证〕虚火上炎型。症见牙痛隐隐,牙龈微红微肿者。无论何种

牙痛,只要所痛之牙局部红肿不甚,无明显炎症者,均可投用此方。

〔用法〕水煎,日1剂,分2次服。

5. 疗牙痛汤(《张赞臣临床经验选编》)

〔组成〕升麻3g,葛根3g,生甘草1.5g,赤芍3g。

〔功用〕清热宣散消肿。

〔适应证〕牙痛及牙龈肿胀等症。

〔用法〕清水煎汤约300ml,日服2次。

6. 牙痛方(《国医大师验案良方》[②])

〔组成〕墨旱莲15g,侧柏叶15g,细辛6g,海桐皮30g。

〔功用〕滋阴降火,消肿止痛。

〔适应证〕主治牙龈肿痛、牙痛、牙周炎。

〔用法〕水煎服,每日1剂,分2次温服。

十七、牙宣

牙宣是指以龈肉萎缩,牙根宣露,牙齿松动,经常渗血或溢脓为特征的疾病。与西医学的牙周炎相似,临床可分为胃火上蒸、肾阴虚损型。

1. 滋阴八味汤(《奇难杂症古方选》)

〔组成〕熟地黄12g,炒怀山

---

① 潘文昭,黄瑾明,陈筱钧.奇难杂症古方选[M].南宁:广西科学技术出版社,1984.

② 徐江雁.国医大师验案良方[M].北京:学苑出版社,2010.

药 6g，枸杞子 6g，茯苓 4.5g，牛膝 4.5g^(盐水炒)，山茱萸 4.5g，肉桂 1.2g，泽泻 4.5g。

［功用］补肾固齿，滋阴降火。

［适应证］本方适用于肾虚精亏，齿失濡养，虚火上炎而致的牙齿疏豁、动摇、根露，症见龈肉萎缩，牙龈溃烂，边缘微红肿，牙根宣露，或有头晕耳鸣，手足心热，腰酸等。

［用法］水煎，日 1 剂，分 2 次服。

2. 固齿散（《千家妙方》）

［组成］滑石粉 18g，甘草粉 6g，朱砂面 3g，雄黄 1.5g，冰片 1.5g。

［功用］清热解毒，消肿止痛，化腐生肌，收敛止血。

［适应证］慢性牙周炎。

［用法］上药共研细面，早晚刷牙后撒患处，或以 25g 药面兑 60g 生蜜之比例，调合后早晚涂患处。

十八、口疮

口疮，又名"口疳"，是指口腔黏膜上发生的表浅、圆形或椭圆形小溃疡。临床可分为实证与虚证两大类。

1. 清心泻火汤（《百病良方》）

［组成］淡竹叶 12g，生石膏 30g^(先煎)，生大黄 10g^(后下)。

［功用］清泻心脾之热。

［适应证］火热之象显著的实证口疮，症见口腔黏膜溃烂，灼热疼痛，

发热，口渴口臭，溲赤便秘等。

［用法］水煎，日 1 剂，分 2 次服。

2. 枸杞子汤（《奇难杂症古方选》）

［组成］枸杞子 12g，女贞子 12g，泽泻 12g，肉桂 4.5g，甘草 6g。

［功用］滋阴降火。

［适应证］阴虚内热、虚火上炎而致的口疮，症见口腔黏膜溃疡反复发作，此愈彼起，微痛，腰膝酸软，口干咽燥，心悸梦多，舌红少苔。

［用法］水煎，日 1 剂，分 2 次服。

3. 冰玉散（《张赞臣临床经验选编》）

［组成］煅石膏 30g^(水飞)，硼砂 21g，炙僵蚕 3g。

［功用］清热化痰，祛腐收敛。

［适应证］牙疳、口疮之肿痛溃腐等症。

［用法］共研细末，用浓茶汁拭净口腔肿处的腐烂、附着物，再将药末吹于患处。

4. 敛疮愈疡汤（成肇仁验方[①]）

［组成］法半夏 10g，干姜 3~6g，黄连 3~6g，黄芩 10g，党参 10g，炒白术 12g，升麻 10g，黄柏 10g，砂仁 6g^(后下)，炙甘草 6g。

［功用］清热化湿，安中解毒，敛疮愈疡。

［适应证］复发性口腔溃疡证属

---

① 昝俊杰.敛疮愈疡汤［N］.中国中医药报,2017-06-08(4).

脾虚湿热、寒热错杂者,症见口腔溃疡反复发作,时轻时重,缠绵难愈,舌红苔白或腻等。

［用法］水煎服,每日1剂,7天为1个疗程。服药期间禁食辛辣发物,宜清淡饮食,以助疮疡愈合。

十九、口糜

口糜,是指口腔肌膜糜烂成片如糜粥样,并有特殊气味的疾病,其状如鹅口,故又称"鹅口疮""雪口"。本病与西医学的口腔黏膜白念珠菌病相近,临床以湿热熏蒸型为主。

清热泻脾散(《医宗金鉴》)

［组成］山栀9g(炒),煅石膏30g(先煎),姜黄连9g,生地黄15g,黄芩9g,赤茯苓9g,灯心草1.5g。

［功用］清热解毒,利湿祛腐。

［适应证］湿热上蒸而致的口糜,症见口腔肌膜糜烂,上附白色腐物如糜粥,红肿作痛,全身可见发热、头痛,食欲不振,大便秘结,小便短赤,苔黄腻等。

［用法］水煎,日1剂,分2次服。

二十、面痛

中医范畴的"面痛"见于多种疾病,现代临床多指三叉神经痛,是面部三叉神经分布区内发生的阵发性神经痛,多为一侧面部烧灼样疼痛。中医认为本病的发生多为气血阻滞,火热

上冲,或阴虚阳亢,虚火上浮。

天白川芎汤(《特效按摩加小方治病法》)

［组成］天麻10g,白芍20g,川芎15g,制白附子5g,生甘草4g。

［功用］疏肝泻火止痛。

［适应证］面部烧灼样疼痛。

［用法］清水煎,二煎混合,分作2次服,每日1剂。

二十一、面瘫

面瘫又称口眼㖞斜、面神经麻痹,民间俗称"吊线风""歪嘴巴"。多为睡卧当风或汗后受风所致,其发病突然,每在睡觉醒来时,发现一侧面部板滞、麻木,不能皱眉、露齿、鼓腮等动作,额纹消失,鼻唇沟变浅,眼不能闭合,嘴巴歪向对侧,咀嚼食物时,食物残渣留在患侧齿颊之间,说话吐字不清。

牵正散(《杨氏家藏方》)

［组成］制白附子9g,炙僵蚕9g,炙全蝎9g。

［功用］祛风化痰,通络止痉。

［适应证］不能皱眉、露齿、鼓腮等动作,额纹消失,鼻唇沟变浅,眼不能闭合,嘴巴歪向对侧,咀嚼食物时,食物残渣留在患侧齿颊之间,说话吐字不清。

［用法］三药研为细末,和匀,每服3~5g,每日2~3次,黄酒调服。

第七章

伤科病症

一、下颌关节炎

下颌关节炎又称"颞下颌关节功能紊乱综合征",是一种常见的疾病,多发生于青壮年。患者常有一侧或双侧下颌关节疼痛酸胀,关节弹响,张口受限和局部压痛明显等症。

下颌关节炎多由局部受到意外损伤或寒冷的侵袭,使牙齿的咬口关节不正常,或因不良的咬合习惯及精神因素造成关节周围肌群痉挛,以致颞下颌关节功能紊乱。

1. 发散上部方(《少林寺秘方集锦》[①])

[组成] 防风、川芎、当归尾、赤芍、陈皮、羌活、法半夏各6g,白芷、广木香、甘草梢各3g,独活、骨碎补各

4.5g,生姜3片。

[功用] 疏风发表,行气活血。

[适应证] 本方适用于各种证型的下颌关节炎。主治头面部、颈部、上肢新伤。

[用法] 水、酒各半煎服,每日1剂,一日2次。

2. 补肾壮筋汤(《伤科补要》)

[组成] 山茱萸10g,怀牛膝10g,生地黄15g,熟地黄15g,当归10g,五加皮10g,茯苓10g,续断10g,杜仲12g,白芍12g,青皮6g。

[功用] 补益肝肾,强筋壮骨,祛风除湿。

[适应证] 适用于肝肾不足,筋骨失养而外感风寒湿邪者。

[用法] 水煎服,日1剂,早晚

① 德虔. 少林寺秘方集锦[M]. 郑州:河南科学技术出版社,1986.

分服。

3. 活血止痛汤加减(《伤科大成》)

[组成] 当归 18g,川乌(先煎) 18g,桑枝 18g,姜黄 15g,赤芍 18g,白芷 18g,乳香 6g,没药 6g,红花 15g,牛膝 15g,细辛 15g,川芎 15g,薄荷 18g。

[功用] 疏通经络,祛寒活血,解痉止痛。

[适应证] 症见肌肉拘紧,开口受限,口型偏向患侧,关节疼痛向颞部放射,动则弹响,偶有卡阻,重者开口度不足一指,口型偏斜或摆动,叩、触痛明显,随气候变化,遇冷则重,得热则轻。或伴头晕、目眩、眶胀、四肢困重、手足寒凉,舌质绛,尖边瘀斑,舌苔薄或少苔,脉沉细,辨证为外感阴邪型者。

[用法] 水煎服,日 1 剂,早晚分服。

4. 补肾壮骨汤(《林如高骨伤验方集》[①])

[组成] 杜仲 9g,枸杞子 9g,骨碎补 9g,芡实 9g,酒续断 9g,补骨脂 9g,煅狗骨 15g,狗脊 9g。

[功用] 补肾壮骨,舒筋止痛。

[适应证] 适用于肝肾亏损,精血不足,筋膜失于濡养,束骨失职,机关不利而下颌疼痛弹响者。

[用法] 水煎服,日 1 剂,早晚分服。

二、肩关节扭挫伤

肩关节是人体活动范围最大的关节,常因直接暴力或间接暴力造成关节扭伤或挫伤。

病人有明显的外伤史,局部肿胀、疼痛。疼痛多在肩部肱二头肌的长头肌腱和肩外侧三角肌处。损伤较轻者,仅以疼痛为主,重者则有粘连、肩关节活动障碍,久而久之则导致外伤性肩关节周围炎。

1. 肩痹汤(《中医骨伤科辨病专方手册》[②])

[组成] 黄芪、鸡血藤各 15g,当归、阿胶、淫羊藿、赤芍各 12g,熟地黄、制川乌(先煎)、秦艽、独活各 9g,细辛 2g。

[功用] 活血补血,祛风散寒。

[适应证] 主治肩关节脱位后风寒阻滞、血虚络闭而引起的肩臂痛及功能障碍。

[用法] 水煎,二煎混合,分作 2 次服,每日 1 剂。

2. 桃仁泽兰汤(《中国中医秘方大全》)

[组成] 毛桃奴 9g,泽兰 4.5g,西当归 9g,香白芷 3g,炒枳壳 9g,川

---

① 林子顺,王和鸣.林如高骨伤验方集[M].福州:福建科学技术出版社,2000.

② 刘献祥,林木南,刘建华.中医骨伤科辨病专方手册[M].北京:人民军医出版社,2002.

芎 6g,防风 6g,广陈皮 4.5g,西茴香 4.5g,川续断 9g,酒香附 3g,全瓜蒌 6g,粉甘草 4.5g。

［功用］活血通经,行气止痛。

［适应证］主治肩胛扭闪疼痛有轻肿者。

［用法］水煎,二煎混合,分作 2 次服,每日 1 剂。

3. 牛蒡子汤(《石氏伤科石仰山》[①])

［组成］牛蒡子 9g,僵蚕 9g,白蒺藜 9g,独活 9g,秦艽 6g,白芷 3g,制半夏 6g,桑枝 9g。

［功用］祛风豁痰通络。

［适应证］风寒痰湿入络,周身或四肢、颈项等部骨节酸痛,活动牵强。

［用法］每日 1 剂,水煎温服,早晚各 1 次。

4. 活血镇通汤(《林如高骨伤验方集》)

［组成］当归 9g,白芍 9g,生地黄 9g,连翘 9g,枸杞子 9g,骨碎补 9g,续断 9g,川芎 4.5g,制乳香 4.5g,制没药 4.5g,三七 4.5g,桃仁 6g,防风 6g,茯神 12g,炙甘草 3g。

［功用］活血舒筋,化瘀止痛,补肾壮骨。

［适应证］适用于筋骨损伤初期,血离经脉,形成血肿,阻塞经络,气血凝滞者。

［用法］水煎服,日 1 剂,早晚分服。

三、肩关节周围炎

肩关节周围炎简称"肩周炎",俗称"肩凝症""漏肩风""五十肩"。本病是中老年人的常见病、多发病,女性多于男性。

本病主要与感受风、寒、湿邪,慢性劳损,内分泌紊乱等因素有关。主要症状是肩部周围疼痛,有的牵涉到上臂及前臂,夜间疼痛加剧,以致不能入睡,或从熟睡中痛醒;活动时疼痛加剧,患者在走路时,也不敢摆动患肢。伴有肩关节活动受限,以外展、外旋、后伸活动受限明显。本病不但影响劳动,严重者如洗脸、梳头等活动均感困难。病程较长者,可出现肩部肌肉萎缩。

1. 舒络汤(《骨伤科效方集》[②])

［组成］川加皮 10g,威灵仙 10g,海桐皮 10g,丝瓜络 10g,忍冬藤 10g,络石藤 10g,宽筋藤 10g,钩藤 10g。

［功用］祛风通络,行痹止痛。

［适应证］主治四肢关节痹痛,活动不利,如肩关节周围炎、创伤性关节炎等。

［用法］水煎,二煎混合,分作 2

① 石仰山,邱德华.石氏伤科石仰山[M].北京:人民卫生出版社,2008.

② 汤耿民.骨伤科效方集[M].北京:人民卫生出版社,2005.

次服,每日1剂。

2. 舒筋通络汤(《骨伤科效方集》)

[组成]生山楂50g,桑椹50g,白芍20g,乌梅25g,姜黄15g,桂枝15g,醋制香附15g,伸筋草20g,制延胡索20g,威灵仙15g,甘草10g。

[功用]舒筋通络,祛瘀行痹止痛,滑利关节。

[适应证]主治肩关节周围。

[用法]水煎服,每日1剂,一日2次。

3. 黄芪桂芍汤(《古今特效单验方》)

[组成]黄芪30g,桂枝10g,白芍15g,防风10g,当归12g,威灵仙10g,羌活10g,桑枝12g,甘草6g。

[功用]补益气血,散寒除湿。

[适应证]寒湿阻滞。患侧肩部疼痛,活动时加剧,甚至不能梳头、穿衣。

[用法]水煎,日1剂,分2次服。

[辨证加减]若痛甚者加乳香9g、没药9g。

4. 痰瘀阻络汤(《石氏伤科石仰山》)

[组成]牛蒡子12g,土鳖虫9g,僵蚕9g,独活9g,白芷9g,法半夏9g,丹参12g,制南星9g,白蒺藜9g。

[功用]豁痰逐瘀,祛风通络。

[适应证]痰瘀阻络型,增生性关节炎、肩关节周围炎、术后关节黏连症、滑囊炎等病症。

[用法]每日1剂,水煎2次。每次煎约150ml药液温服。

5. 上中下通用痛风丸(《岳美中医学文集》[①])

[组成]南星60g[(姜制)],苍术60g[(泔浸)],黄柏60g[(酒炒)],神曲30g,川芎30g,白芷15g,防风15g,桃仁15g,桂枝9g,威灵仙9g[(酒拌)],羌活9g,红花4.5g[(酒洗)],龙胆草1.5g。

[功用]祛风通络,活血止痛。

[适应证]适用于上肢肿痛、活动不利。

[用法]上为末,曲糊丸,梧子大,每服一百丸,空心白汤下。

6. 舒筋壮力丸(《刘寿山正骨经验集》[②])

[组成]麻黄2份,制马钱子2份,制乳香1份,制没药1份,血竭1份,红花1份,自然铜1份[(煅,醋淬)],羌活1份,独活1份,防风1份,钻地风1份,杜仲1份,木瓜1份,桂枝1份,怀牛膝1份,生甘草1份。

[功用]散寒祛风,舒筋活络。

[适应证]适用于各种筋伤,患处冷痛拘挛,活动不利者。

---

① 岳美中,陈可冀.岳美中医学文集[M].北京:中国中医药出版社,2000.

② 北京中医药大学东直门医院.刘寿山正骨经验集[M].北京:人民卫生出版社,2006.

［用法］共为细末,炼蜜为丸,每丸 5g,每服 1 丸,日服 1~3 次。

四、肘部扭挫伤

肘部扭挫伤是因跌扑闪挫后引起肘关节肿胀、疼痛、屈伸不便的疾病。临床分急性、慢性两期。

1. 黄丹红胡膏(《百病良方》)

［组成］生大黄 100g,丹参 60g,红花 60g,延胡索 40g,冰片 10g。

［功用］活血祛瘀。

［适应证］肘部扭挫伤急性期;外伤后肘部肿胀、疼痛。

［用法］共研细末,取药末适量用蜂蜜与 75% 酒精各半调成糊状,均匀地敷于患处,再以绷带包扎固定,每日换药 1 次。

2. 寄生猪骨汤(《百病良方》)

［组成］桑寄生 20g,威灵仙 10g,猪骨(或羊骨)60g。

［功用］活血祛瘀止痛。

［适应证］肘部扭挫伤慢性期。扭伤后期肘部活动时疼痛。

［用法］水煎,日 1 剂,分 2 次服。

五、腕部扭挫伤

腕部扭挫伤是指因用力扭转或跌扑引起的腕部微肿、疼痛逐渐加剧的疾患。临床辨证以筋伤血瘀为主。

1. 活血止痛汤(《古今特效单验方》)

［组成］生地黄 12g,白芍 10g,当归 10g,丹参 15g,延胡索 10g,川芎 6g,桂枝 6g。

［功用］活血止痛。

［适应证］筋伤血瘀证。腕部扭挫伤以疼痛为主。

［用法］水煎,日 1 剂,分 2 次服。

2. 五虎散(《饲鹤亭集方》)

［组成］当归、红花、白芷、防风、南星各等量。

［功用］活血定痛。

［适应证］腕部扭挫伤初期(亦可用于各种跌打损伤、瘀肿疼痛、扭伤)。

［用法］上为细末,混匀,每次 9g,热黄酒调服,重者加倍。

3. 消瘀止痛散(《中医骨伤科处方手册》[①])

［组成］生大黄 100g,丹参 60g,红花 60g,延胡索 40g,冰片 10g。

［功用］活血散瘀,理伤止痛。

［适应证］腕部扭挫伤初期,各种外伤所致软组织损伤。

［用法］上为末,以蜂蜜与 75% 酒精各半调为糊状,均匀敷于患处,再以绷带包扎固定,每日换药 1 次。

4. 栀子乳香粉(《中医诊疗特技精典》[②])

① 华浩明. 中医骨伤科处方手册[M].北京:科技文献出版社,2006.

② 张俊庭. 中医诊疗特技精典[M].北京:中医古籍出版社,1994.

［组成］生黄栀子、乳香珠各等份。

［功用］活血化瘀，消肿止痛。

［适应证］腕部扭挫伤急性期。

［用法］上为细末，混匀，装瓶备用。根据伤处大小取栀子乳香粉适量，放在搪瓷盘内加黄酒拌成稀糊放在电炉上加热，起泡时用力搅拌，乳香融化后便成黏糊状，趁热（以不灼伤皮肤为度）敷在患处，厚 0.2~0.3cm 为宜，上面用塑料纸覆盖，外用绷带包好，每日换药 1 次。

5. 樟脑散（《中医诊疗特技精典》）

［组成］生姜适量，樟脑末适量。

［功用］活血散瘀，消肿止痛。

［适应证］腕部扭挫伤。

［用法］将生姜切片，厚约 2mm，患处洗干净后，将生姜片贴患处，樟脑末敷在生姜片上，开始点火燃烧樟脑末，火点完为止，每日 1 次。

6. 童便红芎液（《现代中医特色医术荟萃》[①]）

［组成］红花 15g，川芎 15g，新鲜童便 300ml。

［功用］活血化瘀，消肿止痛。

［适应证］腕部扭挫伤（各种跌打损伤）。

［用法］先将红花、川芎加水 150ml，煎至 100ml 备用。再将童便高压消毒 20 分钟，加红花川芎液中，再加适量酒精，混匀装入瓶中，将消毒好的棉球蘸药水涂抹患处，尽量使局部擦红发热，每天抹 2~3 次，3 天为 1 疗程。

7. 地龙汤（《医宗金鉴》）

［组成］地龙 15g，苏木 12g，麻黄 6g，当归 10g，桃仁 10g，黄柏 12g，甘草 6g，肉桂 1g[（研末冲服）]。

［功用］舒筋活血，散瘀止痛。

［适应证］腕部扭挫伤

［用法］水煎服，每日 1 剂。

六、膝部软组织损伤

膝部软组织损伤是因膝部活动不当及外力撞击、过度疲劳等引起，主要表现为膝关节不能完全伸直，局部肿胀、疼痛。

1. 祛瘀止痛汤（《古今特效单验方》）

［组成］当归 12g，赤芍 12g，桃仁 10g，红花 10g，乳香 6g，生地黄 12g，川牛膝 12g，甘草 6g。

［功用］祛瘀止痛。

［适应证］膝部软组织损伤初期。局部肿胀，关节活动时疼痛。

［用法］水煎，日 1 剂，分 2 次服。

2. 舒筋活络汤（《古今特效单验方》）

［组成］当归 12g，赤芍 12g，川断 12g，威灵仙 12g，生薏苡仁 30g，桑寄生 15g，怀牛膝 12g。

---

① 张俊庭.现代中医特色医术荟萃［M］.北京:世界图书出版公司,1995.

［功用］舒筋活络止痛。

［适应证］膝部软组织损伤后期。膝关节屈伸不利。

［用法］水煎,日1剂,分2次服。

3. 活血膏(《当代中医必效奇方秘术》[①])

［组成］黑木耳15g,乳香15g,没药15g,儿茶9g,冰片0.6g。

［功用］活血化瘀,消肿止痛。

［适应证］膝部软组织损伤(其他部位急性软组织损伤亦可用)。

［用法］将上述药物共研细末,用凡士林适量调成20%软膏,将药膏均匀涂于患处,然后常规包扎即可。

4. 双柏散(《当代中医必效奇方秘术》)

［组成］侧柏叶2份,大黄2份,黄柏1份,薄荷1份,泽兰1份,延胡索1份,地鳖虫1份。

［功用］活血化瘀,消肿止痛。

［适应证］膝部软组织损伤初期(亦可用于骨折脱位整复后初期)。

［用法］研细末混匀备用。用时以水煮热调成厚糊状外敷伤处,面积以略大于伤处为宜,5~7天换药1次,一般用药2次。

5. 消肿止痛散(《骨与关节病验方》[②])

［组成］白芷500g,蒲黄300g,大黄300g,姜黄50g,冰片50g,没药50g。

［功用］活血化瘀,消肿止痛。

［适应证］膝部软组织损伤。

［用法］冰片粉过20目筛,余药用振荡式粉碎机粉碎,过60目筛,混匀置玻璃器皿内保存备用。用时将消肿止痛散以冷开水调匀呈糊状,按需要的量均匀涂于毛皮纸上,清洁患部皮肤,在患膝或有明显压痛部位外敷,加压包扎,每天换药一次。

6. 公英膏(《骨与关节病验方》)

［组成］蒲公英、生地黄、冰片各等份。

［功用］清热活血,消肿止痛。

［适应证］膝部软组织损伤。

［用法］将蒲公英、生地黄切碎,加水煎煮成浓缩汁,用纱布过滤去渣,再煎至黏稠状、放凉。将冰片研成细末掺入拌匀即可备用。取适量公英膏薄摊于绵纸,外贴于患部,再以绷带缠绕固定。每5天更换一次。对于局部有创面、溃烂或皮肤过敏者不可使用。

7. 舒筋酒(郭剑华验方)

［组成］三七10g,生明乳香6g,生明没药6g,生大黄6g,降香10g,红花6g,冰片1g。

［功用］活血化瘀,消肿止痛。

［适应证］急性软组织扭挫伤,患

---

① 张俊庭.当代中医必效奇方秘术[M].北京:中医古籍出版社,1994.

② 郭桃美.骨与关节病验方[M].广州:广东科学技术出版社,2002.

处疼痛、肿胀、功能受限等,证属气滞血瘀或瘀血阻络。

[用法]上述诸药共研细末,用60度白酒500ml浸泡半月后滤渣取酒备用,外用取药酒2~3ml均匀涂抹患处,每日3~4次。该方仅供外用,切忌内服。

8. 利湿消肿汤(《骨伤科效方集》)

[组成]萆薢10g,薏苡仁30g,生黄芪30g,益母草30g,土牛膝30g,土茯苓30g,茯苓皮30g,车前子30g。

[功用]清热利水,解毒除湿,通利关节。

[适应证]主治膝关节积血、积液。

[用法]水煎服,每日1剂,一日2次。

七、网球肘

网球肘是一种常见的慢性劳损性疾病。由于长期从事旋转前臂,伸屈肘关节、腕关节单一动作的劳动,久而久之则造成轻度伤筋。如木工、钳工等长期用力,再遇冷水冲洗手臂而致受风着凉易得此病。其起病大多缓慢,肘部感酸痛无力,局部轻度肿胀,劳累后疼痛加剧,并可涉及前臂、肩前部,但关节活动仍在正常范围。严重者握物无力,甚至握在手中的东西自

行脱落掉下。

1. 舒筋汤(《现代骨伤科学》[①])

[组成]嫩桑枝30g,川桂枝9g,全当归10g,炒白术15g,防风7g。

[功用]活血舒筋,通络除痹。

[适应证]主要用于治疗网球肘。

[用法]水煎,二煎混合,分作2次服,每日1剂。

2. 舒筋通络汤(《医醇賸义》)

[组成]生地黄12g,当归6g,白芍4.5g(酒炒),川芎3g,枸杞9g,木瓜3g(酒炒),金毛狗脊6g(去毛,切片),楮实子6g,秦艽3g,红枣10枚,生姜3片,桑枝30g。

[功用]养血祛风,舒筋活络。

[适应证]主治肝肾不足,外受风寒,肘部疼痛,影响日常生活动作。

[用法]水煎服,每日一剂,一日2次。

3. 乌细散(《中医骨伤科处方手册》)

[组成]生川乌、生草乌、细辛各等份,冰片适量。

[功用]温经散寒止痛。

[适应证]网球肘。

[用法]共研细末,用蜂蜜调和,做成直径2cm,厚0.2cm的蜜药饼备用。用时将药饼上撒一层冰片,贴于患处,用普通胶布外固定,隔日换药1次。

① 纪君时.现代骨伤科学[M].天津:天津科学技术出版社,2004.

4. 复方斑蝥散(《中医骨伤科处方手册》)

[组成]斑蝥、丁香各等份。

[功用]发泡活血,通络舒筋。

[适应证]网球肘。

[用法]上药研细末,装瓶密闭备用。用纱布贴于肱骨外上髁处,裸露压痛点,再用上方1.5g,加75%乙醇调糊,外敷压痛点,纱布覆盖,每次4~6小时。水泡甚抽出渗液后,清洁换药。

八、腱鞘炎

腱鞘炎为常见病,多在指、腕、趾、踝等处发生。凡经常而持续地作外展拇指动作,如洗衣服、切菜以及体操运动等,都易患本病。

大多数患者在腕部及拇指周围有疼痛感,较重者可引起手及前臂酸胀乏力,活动时疼痛加重,并有局部压痛及轻度肿胀。病程长者,可触到节样硬块,少数还可有弹响现象。

1. 四症神方(《伤科补要》)

[组成]乳香、没药、苏木、降香、松节各30g,川乌(先煎)15g,自然铜30g(煅),地龙15g,水蛭15g,血竭15g,生龙骨15g,蝼蛄10个。

[功用]活血祛瘀,通络止痛。

[适应证]适用于腱鞘炎。主治跌打损伤。

[用法]上药共研细末。每次15g,食前后用陈酒调服。一日2次。

2. 加味消毒饮(《骨伤科效方集》)

[组成]金银花10g,野菊花10g,蒲公英10g,败酱草10g,紫花地丁10g,紫背天葵20g,生大黄6g,陈皮15g,法半夏15g,防风12g。

[功用]清热解毒,消肿止痛。

[适应证]适用于腱鞘炎。主治跌打损伤,瘀肿疼痛。

[用法]水煎服,每日1剂,一日2次。

3. 黄氏补气养血方(《骨关节疾病效验秘方》[①])

[组成]黄芪20g,当归10g,桂枝6g,白芍10g,炙甘草6g,生姜9g,大枣15g。

[功用]补气养血,通络止痛。

[适应证]腱鞘炎(体弱血虚、血不荣筋型)。症见局部疼痛,有压痛,手指活动受限,爪甲不华,舌淡苔白,脉沉细弱。

[用法]水煎服,每日2次,每日1剂。

4. 于氏外敷方(《骨关节疾病效验秘方》)

[组成]新鲜地龙50g,半夏30g,芦荟15g,白糖30g。

[功用]行气活血,通络止痛。

---

① 杨凤云.骨关节疾病效验秘方[M].北京:中国医药科技出版社,2014.

［适应证］腱鞘炎(血脉痹阻型)。症见局部刺痛,手指活动受限,动则痛甚,舌紫黯,苔白,脉弦涩。

［用法］上述诸药碾成细末,加水拌匀成糊状,每天早晚外敷于患处,其外用保鲜膜覆盖,等干燥之后去除。

5. 灵风散(《骨关节疾病效验秘方》)

［组成］威灵仙10g,海风藤6g,红花6g,芒硝10g,冰片2g。

［功用］活血祛瘀,祛风除湿,消肿止痛。

［适应证］腱鞘炎(痰瘀阻滞型)。症见局部刺痛,肿胀明显,手指活动受限,动则痛甚,舌紫黯,苔白腻,脉弦涩。

［用法］上述诸药共碾成细末拌匀,再用凡士林调成膏状,据肿痛部位大小,均匀涂摊,再用纱布敷扎,24小时换药1次。

6. 透骨草熏洗方(《骨关节疾病效验秘方》)

［组成］透骨草200g。

［功用］行气活血,通络止痛。

［适应证］腱鞘炎(血脉痹阻型)。症见局部刺痛,手指活动受限,动则痛甚,舌紫黯,苔白,脉弦涩。

［用法］将200g透骨草用纱布包裹,置于锅中用适量水煎煮,煎沸后20分钟即可倒入熏洗容器。将患部置于液面上,用保鲜膜覆盖住容器口,以热气熏蒸3分钟(注意避免烫伤),待水温降低至适合温度,将患部浸泡药液中15分钟。每日1剂,每剂药可重复煎煮3次。同时配合手法治疗。

7. 回阳散(《骨关节疾病效验秘方》)

［组成］草乌90g,干姜90g,赤芍30g,白芷30g,南星30g,肉桂15g。

［功用］温经散寒,通络止痛。

［适应证］腱鞘炎(寒凝血脉型)。症见局部有冷痛,手指活动受限,得温则减,得寒痛甚,舌紫黯,苔白,脉沉。

［用法］将上述诸药研成细末,使用时每次取药粉20g,用热醋调成稀糊状,敷于患处,外包纱布,每晚睡前用,次日清晨去除,14天为1疗程。

8. 当归四逆汤(《黄煌经方使用手册》[①])

［组成］当归15g,桂枝15g,白芍15g,北细辛10g,炙甘草10g,大枣30g。

［功用］活血温经止痛。

［适应证］腱鞘炎。

［用法］水煎服,日1剂。

9. 海桐皮汤(《医宗金鉴》)

［组成］海桐皮6g,透骨草6g,乳香6g,没药6g,当归5g,川椒10g,川芎3g,红花3g,威灵仙3g,甘草3g,防风3g,白芷3g。

［功用］活络止痛。

---

① 黄煌.黄煌经方使用手册[M].北京:中国中医药出版社,2010.

[适应证] 腱鞘炎。

[用法] 将上述诸药研成细末，布袋装。煎水熏洗患处。

九、踝关节扭伤

踝关节扭伤，在日常生活中较为常见，可因上、下楼梯，路面不平或被物体绊倒而突然发生。体育运动员、舞蹈演员、中小学生发生踝关节扭伤的机会甚多。伤后症状表现为局部疼痛、肿胀，继则出现皮肤青紫或瘀斑，严重者则造成韧带断裂、骨折或关节脱位。

1. 活血通络汤（《骨伤科效方集》）

[组成] 桑寄生 10g，桂枝 10g，熟地黄 10g，独活 10g，川芎 10g，秦艽 10g，甘草 5g，威灵仙 10g，怀牛膝 10g，当归 15g，海风藤 10g。

[功用] 养血活血，温经通络。

[适应证] 主治踝扭伤，骨折后期肢体痹痛，屈伸不利，喜温喜按，舌淡苔白，脉弦细。

[用法] 水煎服，每日 1 剂，一日 2 次。

2. 当归桃红汤（《古今特效单验方》）

[组成] 泽兰 12g，苏木 10g，桃仁 10g，牡丹皮 12g，当归 12g，红花 15g，防己 10g。

[功用] 活络止痛。

[适应证] 踝关节扭挫伤初期。局部青紫肿痛。

[用法] 水煎，日 1 剂，分 2 次服。踝关节扭伤初期局部不可热敷或立即按摩，应立即做冷敷，可减轻出血、肿胀。

3. 舒筋外洗方（《古今特效单验方》）

[组成] 伸筋草 15g，当归 15g，乳香 9g，没药 1g，海桐皮 15g，透骨草 30g，红花 30g。

[功用] 祛瘀止痛。

[适应证] 踝关节扭挫伤后期。关节疼痛，活动不利。

[用法] 水煎外洗患处，日 2~3 次。局部有伤口，皮肤溃烂者禁用。

4. 舒筋活血汤（《伤科补要》）

[组成] 牛膝 10g，川芎 10g，五加皮 15g，黄芩 10g，麝香 0.6g，茯苓 15g，骨碎补 15g，炒白术 20g，姜黄 15g，续断 15g，枳壳 12g，血竭 10g。

[功用] 活血理气，舒筋止痛。

[适应证] 适用于急性踝关节扭伤，气血运行受阻而致，属气滞血瘀型。

[用法] 每日 1 剂，二煎混合，分作 2 次服。

十、足跟痛

足跟痛是一个症状，多见于中、老年人。经常站立工作和劳动，或从高处坠落，脚跟直接着地的外伤史，尤其是经常跳跃的运动员及舞蹈、杂技演员训练过度，或训练不得法都会出现足跟痛。

随着年龄的增大,跟骨的退化性改变以及跟腱膜和跟腱的慢性损伤,逐渐形成跟骨骨刺,也是引起足跟痛的重要原因。

足跟疼痛,劳累后疼痛加剧,休息后好转,跟骨前缘有压痛,是其症状特点。

1. 滋阴活血汤(《中国中医秘方大全》)

[组成]熟地黄 30g,鸡血藤 30g,肉苁蓉 20g,牛膝 15g,白芍 15g,黄芪 15g,黑杜仲 12g,当归 12g,淫羊藿 9g,红花 9g,毛姜 9g,木香 3g。

[功用]补肾壮筋,活血止痛。

[适应证]主治足跟痛。

[用法]水煎服,每日 1 剂,一日 2 次。

2. 补阴汤(《中国中医秘方大全》)

[组成]熟首乌 60g,熟地黄 30g,枸杞子 15g,知母 10g,黄柏 10g,怀牛膝 15g。

[功用]行气通络。

[适应证]养阴补肾,壮筋骨。治疗肝肾阴虚型的足跟痛,腰膝酸软。

[用法]水煎服,日 1 剂,分两次温服。

3. 二乌摩擦方《常见病简易疗法手册》[①])

[组成]川乌(先煎)30g,草乌 30g,威灵仙 30g,樟脑 30g,桃仁 30g,独活 30g,红花 20g,当归 20g,生大黄 20g,细辛 20g,白芥子 50g。

[功用]祛寒化湿,活血止痛。

[适应证]治疗各型跟骨骨刺。

[用法]研末,以醋调敷,摊纱布上,以患足足跟踩踏。每次 10 分钟,每日数次,1 个月为 1 疗程。

4. 熏洗止痛方(《国家级名老中医治颈肩腰腿痛看家方》[②])

[组成]五加皮 10g,公丁香 10g,红花 10g,川花椒 10g,香白芷 10g,炒小茴香 10g,石菖蒲 10g,川桂枝 10g。

[功用]行气活血,化瘀止痛。

[适应证]足跟部周围疼痛。

[用法]外洗剂。上方加水 1 500ml 煎煮,以煎开为度。将药渣药汁一起倒入木桶中,足置于桶中,上覆盖毛巾以熏洗患处。

5. 接骨消瘀散方(《国家级名老中医治颈肩腰腿痛看家方》)

[组成]花椒 10g,白芷 10g,冰片 10g,南星 10g,肉桂 10g,乳香 10g,没药 10g,血竭 10g,姜黄 10g,五加皮 10g。

[功用]消瘀退肿,活血止痛。

[适应证]足跟部周围疼痛。

---

① 范正祥.常见病简易疗法手册[M].北京:人民卫生出版社,1988.

② 王建军.国家级名老中医治颈肩腰腿痛看家方[M].北京:北京科学技术出版社,2015.

［用法］外敷剂。共研细末,饴糖或蜂蜜调膏,外敷局部。

十一、落枕

落枕是人们极为熟悉的常见病,任何年龄的人都可发生。本病多因突然扭伤、闪伤颈部,或劳累过度后,睡觉头部姿势不当、枕头高低不适,或因受风着凉,致使颈项酸胀疼痛,活动受限。病人头部常向一侧歪斜,前后左右转动时疼痛加剧,甚至牵涉背部及上臂疼痛。轻者4~5天自愈,重者疼痛可向头部及上肢放射,持续数周不愈。

1. 和气汤(《中医外科辨病专方手册》[①])

［组成］木香9g,紫苏9g,槟榔6g,陈皮6g,半夏6g,香附6g,青皮6g,甘草6g,乳香6g,没药6g。

［功用］理气通络,活血止痛。

［适应证］主要用于治疗落枕。

［用法］水煎服,每日1剂,一日2次。

2. 桂枝加葛根汤(《伤寒论》)

［组成］葛根12g,桂枝6g,芍药6g,生姜9g,大枣3枚,炙甘草6g。

［功用］祛风散寒,解肌舒筋。

［适应证］用于落枕、颈椎病。

［用法］水煎服,服后加盖衣被,以有微汗出为佳。每日1剂,一日2次。

3. 回首散(《古今图书集成·医部全录》)

［组成］乌药6g,橘红6g,麻黄3g[(去节)],川芎3g,白芷3g,枳壳3g[(炒)],桔梗3g,僵蚕3g[(炒,去丝嘴)],炮姜3g,炙甘草3g,羌活3g,独活3g,木瓜3g。

［功用］散寒通络止痛。

［适应证］治颈项强急,或落枕,转项不得者。

［用法］每日1剂,分两次温服。

十二、颈椎病

颈椎病是老年人的常见病和多发病。其多因颈椎退行性改变引起椎间隙变窄、椎骨间各韧带和关节囊松弛,椎间滑移活动增大,影响了颈段脊柱稳定,以致神经根、颈髓受压或受刺激所引起的综合征。主要症状是肩颈部疼痛,或见肩颈臂麻木疼痛,放射到前臂和手部,严重者可引起短暂的头晕、心慌,或伴有相应部位的皮肤感觉减退和肌肉萎缩。

1. 白芍木瓜汤(《北京市老中医经验选编》[②])

［组成］白芍30g,木瓜13g,鸡血藤13g,葛根10g,甘草10g。

［功用］舒筋活血,滋阴止痛。

---

① 杨柳.中医外科辨病专方手册[M].北京:人民军医出版社,2000.

② 《北京市老中医经验选编》编委会.北京市老中医经验选编[M].北京:北京出版社,1980.

［适应证］主治颈椎病。

［用法］水煎,二煎混合,分 2 次服,每日 1 剂。

2. 加味葛根汤(《中国名医名方》[①])

［组成］葛根 20g,桂枝 15g,酒白芍 15g,麻黄 5g,甘草 15g,生姜 5g,大枣 15g,当归 15g,骨碎补 15g,狗脊 15g,杜仲 15g,牛膝 15g,鹿角胶 15g。

［功用］舒筋活络,滋补肝肾。

［适应证］适用于各种证型的颈椎病。

［用法］水煎,二煎混合,分 2 次服,每日 1 剂。

3. 葛根桂芍汤(《古今特效单验方》)

［组成］葛根 12g,白芍 15g,桂枝 10g,桑枝 12g,鸡血藤 30g,甘草 6g。

［功用］祛风散寒。

［适应证］风寒阻滞证。颈项强痛,转动受限,遇冷项强加剧,或有头晕手麻等症。

［用法］水煎,日 1 剂,分 2 次服。

4. 补肾活血汤(《古今特效单验方》)

［组成］鹿衔草 10g,熟地黄 12g,骨碎补 10g,当归 10g,威灵仙 9g,赤芍 10g,丹参 30g。

［功用］益肾养血。

［适应证］肾虚夹瘀证。上肢麻木无力,颈困,耳鸣等。

［用法］水煎,日 1 剂,分 2 次服。

5. 益气活血散风汤(《中国中医秘方大全》)

［组成］黄芪 9~12g,党参 9~12g,丹参 9~12g,白芍 9~12g,生地黄 9~12g,桃仁 9~12g,红花 9~12g,香附 9~12g,地龙 9~12g,葛根 9~12g,穿山甲 9~12g,土鳖虫 9~12g,威灵仙各 9~12g。

［功用］益气活血,祛风通络。

［适应证］各型颈椎病。

［用法］水煎服,每日 1 剂,日服 2 次。

6. 骨痹汤(《名医名方录》(第一辑)[②])

［组成］葛根 30g,白芍 30g,威灵仙 15g,木瓜 10g,姜黄 10g,甘草 10g。

［功用］祛风除湿,缓急止痛。

［适应证］颈椎病。

［用法］每日 1 剂,水煎服,日服 2 次(早、晚各服 1 次)。

7. 桂枝加葛根汤加味方(《国家级名老中医治颈肩腰腿痛看家方》)

［组成］桂枝 15g,白芍 20g,羌活 20g,当归 20g,葛根 30g,大枣 10g,川芎 10g,甘草 10g,生姜 3g。

［功用］温经通络,活血止痛。

① 卢祥之.中国名医名方［M］.北京:中国医药科技出版社,1991.

② 李宝顺.名医名方录(第一辑)［M］.北京:中医古籍出版社,1990.

[适应证]颈椎病,痹痛型。以颈肩痛、僵硬为主症,或伴一侧上肢麻痛,或兼见胸、背痛,脉多紧弦,苔薄白。

[用法]水煎服,日1剂,分2次温服。

8. 舒筋活络汤(张磊验方[①])

[组成]葛根30g,当归15g,生地黄20g,白芍30g,川芎10g,木瓜30g,鸡血藤30g,姜黄10g,怀牛膝20g,甘草6g。

[功用]养血舒筋,活血通络。

[适应证]颈项强急,背痛腰痛,四肢关节痛,肢体麻木等阴血不足,经脉失养,脉络不通所致颈椎病、腰椎病。

[用法]水煎服,日1剂,早晚温服。

[辨证加减]若偏于上肢病变者,重用姜黄,加桑枝;偏于下肢病变者,可加威灵仙、川断、杜仲等;若血虚有寒者,加细辛、桂枝、通草等;若血瘀明显者加红花、赤芍、郁金等;若夹痰湿阻滞者,加萆薢、生薏苡仁、丝瓜络等。

十三、岔气

岔气为常见病、多发病,尤以体力劳动者如搬运工人为多见。由于提抬重物,搬运过猛,姿势不良,用力不当,

旋转扭错而致。在用力过猛后,出现胸闷不适,隐隐作痛,不敢呼吸及咳嗽时疼痛加剧等症,多为岔气。

健腰定痛丸(《骨伤科效方集》)

[组成]制草乌(先煎)3g,杜仲15g,桑寄生15g,独活10g,延胡索10g,炙甘草5g,制香附5g,桃仁5g,青陈皮10g,金铃子10g,八角茴香10g,川断10g,全当归10g。

[功用]理气止痛,活血固腰。

[适应证]用于扭腰挫闪岔气,疼痛或酸楚,不得俯仰转侧。

[用法]清水煎,二煎混合,分作2次服,每日1剂。

十四、肋间神经痛

肋间神经痛,系指一个或几个肋间出现特发性疼痛。其发病原因较复杂。有的原因到目前尚不明了,有的与邻近器官组织的感染、外伤等有关。中医认为,本病多与肝经有关,常因情志抑郁、恼怒伤肝,以致肝气横逆,气机阻滞,经脉失于通畅而发病。另外,气滞、水饮、痰饮停留胁部,致使气机流行受阻,也可引发本病。

本病的特点是肋间区出现针刺样或刀割样疼痛,在咳嗽、喷嚏或深呼吸时疼痛加剧,剧痛时有的可放射到背部或肩部,有的可呈束带状疼痛。

---

① 张磊.舒筋活络汤[N].中国中医药报,2017-02-13(4).

1. 活血健肝汤（卢永兵经验方[①]）

［组成］田七 15g，丹参 15g，当归 10g，白芍 12g，生地黄 10g，西洋参 8g[（另炖）]，黄芪 12g，柴胡 12g，香橼 10g，虎杖 15g，白花蛇舌草 20g。

［功用］活血养血，疏肝解郁，益气养阴，清利湿热。

［适应证］急慢性肝炎、肝硬化、肝肿瘤，或症见肋间神经痛引起的胁痛、脘腹痛，嗳气，食少，体倦乏力，性情急躁，口干，小便短赤。

［用法］日煎服一剂，连煎两次，煎得药液混合加入西洋参炖液，分 2 次温服。

2. 丹脂息痛汤（《千家妙方》[②]）

［组成］丹参 12g，炒灵脂 10g，香附 12g，当归 10g，佛手 12g，柴胡 10g，三七粉 3g[（冲服）]，白芍 12g，玄胡 12g，甘草 6g。

［功用］活血行气。

［适应证］本方适用于气血凝滞引起的肋间神经痛，肋间出现特发性疼痛，脉沉涩。因慢性肝炎或早期肝硬化所引起的两胁疼痛和不适。

［用法］清水煎，二煎混合，分作 2 次服，每日 1 剂。

3. 双解散（《任应秋论医集》[③]）

［组成］川芎 4.5g，枳实 9g，生甘草 6g，片姜黄 9g，桂心 3g，川郁金 12g，五灵脂 9g，炒赤芍 18g，金铃子 9g，延胡索 9g。

［功用］活血疏肝，理气止痛。

［适应证］两胁或偏侧疼痛。可用于肋间神经痛。

［用法］水煎服，每日 1 剂。

十五、急性腰扭伤

急性腰扭伤，多发于青壮年和体力劳动者。扭伤后可出现腰部疼痛，由轻到重，腰部屈伸、旋转、弯腰、步履皆受限，腰部肌肉痉挛，深呼吸、咳嗽则疼痛加剧。

1. 复方骨碎补煎（《中国中医秘方大全》）

［组成］骨碎补 30g，制乳香 10g，制没药 10g，桃仁 10g，红花 6g，延胡索 10g，乌药 10g，土鳖虫 3g，甘草 5g。

［功用］行气活血，消瘀止痛。

［适应证］用于治疗急性腰扭伤。

［用法］水煎服，每日 1 剂，一日 2 次。

2. 壮腰伸筋丹（《刘柏龄治疗脊柱病经验撷要》[④]）

［组成］熟地黄 75g，狗脊 50g，杜

① 卢永兵.活血健肝汤［N］.中国中医药报,2019-05-21(4).
② 李春深.千家妙方［M］.天津:天津科学技术出版社,2020.
③ 任应秋.任应秋论医集［M］.北京:人民军医出版社,2008.
④ 刘柏龄.刘柏龄治疗脊柱病经验撷要［M］.北京:北京科学技术出版社,2003.

仲 50g，骨碎补 50g，鹿筋草 50g，地龙 50g，桑寄生 50g，独活 25g，羌活 25g，制乳香 25g，制没药 25g，无名异 25g，麻黄 20g，桂枝 20g，红花 20g，土鳖虫 20g，炙马钱子 20g，煅自然铜 20g，牛膝 20g，香附 20g。

［功用］补肾壮筋，活血通经，舒筋健骨。

［适应证］主治腰椎间盘突出症、腰扭伤等。

［用法］上药共为细末，炼蜜为丸，每丸重 10g，每次 1 丸，一日 3 次，白开水送下。

十六、腰椎间盘突出症

腰椎间盘突出症是临床极为常见的疾病。本病好发于青壮年，由于在劳动和体育活动中，腰部遭受扭闪、撞击或抬重物没有充分准备，突然使脊柱失去平衡所致。

本病主要表现为腰痛，并往往向下肢放射至足跟或足大趾、足背外侧、足底，疼痛多与气候变化、劳累、排便、咳嗽和身体的某种姿势有关。还可伴见一侧腿痛，少数病人可以见双侧腿痛或两侧交替疼痛。如出现脊柱畸形，也主要表现呈"S"型侧弯，腰部脊柱旁有明显压痛，压痛常向下肢放射，腰部肌肉紧张，功能活动明显受限，病程长者，会出现下肢肌肉萎缩、腰部前弯、后伸或侧弯等运动受限，下肢疼痛的一侧抬举明显受限。严重者可出现腰及下肢不能运动，或卧床不起。

1. 加味乌头汤（《骨伤科效方集》）

［组成］制川乌（先煎）12g，炙麻黄 10g，杭白芍 20g，黄芪 20g，生甘草 6g，宣木瓜 15g，当归 10g，桃仁 15g。

［功用］温经散寒，通络止痛。

［适应证］主治腰椎间盘突出症（退变型）。

［用法］水煎服，每日 1 剂，一日 2 次。

2. 地龙舒腰汤（《中国中医秘方大全》）

［组成］净麻黄 3g，独活 4.5g，秦艽 4.5g，赤芍 4.5g，当归 9g，川芎 4.5g，制川乌（先煎）4.5g，制乳香 4.5g，制没药 4.5g，地龙 6g，防己 12g，威灵仙 4.5g，川牛膝 4.5g，木瓜 4.5g，三七粉 2g，陈皮 4.5g。

［功用］疏风散寒，活血止痛。

［适应证］主治腰部宿伤，劳损风湿疼痛较剧，以及腰突症、腰椎管狭窄症急性发作期之寒盛期。

［用法］水煎服，每日 1 剂，一日 2 次。

3. 逐痰通络汤（《石氏伤科石仰山》）

［组成］牛蒡子 9g，白僵蚕 9g，白芥子 9g，炙地龙 9g，泽漆 9g，制南星 9g，金雀根 9g，丹参 12g，全当归 9g，川牛膝 12g，生甘草 6g。

［功用］逐痰利水，通络消肿。

［适应证］腰椎间盘突出症,急性期患者肢体麻木疼痛,筋络牵挛等症。

［用法］口服,每日 2 次,每次 35ml。

4. 腰突散Ⅰ号方(《国家级名老中医治颈肩腰腿痛看家方》)

［组成］土鳖虫 30g,水蛭 30g,莪术 10g,全蝎 30g,三棱 10g,炒枳壳 20g,姜黄 20g,木香 20g,延胡索 20g,冰片 6g,蜈蚣 25 条,干地龙 30g。

［功用］行气活血,破积散结,疏通经络。

［适应证］腰椎间盘突出症(急性期)。

［用法］散剂。上方共研细末,每日服 2 次,每次 5g。

［加减］腰部疼痛、压痛明显者,可配合接骨消瘀散(花椒、荜茇、五加皮、白芷、天南星、肉桂、丁香、乳香、没药、血竭、姜黄片),蜂蜜调敷腰部。

5. 腰突散Ⅱ号方(《国家级名老中医治颈肩腰腿痛看家方》)

［组成］土鳖虫 30g,全蝎 30g,木香 20g,干地龙 30g,姜黄 20g,肉桂 10g,延胡索 20g,三棱 10g,冰片 6g,蜈蚣 25 条,莪术 10g,炒枳壳 20g。

［功用］行气活血,温经通络,化瘀解凝。

［适应证］腰椎间盘突出症,慢性期。

［用法］散剂。研末内服,每服 5g,每日 2 次。

6. 壮腰祛风镇痛汤(《骨伤科效方集》)

［组成］威灵仙 15g,杜仲 10g,狗脊 10g,熟地黄 10g,羌活 10g,独活 10g,秦艽 10g,乌梢蛇 10g,全蝎 5g,蜈蚣 5g,川乌(先煎)5g,草乌(先煎)5g。

［用法］水煎服,每日 1 剂,一日 2 次。

［功用］祛风散寒,温经通络,舒筋活血。

［适应证］主治腰椎间盘突出症。

十七、腰肌劳损

腰肌劳损是一种常见的慢性疾病。其由许多原因引起,如工作需长期在不良姿势下操作或腰部肌肉韧带过久的处于紧张状态,以及腰部多次反复发生急性损伤。

表现为腰部有一侧或两侧的弥漫性疼痛,范围较广,不能指出疼痛的正确位置。劳累后疼痛加重,休息可使疼痛减轻或消失。有的患者休息后并不能减轻疼痛,或反而使疼痛加重。

1. 补肾壮筋汤(《中医外科辨病专方手册》)

［组成］熟地黄 15g,当归 10g,白芍 15g,山茱萸 15g,茯苓 15g,续断 20g,牛膝 10g,五加皮 10g,青皮 10g。

［功用］补肝肾,强筋骨。

［适应证］主治肝肾亏虚之腰肌劳损。

［用法］水煎服，每日 1 剂，一日 2 次。20 日为一疗程。

2. 补肾壮骨汤（《林如高正骨经验》[①]）

［组成］杜仲 9g，枸杞 9g，骨碎补 9g，酒续断 9g，芡实 9g，补骨脂 9g，煅狗骨 15g，狗脊 9g。

［功用］补肝肾，强筋骨。

［适应证］主治腰部损伤，肾气虚弱。

［用法］水煎服，每日 1 剂，一日 2 次。

3. 强腰散（张鉴铭验方[②]）

［组成］川乌 30g，肉桂 30g，干姜 30g，白芷 20g，南星 20g，赤药 20g，樟脑 30g。

［功用］温散寒邪，行滞通阻，活血镇痛。

［适应证］慢性腰腿痛（寒痹型、劳损型）。

［用法］将上药共研为细粉末，每次用 30~50g，开水冲调如糊状，摊于纱布上，趁热时敷贴于痛处，隔日 1 换。

十八、坐骨神经痛

其临床特征是沿坐骨神经通路，也就是腰臀、大腿后侧、足背等处呈放射性疼痛，甚或烧灼样、刀割样疼痛。

疼痛多由腰部、臀部或髋部开始，向下放射，从大、小腿直至足跟或足背，疼痛常因行走、咳嗽、喷嚏、弯腰、排便而加剧。

1. 加味补阳还五汤（《骨伤科效方集》）

［组成］黄芪 60g，当归 30g，赤芍 18g，地龙 15g，川芎 21g，桃仁 9g，红花 9g，党参 30g，鸡血藤 21g，桂枝 15g，甘草 9g。

［功用］益气养血，行气活血，化瘀通络，祛风除湿。

［适应证］主治坐骨神经痛。

［用法］水煎服，每日 1 剂，一日 2 次。

2. 坐骨神经止痛汤（《中国中医秘方大全》）

［组成］黄芪 30g，当归 15g，赤芍 15g，羌活 15g，独活 15g，防风 15g，乌梢蛇 12g，玉米 20g，蜈蚣 2 条，细辛 6g，甘草 6g。

［功用］益气活血祛瘀，搜风通络止痛。

［适应证］主治坐骨神经痛。

［用法］水煎服，每日 1 剂，一日 2 次。

3. 寒瘀湿痹汤方（《国家级名老中医治颈肩腰腿痛看家方》）

［组成］炒白术 30g，桂枝 30g，生

① 林如高. 林如高正骨经验［M］. 福州：福建人民出版社，1977.

② 张鉴铭. 强腰散［N］. 中国中医药报，1990-03-05（4）.

白芍 50g,生甘草 15g,干姜 10g,白酒 250g,生川乌 10g。

［功用］散寒除湿,化瘀除痹。

［适应证］原发性坐骨神经痛,寒瘀剧痛。反射性剧痛和麻木,患肢不能伸直,舌淡苔白薄,脉沉弦,且每晨剧痛较重。

［用法］汤剂。酒水各半浸泡2小时后,加水同煎 60~70 分钟(久煎毒减)。

十九、骨质增生

骨质增生的形成,一般认为是退化所致,几乎每个中老年人身上都存在。与外伤、摩擦耗损有关。随着年龄的增长,人体各组织器官都趋向衰老,这种衰老过程称为"退行性改变"。除与年龄有关,另与职业也有一定的关系,常发生在人的颈椎、胸椎、腰椎、髋关节、跟骨等部位。

骨质增生的初起有疼痛和不适的感觉,关节活动常有摩擦感和摩擦音。如在颈椎骨质增生则为颈椎病;胸椎有骨刺可见两肋部不适、背痛及肋间神经痛;腰椎骨刺可见下肢部疼痛和放射性下肢痛麻,影响行走,甚则不能起床,生活不能自理;髋关节骨质增生则有疼痛,行走不便;膝关节骨刺则有足跟部疼痛,甚至行走时足跟不能着地等症。

1. 通痹汤(《中国中医骨伤科·百家方技精华》[1])

［组成］制川乌 15g[先煎],制草乌 15g[先煎],全蝎 10g,骨碎补 15g,白芥子 15g,白芷 15g,鸡血藤 30g,紫草茸 6g,大熟地 30g,麻黄 6g。

［功用］温经散寒,活血止痛。

［适应证］主治坐骨神经痛及慢性腰腿痛,并对各种骨质增生症亦有良好的效果。

［用法］水煎服,每日 1 剂,一日 2 次。

2. 温肾宣痹汤(《骨伤科效方集》)

［组成］明天麻 10g,制狗脊 10g,山茱萸 10g,川桂枝 10g,淡附片 10g,北细辛 6g,炒白术 10g,广木香 10g,泽泻 10g,白茯苓 12g,生薏苡仁 15g,生甘草 10g。

［功用］温阳散寒,祛风除湿,宣痹止痛。

［适应证］主治慢性腰腿痛,腰椎间盘突出症,腰椎骨质增生,腰肌劳损,腰椎滑脱,腰椎管狭窄,梨状肌综合征等。

［用法］水煎服,每日 1 剂,一日 2 次。

3. 骨刺洗剂(《郭士魁临床经验选集——杂病证治》

［组成］槐条 30g,艾叶 30g,凤仙透骨草 30g,威灵仙 60g,土鳖虫 10g。

---

[1] 施杞.中国中医骨伤科·百家方技精华[M].北京:中国中医药出版社,1991.

［适应证］各种骨刺。

［用法］共研细面，分2个纱布包，蒸热后交替外敷（注意不要太热，防止烫伤）。

4. 通经除痹汤（《名医名方录》（第一辑））

［组成］丹参15g，当归15g，鸡血藤15g，海风藤15g，连翘30g，乳香10g，没药10g，姜黄10g，威灵仙10g，地龙10g，制川乌（先煎）10g，制南星10g。

［功用］活血化瘀，祛风除湿，通经止痛。

［适应证］通治各种骨质增生。

［用法］每日1剂，水煎服，早晚分服。

5. 增生汤（《林如高骨伤验方集》）

［组成］泽兰6g，红花6g，川芎6g，莪术6g，萆薢6g，穿山甲9g，当归9g，续断9g，木瓜9g，怀牛膝9g，鹿衔草9g，甘草3g，制草乌（先煎）3g，制川乌（先煎）3g，白花蛇（50g）。

［功用］散瘀逐湿，通络止痛。

［适应证］骨质增生疼痛。

［用法］水煎服，每日1剂，日服2次。

二十、骨折后遗症

骨折后遗症多是由于骨折对位对线不良，或伤后缺乏相应的功能练习，或劳累过度，或感受风寒湿邪等引起，其临床表现比较复杂，中医辨证治疗收到很好效果。

1. 痛安汤（国医大师韦贵康经验方[①]）

［组成］丹参18g，白芍12g，两面针12g，田七9g，降香9g，煅龙骨30g[（先煎）]，炙甘草5g。

［功用］活血散瘀止痛。

［适应证］肢节麻痛或剧痛难忍，夜间为甚，多见于中老年人，局部轻度肿或不肿，舌红苔薄或薄白，脉细数。

［用法］清水煎，二煎混合，分作2次服，每日1剂。

［辨证加减］若肿明显加土鳖虫6g、路路通9g、炮山甲5g[（冲服）]。局部红肿加白花蛇舌草12g。

2. 麒麟散（《石氏伤科石仰山》）

［组成］血竭60g，炙乳香30g，炙没药30g，制大黄30g，地鳖虫30g，红花60g，当归尾120g，黄麻炭45g，参三七15g，煅自然铜30g，雄黄24g，辰砂6g，冰片3g。

［功用］散瘀生新，理伤续断。

［适应证］一切损伤，诸凡骨折、脱臼、伤筋等。

［用法］共为研末。每日用温开水送服1~2g。伤在上肢饭后服，伤在

---

① 童基伟，尹绍锴，周帼一，等.国医大师韦贵康应用痛安汤治疗颈椎病经验[J].中国民族民间医药，2020,29（09）:76-78.

下肢饭前服,尤以晚饭前后服为宜。

3. 新伤续断汤(《石氏伤科石仰山》)

[组成]当归 12g,地鳖虫 9g,炙乳香 6g,炙没药 6g,煅自然铜 12g,丹参 12g,骨碎补 12g,泽兰叶 12g,延胡索 12g,苏木 9g,川续断 12g,桑枝 12g,桃仁 9g。

[功用]活血化瘀,续断生新。

[适应证]一切新伤瘀阻或筋骨折断等。

[用法]水煎温服,每日 1 剂。